ullstein

ALAN MELVILLE (1910-1983) war Fernsehmoderator, Dramatiker, BBC-Radioproduzent und Drehbuchautor. Zu seinen Werken gehören mehrere Kriminalromane aus den 1930er Jahren, die oft in der populären Unterhaltungswelt spielen, die er aus erster Hand kannte. *Das Publikum war Zeuge* erschien erstmals 1934.

ALAN MELVILLE

DAS PUBLIKUM WAR ZEUGE

EIN FALL FÜR SCOTLAND YARD

Aus dem Englischen
von Sybille Uplegger

Ullstein

Besuchen Sie uns im Internet:
www.ullstein.de

Wir verpflichten uns zu Nachhaltigkeit
- Klimaneutrales Produkt
- Papiere aus nachhaltiger Waldwirtschaft und anderen kontrollierten Quellen
- ullstein.de/nachhaltigkeit

FSC
www.fsc.org
MIX
Papier aus verantwortungsvollen Quellen
FSC® C104608

Deutsche Erstausgabe im Ullstein Taschenbuch
1. Auflage Oktober 2022

Die englische Ausgabe erschien 2015 unter dem Titel *Quick Curtain* bei The British Library, 96 Euston Road, London NW1 2DB. Die Originalausgabe erschien 1934 bei Skeffington, London.

Umschlaggestaltung: Sabine Kwauka
Titelabbildung: shutterstock / © Elegant Solution (Vorhang); shutterstock / © Feaspb (Lichter); shutterstock / © detchana wangkheeree (Hintergrund gold); shutterstock / © NatBasil (Bühne); shutterstock / © Ellegant (Leiche); shutterstock / © Yoko Design (Personen 1); shutterstock / © alex74 (Personen 2); shutterstock / © alex74 (Personen 3); shutterstock / © Gorbash Varvara (Personen 4)
Gesetzt aus der Albertina powered by *pepyrus*
Druck und Bindearbeiten: Nørhaven, Viborg-Dänemark
ISBN 978-3-548-06720-9

Grosvenor Theatre

Dienstag, 18. Juni, 20:30 Uhr

An darauffolgenden Abenden jeweils 20:45 Uhr
Matinee mittwochs & samstags, 14:30 Uhr

Douglas B. Douglas
präsentiert

BLUE MUSIC

Ein musikalisches Lustspiel

Text und Musik von IVOR WATCYNS

Zusätzliche Stücke von CARL CARLSSON

Besetzung:

Mimi – Josephine Craig
Premierminister – Edward Williams
Serge – John Riddell White
Otto – Arthur Danelight

Besitzer des Blue Music Cafés – George Gianelli
Graf von Arankel – C. Fisher Thomson
Suzette – Constance Owens
Marie, ihre Zofe – Phyllis de la Mare
Madame du Cregne – Millicent Davis
Abdul Achmallah – Douglas Martin
Phillipo, ein Rebellenführer – J. Hilary Foster
Hiram P. Whittaker – George Fuller
Coletta, eine indigene Tänzerin – Eve Turner

sowie

Kay – GWEN ASTLE
Jack – BRANDON BAKER

Mr Douglas' einhundertzehn Damen und Herren von der Tanzgruppe.

Die vierundzwanzig Ballerinen.

Ein erweitertes Orchester.

Die gesamte Produktion unter der persönlichen Aufsicht von
DOUGLAS B. DOUGLAS

Kapitel eins

M. René Gasniers kahler Schädel tauchte oberhalb der Brüstung des Orchestergrabens auf. M. Gasnier lächelte einigen ihm gänzlich unbekannten Personen im Parkett zu, schlug seine Partitur auf, zog sich die Hemdmanschetten zurecht, tippte mit der Spitze seines Taktstocks auf das Dirigentenpult und erinnerte seine ersten Violinen daran, dass das Pianissimo eine gewisse Zurückhaltung im Spiel erforderte, ehe er die Ouvertüre zur Eröffnung des ersten Aktes anstimmte.

Blue Music war, wie Sie dem Programmheft entnommen haben werden, eine Produktion von Douglas B. Douglas. Nicht, dass man sechs Pence für ein Programmheft ausgeben musste, um dies in Erfahrung zu bringen. Ganz London, in der Tat das ganze Land, wusste zu diesem Zeitpunkt darüber Bescheid. Mr Douglas war ein Meister der Reklame.

Ich meine nicht die marktschreierische, plumpe Art von Reklame, die den Betrachter förmlich anspringt und die unberührte Schönheit grüner Wiesen verschandelt. Ich meine die andere, feinsinnigere Art, die dafür sorgte, dass lange bevor *Blue Music* überhaupt geschrieben worden war, in der Stadt bereits Gerüchte kursierten, dass das neueste Stück von

D. B. D. ein absoluter Knüller werden würde. Die Art von Reklame, die die Neugierde der Menschen anstachelte. Die sie dazu verleitete, sich über Mr Douglas' Produktion zu unterhalten, ihren Cousins in Kanada von Mr Douglas' Produktion zu erzählen und auf den Jahresversammlungen ihrer Unternehmen und den Treffen ihrer Wohltätigkeitsgesellschaften über Mr Douglas' Produktion zu diskutieren. Die Art von Reklame, bei der jeder Einzelne zum Werbeträger für und anstelle von Mr Douglas wurde, ohne sich dessen überhaupt bewusst zu sein.

Mr Douglas legte stets Wert darauf, vor der eigentlichen Premiere eines Stücks eine Proberunde in Manchester zu drehen. Dies war in mehrerer Hinsicht eine ausgezeichnete Idee. Nicht nur sorgte es für zusätzliche Werbung (die meisten Londoner Tageszeitungen entsandten Kritiker in die Provinz), darüber hinaus ließen sich so auch Kosten einsparen.

Jeder, der unnötiges Geld in endlose Proben vor einem leeren Haus investierte, war in Mr Douglas' Augen ein hoffnungsloser Trottel, wenn doch die braven Bürger von Manchester bereit waren, acht Shilling und sechs Pence für einen Platz im Parkett auszugeben, um bei selbigen Proben zuschauen zu dürfen. Allein schon aus Angst, man könnte ihnen mangelnde kulturelle Wertschätzung vorwerfen, zahlten die Leute die geforderte Summe, ohne mit der Wimper zu zucken, und spendeten hinterher begeistert Applaus.

In London wiederum, wo man nicht riskieren wollte, für kulturell rückständiger als eine Stadt wie Manchester gehalten zu werden, zahlte man am Premierenabend zwei Pfund und zehn Shilling und applaudierte noch begeisterter. Auf diese Weise waren alle zufrieden. In Manchester freute man sich, weil man die Proben vor allen anderen sehen durfte – wobei Mr Douglas selbige natürlich nicht als »Proben«, sondern als »Weltpremiere« bezeichnete. In London freute man sich, weil man eine Douglas-B.-Douglas-Produktion geliefert bekam, die während ihres kleinen Abstechers in die Provinz in Form gebracht und auf Hochglanz poliert worden war.

Und am allermeisten freute sich Mr Douglas B. Douglas. Das einzige Haar in seiner ansonsten überaus schmackhaften Suppe war, dass er zweitausendachtundfünfzig Anfragen auf Premierenplätze zu je zwei Pfund und zehn Shilling hatte ablehnen müssen. Das war bedauerlich. Doch Mr Douglas war standhaft geblieben und hatte die Preise im Parkett für die ersten vierzehn Vorstellungstage auf dreißig Shilling begrenzt – freilich auch für Plätze in den hintersten Reihen.

Der große Tag, wie Sie zweifellos schon bemerkt haben, war Dienstag, der 18. Juni. Am Sonntag, dem 16. Juni, während ein Großteil des Ensembles von *Blue Music* noch in Manchester weilte und am eigenen Leib erfuhr, wie viel Wahrheit in den allseits bekannten Scherzen über provinzielle Wochenenden steckte, stellten sieben entschlossen dreinblickende Damen sieben wacklige Klappschemel vor dem Eingang zur Galerie des Grosvenor Theatre auf.

Später am Abend gesellten sich noch vier weitere Damen sowie ein einzelner Herr hinzu. Sie wickelten Butterbrote aus und begannen zu essen. Sie schraubten ihre Thermosflaschen auf und schlürften heißen Kaffee aus den Aluminiumdeckeln. Sie diskutierten untereinander über Mr Douglas, Miss Astle, Mr Baker, Mr Douglas' frühere Erfolge, Miss

Astles letzte Scheidung und Mr Bakers Profil – sowohl die Backbord- als auch die Steuerbordansicht. Sie dösten vor sich hin. Sie litten auf ihren unbequemen Schemeln endlose Qualen. Sie holten sich steife Hälse und stechende Schmerzen im Kreuz. Als Lohn für ihre Mühen wurden sie von einem Mann im schmutzigen Regenmantel fotografiert und erschienen auf der letzten Seite der *Daily Post* unter der Schlagzeile »Enthusiasten der Galerie warten drei Tage auf neue Douglas-Show«. Am Dienstagmorgen harrten sie immer noch dort aus, nunmehr ganz am Anfang einer beachtlich langen Warteschlange. Der einzelne Herr, der am späten Sonntagabend zu den Wartenden gestoßen war, strich sich über das Kinn und beschloss, sich rasieren zu gehen, nachdem er einen Straßenkünstler gegen ein Honorar von drei Pence dazu verpflichtet hatte, seinen kostbaren Platz solange für ihn freizuhalten.

Um neunzehn Uhr dreißig, als ein riesiger Pförtner in königsblauer Livree mit goldenen Zöpfen die Türen zur Galerie öffnete, wankten sie ins Theater, an der Kasse vorbei, einen Mount Everest von Stufen hinauf, und ließen sich erschöpft auf die harten Sitze des Olymps sinken. Übermüdet, schmutzig, mit schmerzenden Gliedern und übler Laune. Narren, denken Sie vielleicht, und Sie haben vollkommen recht. Jedoch vergessen Sie, dass wir es hier mit einer Douglas-B.-Douglas-Inszenierung zu tun haben.

Was, so fragen Sie sich, hat eine Show von Douglas B. Douglas an sich, das ansonsten intelligente und rational denkende Individuen zu solch außergewöhnlichem Handeln treibt? Was veranlasst sie dazu, den Wochenlohn eines Arbeiters für einen schlechten Platz in Reihe M zu bezahlen, nur um der Premiere beiwohnen zu dürfen, oder – sofern sie nicht über die entsprechenden Mittel verfügen – für drei Tage Heim, Mann und Kinder zu verlassen, damit sie in der ersten statt in der zweiten Reihe der Galerie sitzen können?

Nun, zunächst einmal gilt es zu bedenken, dass an einem Premierenabend niemand so richtig bei Verstand ist. Die Schauspieler überschütten einander mit Küssen und drohen im nächsten Moment mit einer Verleumdungsklage. Die Zuschauer auf der anderen Seite des schweren roten Vorhangs sind in ähnlicher Weise vom Wahnsinn befallen. Ihr Gespür dafür, was eine lange Zeitspanne oder eine große Summe Geld ist, wird, wie wir bereits beobachten konnten, durch die Wichtigkeit des Ereignisses stark verzerrt. Gleiches gilt für ihre Fähigkeit, gute von miserablen Leistungen zu unterscheiden.

Der Gott der Götter, der Held des Stücks, verpatzt gleich seinen ersten Auftritt und wird fünf Minuten lang frenetisch bejubelt. Die Hauptdarstellerin singt ihre wichtigste Nummer in einer Tonart, die nicht das Geringste mit dem zu tun hat, was das Orchester währenddessen spielt, und das gesamte Haus erhebt sich, um fünf Zugaben von ihr zu fordern. Der Komiker, dem bewusst wird, dass sein Material ziemlich dünn ist, kramt all die alten Witze hervor, die er bei seinem ersten großen Erfolg im Gaiety im Jahr 1909 zum Besten gegeben hat, und das Publikum hält es vor Gelächter kaum noch auf den Sitzen.

So kommt es, dass weise Theaterkritiker am darauffolgenden Morgen ihre Artikel mit Sätzen wie diesem beschließen: »Gleichwohl muss man hervorheben, dass das Programm trotz aller oben genannten Einschränkungen beim Premierenpublikum gut anzukommen schien.«

All das gilt für die Premiere eines Douglas-B.-Douglas-Stücks genauso wie für jede andere. Aber dann ist da ja noch Mr Douglas B. Douglas höchstselbst. Man sagt, nichts sei erfolgreicher als Erfolg, und auf die Erfolge von Mr Douglas B. Douglas trifft dies in ganz besonderer Weise zu. Selbst seine Reinfälle – und davon gab es einige – waren brillant. Mr Douglas war ein kleiner, untersetzter Mann, der zwar keine Haare, dafür aber ein ausgezeichnetes Händchen dafür hatte, schöne Beine zu erkennen, Persönlichkeiten einzuschätzen und die Öffentlichkeit davon zu überzeugen, dass etwas bestenfalls Mittelmäßiges in Wahrheit eine absolute Sensation war.

Im Laufe seines Lebens war er schon fast alles gewesen. Page mit neun, Kofferträger am Bahnhof mit zwanzig. Mit einundzwanzig hatte Mr Douglas seine wahre Berufung entdeckt und war den Henry Phillips West End Repertory Players beigetreten, als die Theatertruppe im alles andere als idyllischen Gateshead kurz vor dem Aus stand. Am Montag, Dienstag und Mittwoch gelang Mr Douglas ein Achtungserfolg in seiner allerersten Rolle als Sherry servierender Butler in dem Stück *Interference*, die er mit einer Sicherheit spielte, als hätte er nicht wenige Stunden, sondern Jahre auf der Bühne verbracht. Am Donnerstag, Freitag und Samstag derselben Woche (Gateshead verlangte zwei unterschiedliche Stücke im Wechsel) feierte er einen noch größeren Erfolg als Mönch in *The Rosary*. Am Sonntag versammelte Mr Douglas die Mitglieder der Truppe um sich, erläuterte ihnen in wenigen wohlgesetzten Worten, wo die Probleme lagen, und bot gegen einen Lohn von drei Pfund und zehn Shilling pro Woche seine Dienste als Produzent und Intendant an. Unter seiner Führung schlugen die West End Repertory Players zum ersten Mal seit Bestehen den Weg des Erfolgs ein. Von diesem Tag an blickte Mr Douglas nie mehr zurück, und wenn er es doch einmal tat, so stets mit dem befriedigenden Gefühl, etwas Großes geleistet zu haben.

Und vergessen wir auch nicht Mr Brandon Baker. Brandon Baker war ein Abbild der Götter und das Idol des Parketts. Diesen Status hatte er seit nunmehr fast dreißig Jahren inne, allerdings machte sich niemand die Mühe, genauer nachzurechnen, denn mithilfe von Massagen, Schlammpackungen, türkischen Bädern und Friseurbesuchen alle vierzehn Tage zwecks Runderneuerung seiner Dauerwelle hielt sich Mr Baker frisch genug, um weiterhin die Rolle des jungen Helden spielen zu können. Der entscheidende Faktor war sein Profil. Früher einmal waren es sein Profil und seine Taille gewesen, doch mittlerweile – Massagen hin oder her – hatte ihn Letztere im Stich gelassen. Man konnte nicht leugnen, dass Mr Baker ein außergewöhnlich gutes Profil besaß. Vor allem die Westseite, die er stets dem Rampenlicht zukehrte. (Es war im Laufe seiner Karriere schon vorgekommen, dass Brandon Baker eine ansonsten tadellose Rolle hingeworfen hatte, weil irgendein gedankenloser Idiot von Regisseur verlangt hatte, er solle während einer ausgedehnten Liebesszene dem Publikum seine Ostfassade präsentieren.)

Wenn man sich die Mühe gemacht hätte, unter jenen sieben zu allem entschlossenen Damen, die am Sonntagabend ihre Klappschemel vor dem Galerie-Eingang aufgestellt hatten, eine Befragung durchzuführen, wäre mit großer Wahrscheinlichkeit dabei herausgekommen, dass es sich bei ihnen ausnahmslos um Mitglieder des Brandon Baker Gallery Clubs handelte. Die Zahl der über den ganzen Globus verstreuten Mitglieder dieses Clubs betrug etwas über zweihunderttausend, und Mr Baker beschäftigte drei Sekretärinnen, deren einzige Aufgabe es war, die Autogrammbücher dieser zweihunderttausend zu signieren. Sie – die zweihunderttausend, nicht die Sekretärinnen – kamen jedes Jahr zu verschiedenen Anlässen zusammen, zum Beispiel an Mr Bakers Geburtstag, am Jahrestag von Mr Bakers erstem großen Bühnenerfolg oder am Abend von Mr Bakers fünfhundertstem Auftritt in *Hotter Than Hell*, und vollzogen eine genau festgelegte, komplizierte Abfolge devotionaler Riten. Ein gutes Profil war eben wertvolles Kapital.

Und dann war da noch Miss Gwen Astle. Auch sie wirft ein Schlaglicht auf die kuriose Psychologie der Theaterwelt. Hätte sich eine andere junge Frau so benommen wie sie – hätte sie sechsmal geheiratet (davon zweimal in den Adel) und sich sechsmal wieder scheiden lassen (davon zweimal aus dem Adel und sehr zur Erleichterung der involvierten Gräfinnenwitwen) –, hätte die Welt missbilligend die Nase gerümpft wie über einen stinkenden Abfluss und ihre Meinung in Form eines verächtlich gezischten »Flittchen!« kundgetan. Doch Miss Astle war Schauspielerin, da galten andere Maßstäbe, und außerdem war sie im Grunde genommen eine ganz reizende Person. Je wilder sie es trieb, je lauter man tuschelte, dass sie angeblich letztes Wochenende im Savoy … oder dass der wahre Grund, weshalb der rumänische Botschafter so überstürzt abberufen worden sei … Je mehr solcher Skandale es gab, desto höher stieg Miss Astle in der Gunst der Öffentlichkeit. Respektable alleinstehende Frauen mittleren Alters, die in Bournemouth im Schatten einer Schusterpalme die *Morning Post* lasen, vergossen eine stille Träne bei dem Gedanken daran, welch grauenhafte Dinge Miss Astle vor dem Scheidungsrichter hatte aussagen müssen, und murmelten mitfühlend: »Das arme Ding!«, so als hätten sie dasselbe durchgemacht und wüssten genau, wie es sich anfühlte. Bebrillte Lehrerinnen, denen zu Ohren kam, dass Miss Astle just an dem Tag, als ihre Scheidung von Lord Keverne rechtskräftig wurde, ihre Verlobung mit dem jungen Mr Johnson P. Lambert, dem Sohn des bekannten amerikanischen Multimillionärs und Erfinders von Lamberts selbststützenden Büstenhaltern und Korsetts, bekanntgegeben hatte, waren ganz aus dem Häuschen vor Entzücken und seufzten: »Wie romantisch!« Hartgesottene Geschäftsmänner, die im Radio hörten, dass zum nunmehr dritten Mal innerhalb von vier Wochen Miss Astles Agent ihre Juwelen und ihre berühmte Perlenkette aus ihrem Hotel in der Park Lane entwendet habe, schnalzten mit der Zunge und sagten: »Das arme Kindchen! Was für eine Schande. Und so teure Klunker noch dazu.«

Miss Astle war nämlich, müssen Sie wissen, trotz allem, was über sie geredet wurde, im Grunde genommen eine ganz reizende Person.

In einem kreativen Geniestreich hatte Mr Douglas sie in

ihrer Rolle in *Blue Music* als »Das Mädchen, Wegen Dem Mae West Ins Theater Geht« angekündigt.

Also: Douglas B. Douglas, Brandon Baker und Gwen Astle. Ein besseres Erfolgsrezept hatte es im West End nie gegeben, das wusste man auch ohne den Testlauf in Manchester. Nicht, dass dies schon alles gewesen wäre, was *Blue Music* zu bieten hatte. Da waren auch noch Ivor Watcyns (Text und Musik) und Carl Carlsson (Liedtexte und zusätzliche Nummern). Mr Watcyns war ein weiterer Publikumsmagnet. Er war jung, unerschrocken, bissig und unfassbar brillant. Dass seine Mähne fast so wild gelockt war wie die von Mr Baker, gab den endgültigen Ausschlag zu seinen Gunsten. Mr Carlsson hatte leider glattes Haar, doch sein attraktiver ausländischer Akzent machte diesen bedauerlichen Makel wieder wett. Sicher, selbiger Akzent entgleiste ihm hin und wieder, und wenn Mr Carlsson aufgebracht war, klang er eher nach Cockney als nach Kontinent, doch davon wusste die Allgemeinheit nichts.

Das war also die Mannschaft hinter *Blue Music*.

Oh … und vergessen wir auch keinesfalls den Rest: Komödiant George Fuller in der Rolle des Hiram P. Whittaker, Miss Astles millionenschwerem Herrn Papa. (Er würde einige ziemlich frivole Scherze über Miss Astles jüngste Verlobung machen.) Mr Douglas B. Douglas' einhundertzehn Damen und Herren von der Tanzgruppe. Eine Drehbühne. Ein von Karismajinski entworfenes Bühnenbild. Tanzchoreografien von Boy Batterly, der eigens für das Stück aus Hollywood eingeschifft worden war. Kostüme von Clair de Paris. Schuhe von Phillipsons. Ein echtes Flugzeug in Akt eins, Szene zwölf, mit freundlicher Unterstützung von International Aero Routes Ltd. Miss Astles Abendrobe in Akt drei, Szene vier, entworfen und maßgeschneidert von Norman du Parque. Ein erweitertes Orchester unter der Leitung von René Gasnier. Und natürlich die gesamte Produktion unter der persönlichen Aufsicht von Mr Douglas B. Douglas.

Nun gut …

Die sieben zu allem entschlossenen Damen und der Rest aus der Warteschlange vor der Galerie erwachten rechtzeitig wieder zum Leben, um jeden distinguierten Neuankömmling im Parkett mit Beifall zu begrüßen. Viele von ihnen zeigten sich erstaunt, hatten sie doch ihrer eigenen Auffassung nach kein Recht auf solche Huldigungsgesten. Umso gekränkter waren einige arbeitslose Schauspielerinnen aus dem West End, weil sie unerkannt blieben und sich genötigt fühlten, ihre Zähne in Richtung Galerie zu fletschen, um die Aufmerksamkeit der dort Sitzenden zu erregen.

Auch ein Großteil des Kabinetts war gekommen, da im Haus gerade nichts Wichtigeres anstand als eine Abstimmung über das von der Regierung eingebrachte Gesetz gegen Arbeitslosigkeit. Mr James Amethyst, Theaterkritiker beim *Morning Herald*, bekundete wie üblich sein Missfallen über den Sitz, den man ihm zugewiesen hatte, und vertrieb sich die Zeit bis Vorstellungsbeginn, indem er einen wildfremden Mann zu seiner Linken in eine recht einseitige Konversation über die Mentalität des Kinobesuchers verwickelte. Mr Watcyns traf, wie üblich ohne Begleitung, in seiner Loge ein. Er lächelte traurig über den Empfang, der ihm zuteilwurde, und betastete mit Daumen und Zeigefinger sein gewelltes

Haar. Douglas B. Douglas geleitete derweil eine Gruppe prominenter Persönlichkeiten in die Loge gegenüber: Mrs Douglas, ein jüngeres Mitglied des Königshauses, zwei bekannte Filmstars sowie eine amerikanische Kabarettsängerin. Mr Watcyns schenkte Mrs Douglas die Andeutung eines Lächelns.

Am Ende der Vorstellung würde sich Mr Douglas lautstark mit einem roten Seidentaschentuch schnäuzen. Das wäre das Zeichen für Mr Watcyns, nach unten auf die Bühne zu gehen und zu sagen, dass dies der glücklichste, stolzeste Moment seines Lebens sei, und dem Publikum aus tiefstem Herzen für den warmen Empfang zu danken. Um zwanzig Uhr fünfzig, exakt zwanzig Minuten zu spät, erloschen die Saallichter. M. Gasnier beendete mit Schmiss seine Ouvertüre, und der Vorhang glitt geräuschlos auf.

Für den Fall, dass Sie *Blue Music* nicht gesehen haben, wäre an dieser Stelle vielleicht ein kurzer Satz zur Handlung angebracht. Und ein Satz genügt wirklich, denn Mr Watcyns hatte den gesamten Text zwischen seiner Grapefruit am Morgen und seinem Tomatensaft am Mittag desselben Tages zu Papier gebracht. Trotzdem hatte man das Skript noch einer ganzen Reihe von Kürzungen, Verstümmelungen und allgemeinen Umformungen unterzogen, damit es den speziellen Anforderungen eines Douglas B. Douglas gerecht wurde.

Im Wesentlichen drehte sich die Handlung um eine Perlenkette, die der Tochter eines wohlhabenden Amerikaners gehört und von einem unverbesserlichen, aber charmanten Banditen gestohlen wird. Diesem wiederum wird sie durch seinen Rivalen, einen höchst unangenehmen Zeitgenossen namens Phillipo Consuelo, entwendet, ehe der charmante Bandit (der natürlich nicht wirklich ein Bandit ist) die Kette zurückstiehlt, um sie in Akt drei, Szene acht der wunderschönen Tochter feierlich wiederzugeben und dazu den Hit »Say My Heart Is In Your Hands« zu singen. Nicht sonderlich originell und weit unter Mr Watcyns' Fähigkeiten.

Doch das Wichtigste war, dass der Handlungsrahmen so locker und elastisch war, dass Mr Douglas die Bühnenbilder, die einhundertzehn Damen und Herren von der Tanzgruppe und seine Drehbühne bestmöglich zur Geltung bringen konnte. Grob gesagt, bestand sein Erfolgsrezept darin, in jeder Szene das größtmögliche Spektakel aufzubieten, das ungefähr zwei Minuten lang währte, ehe der Zwischenvorhang heruntergelassen wurde und der Komiker oder die Soubrette auf die Bühne kam, um die Zeit zu überbrücken, während man im Hintergrund umbaute, damit sodann ein neues, noch aufwendigeres Spektakel präsentiert werden konnte, welches das vorangegangene schlicht und trist wirken ließ wie die Kulisse eines russischen Dramas.

In *Blue Music* reizte Mr Douglas dieses Prinzip voll aus. Akt eins, Szene eins (Der Swimmingpool hinter dem Landhaus der Whittakers in Florida) ließ den abgebrühten Mr Amethyst sogar seinen schlechten Platz am Ende von Reihe R vergessen. Danach folgte (nach zweiminütiger Klamauk-Nummer vor einem Prospekt, auf dem eine Straße in Paris abgebildet war) eine weitere monumentale Szene, diesmal im Tanzsaal des Blue Music Cafés in Budapest, bei der selbst die sieben zu allem entschlossenen Damen hoch oben im Olymp dankbar waren für ihre steifen Nacken und die

Kreuzschmerzen. Und so ging es munter weiter, von der Palm Beach Lounge im Londoner Grand Hotel bis zum Promenadendeck des Dampfers *S. S. Emperor of India*, mit Umwegen über ein andalusisches Cabaret, eine Moschee in Algier und den Garten von Jack Waters' Haus in Maidenhead.

Die Musikkomödie an sich hüpft gerne singend und tanzend quer durch den Atlas, und *Blue Music* hüpfte noch weiter als all seine Vorgänger. Um Viertel vor zehn war das Finale des ersten Akts erreicht (Abdul Achmallahs Palast in Algier). Das gesamte Ensemble versammelte sich auf der Bühne und wurde von der Mechanik im Kreis herumgedreht, Mr Baker und Miss Astle gaben eine Reprise ihres Songs »Two Eyes, Two Hearts, One Love« zum Besten, und der Vorhang schloss sich triumphierend … um sich danach noch mehrmals zu heben, weil der Brandon Baker Gallery Club in großer Zahl erschienen war und sich vorgenommen hatte, so viel von seinem Angebeteten zu sehen, wie es für zwei Shilling und vier Pence nur irgend möglich war.

»Verzeihung«, murmelte Mr Amethyst mehrmals, während er sich durch die gesamte Reihe R schlängelte, um sich aus dem Saal und an die Bar im Parkett zu begeben. Er hatte seine Kritik bereits vor mehreren Wochen verfasst und war unsicher, ob er bleiben und sich auch noch den Rest der Vorstellung ansehen sollte. Er hatte eine Menge Erfahrung mit Douglas-B.-Douglas-Produktionen und wusste, dass dieses Stück im Wesentlichen aus denselben Elementen zusammengeschustert worden war wie alle vorherigen, wenngleich in üppigeren Portionen.

»Ganz passable Vorstellung, James«, meinte Mr Duncan,

ein Kollege von Mr Amethyst und Verfasser der Kolumne »The Play's The Thing« im *Daily Observer.* »Ich glaube, der alte Douglas hat wieder mal einen echten Hit gelandet.«

»Den Geschmack der breiten Masse trifft es allemal«, entgegnete Mr Amethyst. »Und da Douglas für die breite Masse produziert, wird ihn das garantiert freuen. Einen großen Whisky Soda, bitte. Danke sehr.«

»Aber sauber inszeniert«, sagte Mr Duncan. »Das können Sie doch nicht bestreiten. D. B. D. weiß, wie man eine große Show auf die Beine stellt. Ehre, wem Ehre gebührt, James.«

»Mein lieber Duncan«, sagte Mr Amethyst, »soweit ich weiß, lässt sich von Ehre allein auf Dauer nicht leben. War das die Glocke, die uns in den Himmel – oder wahrscheinlich eher in die Hölle – ruft? Achten Sie nicht darauf, Duncan. Noch ist Zeit für ein zweites Glas.«

Mr Amethyst und der Rest der trinkenden Männer machten sich auf den beschwerlichen Rückweg zu ihren Plätzen. Die leidgeprüften Damen im Publikum mit ihren Hermelinstolen, ihren Operngläsern, Pralinenschachteln und Programmheften mussten zum zweiten Mal erdulden, dass die aus den diversen Bars herbeiströmenden verlorenen Söhne ihnen auf die Füße traten und ihre Roben zerknitterten. Im Orchestergraben tauchte wieder M. Gasniers kahler Schädel auf. Er wirkte nicht mehr ganz so angespannt wie zu Beginn des Stücks.

Der erste Akt an einem Premierenabend ist für einen Dirigenten immer eine nervenaufreibende Sache.

M. Gasnier lächelte erneut in die Runde, korrigierte auch diesmal den Sitz seiner Hemdmanschetten und gab der

Rhythmusabteilung ein Zeichen. Langsam wurde es dunkel im Saal. Der Vorhang hob sich.

Schauplatz von Akt zwei, Szene eins war laut Programmheft eine Rebellenfestung in den marokkanischen Hügeln. Wahrscheinlich denken Sie jetzt an eine Kulisse wie in *The Maid of the Mountains*, bestehend aus leuchtend violetten Bergen und großen, mit Segeltuch bespannten Felsen. Doch Sie vergessen, dass es sich hier um eine Douglas-B.-Douglas-Produktion handelt. Selbstverständlich gab es Berge, und zwar viele: Reihe um Reihe, die sich scheinbar meilenweit gen Horizont erstreckten, bis sie irgendwo in der Tiefe des Raumes auf einen Himmel von schier unfassbarem Blau trafen. Aber es gab auch noch eine ganze Menge mehr, und die Gesamtwirkung der Szenerie wurde dem Publikum erst gewärtig, nachdem die einhundertzehn Damen und Herren von der Tanzgruppe, die den zweiten Akt mit der beschwingten und durchaus frivolen Nummer »Rough Riff Ruffian Rag« eröffneten (wobei fünfundfünfzig von ihnen als Haremsdamen und die anderen fünfundfünfzig als Fremdenlegionäre verkleidet waren), die Bühne verlassen hatten. Mr Amethyst auf seinem Platz am äußersten Ende von Reihe R fragte sich, was die vielen Fremdenlegionäre in einer Rebellenhochburg zu suchen hatten, und kam zu dem Schluss, dass es sich dabei um eine der vielen Absonderlichkeiten in der Welt der Musikkomödie handelte.

Nachdem der letzte Hüftschwung des »Riff Ruffian Rag« vollbracht war, traten die einhundertzehn Damen und Herren von der Tanzgruppe rasch ab, und das Bühnenbild offenbarte sich dem Publikum in seiner ganzen Pracht. Berge, ja –

aber auch eine riesengroße steinerne Festung mit Türmchen auf der einen Seite, ein echter Wasserfall auf der anderen und dazwischen ein sich sanft wiegender Palmenhain. Außerdem (ein typisches Douglas-B.-Douglas-Stilmittel) drei lebendige Kamele, die in der linken Ecke friedlich schlafend ihren Geruch verströmten. Man hatte sie aus dem Zoo in Whipsnade geliehen, um die Kulisse der Rebellenhochburg noch lebensechter zu gestalten. Das Wichtigste jedoch war Mr Brandon Baker, der in der Mitte der Bühne stand und mit der indigenen Tänzerin Coletta vorübergehend den Pfad der Tugend aus den Augen verlor.

Der Dialog in dieser Szene ging ungefähr so:

COLETTA: Und nun, weißer Mann, wir sind allein, ja?
JACK: Allein! … Endlich! …
COLETTA: Du mich bitte kissen, ja?
JACK: Was würde dein Liebhaber Phillipo tun, wenn er dich in meinen Armen fände?
COLETTA: Phillipo nicht ist mein Liebhaber. Phillipo ist ein Swein. Aber er tötten dich, ja, wenn er finden, dass du kisst mich. Also kiiiss mich …
JACK: Für einen Kuss zu sterben! Ein solcher Tod birgt keinen Schrecken, Coletta.

(Sie umarmen einander leidenschaftlich; darauf folgt Jacks Song »Say My Heart Is In Your Hands«. Am Ende umarmen Jack und Coletta einander erneut. Derweil taucht, unbemerkt von ihnen, ganz rechts Phillipo hinter einem Berg auf. Er beobachtet die Liebenden einen Moment lang, ehe er seinen Revolver zieht und auf Jack anlegt.)

Eine durchaus spannende Szene, vor allem für die Eröffnung des zweiten Akts, in der normalerweise nicht viel mehr passiert, als dass eine Tanznummer aufgeführt wird oder die zweite weibliche Hauptrolle ein Liedchen trällert. Natürlich gab es auch hier einige kleinere Abweichungen vom Original-Skript. Zum einen musste Phillipo von ganz links auftreten statt von ganz rechts – das hatte etwas mit der Drehbühne zu tun. Und Mr Baker sang auch nicht »Say My Heart Is In Your Hands«, sondern »Tell Me Something With Those Eyes«, weil Miss Astle während der Generalprobe einen Tobsuchtsanfall bekommen hatte. Es dürfe nicht sein, dass der beste Song des ganzen Stücks an eine Komparsin vergeudet würde, und wenn »Say My Heart« nicht für sie gesungen würde, würde sie alles hinschmeißen und stattdessen eine Mittelmeerkreuzfahrt machen.

Ansonsten jedoch wurde die Szene größtenteils so aufgeführt wie von Mr Watcyns vorgesehen. Mr Baker und Miss Eve Turner (die junge Dame, die Coletta verkörperte) umarmten einander leidenschaftlich, lösten sich elegant voneinander, und Mr Baker stimmte Strophe eins von »Tell Me Something With Those Eyes« an. M. Gasnier beendete die Nummer mehr als zwei Taktschläge vor Mr Baker, was mit dessen Angewohnheit zusammenhing, eine besonders schöne Note auch mal in die Länge zu ziehen. Der Rebellenführer Phillipo erschien pünktlich links oben im Gebirge, musste sich allerdings noch einmal auf die Seitenbühne zurückziehen, weil der Gallery Club dummerweise eine Zugabe von Mr Baker verlangte. Die Zugabe wurde gewährt, Mr Baker und Coletta umarmten einander noch leidenschaftlicher als beim ersten Mal, und Phillipo durfte erneut auftreten. »Aha!«, rief er angriffslustig. »Du machst Liebe mit meine Frau, eh?« Es war der einzige Satz mit mehr als vier Wörtern, den er im gesamten Stück zu sagen hatte.

Mr Amethyst setzte sich interessiert auf. Er konnte nicht glauben, dass Mr Watcyns den Mumm hatte, den Helden schon vor der Hälfte des Stücks ins Jenseits zu befördern – erst recht nicht, wenn dieser Held von Brandon Baker gespielt wurde. Der Gallery Club würde ihm dafür die Hölle heißmachen. Mr Amethyst wandte sich zu seinem Sitznachbarn um und schlug ihm eine Wette vor: Zehn Shilling darauf, dass, sollte tatsächlich ein Schuss fallen, dieser lediglich in einer harmlosen Fleischwunde resultieren würde. In der nächsten Szene würde Mr Baker mit einem malerischen Verband auftreten, und noch vor Ende des zweiten Akts hätte er sich hinreichend von seiner Verletzung erholt, um »Say My Heart Is In Your Hands« zu singen und dazu zu tanzen. Sein Sitznachbar, ein versierter Theatergänger, lehnte die Wette höflich ab.

Seufzend widmete Mr Amethyst sich wieder dem Geschehen auf der Bühne. Er hörte Mr Bakers furchtlose Antwort auf den Rebellenführer: »Du sagst, sie ist deine Frau, und doch behandelst du sie wie einen Hund!« Er sah, wie der schurkische Phillipo langsam den Revolver aus seinem Gürtel zog. Er hörte Colettas Flehen »Nein, nein, nicht das!« und sah, wie sie tapfer versuchte, sich in die Schussbahn zu werfen, ehe Mr Baker sie ebenso tapfer beiseiteschob und hinter seiner männlich breiten Brust in Sicherheit brachte. Er hörte die Dame auf dem Platz vor ihm quieken, als der

Schuss krachte, und musste schmunzeln, als sie murmelte: »Ich wünschte wirklich, sie würden das lassen. Nach *Journey's End* war mir richtig schlecht.« Er sah, wie Mr Baker genau an der Stelle zusammensackte, die durch zwei Scheinwerfer beleuchtet wurde. Im Stillen schwor sich Mr Amethyst, dass er, sollte Phillipo dem Helden tatsächlich den Garaus gemacht haben, seine Kritik für den *Morning Herald* umschreiben und das Stück als »originelle und angenehm unkonventionelle musikalische Produktion« loben würde.

Miss Turner (alias Coletta) stieß einen Schrei aus. Mr Douglas hatte mit dem Mädchen viel Ärger wegen dieses Schreis gehabt. Sie legte einfach nicht genügend Gefühl hinein. Es kam immer nur ein hoher, zitternder Ton heraus wie bei manchen Sopranistinnen im Radio. Doch anscheinend war es ihm gelungen, sie während der dreiwöchigen Testphase in Manchester auf Trab zu bringen, denn an diesem Abend gelang ihr der Schrei sehr gut. Ganz ausgezeichnet sogar. Zu Mr Douglas' Verblüffung schrie Miss Turner gleich darauf noch ein zweites Mal, wobei ihr zweiter Schrei merklich anders klang als der erste. Mr Douglas fand ihn nicht ganz so überzeugend – ein bisschen übertrieben. Mr Amethyst hingegen bewertete die Ausführung als höchst gekonnt. Er beschloss, seine Kritik in jedem Fall umzuschreiben und Miss Turner explizit darin zu erwähnen.

»Diese begabte junge Darstellerin spielt Entsetzen und Furcht überaus plastisch und muss sich keineswegs hinter dem Können berühmter Tragödiendarstellerinnen verstecken.«

Allein ihr Gesichtsausdruck in diesem Moment war eine schauspielerische Meisterleistung.

Mr Douglas B. Douglas zeigte sich ebenfalls sehr interessiert an Miss Turners Darbietung. Das Mädchen war einfach nicht gut genug. Ungehalten schnappte er sich das Opernglas vom Schoß seiner Frau und stellte den Fokus von ihren kurzsichtigen auf seine weitsichtigen Augen um. Er ließ das Glas über die purpurnen Bergrücken schweifen, bis er Miss Turner und den im Licht der beiden Scheinwerfer am Boden liegenden Mr Baker gefunden hatte. Miss Turners Gesichtsausdruck gefiel ihm überhaupt nicht. Noch weniger gefiel ihm der eigenartige dunkle Fleck, der sich dort, wo Mr Baker hingestürzt war, auf den Bühnenbrettern ausbreitete. Noch einmal drehte Mr Douglas am Opernglas und fixierte die dunkle Stelle. Es war Blut.

Kapitel zwei

Werfen Sie noch einmal einen kurzen Blick ins Programmheft. Wird darin irgendwo der Name Herbert erwähnt? Natürlich nicht. Jeder (mit Ausnahme von Herbert) hält dies für eine himmelschreiende Schande, doch ändern wird sich vermutlich nie etwas daran. Bei jeder Musical-Produktion gibt es einen Herbert, der über viele Wochen hinweg während der Proben und bei jeder Aufführung unermüdlich seinen Dienst verrichtet. Sollte Herbert jemals die Grippe bekommen oder eingeschnappt nach Hause gehen, würde zweifellos etwas Schlimmes passieren: Die Hauptdarstellerin würde ihren Einsatz verpassen; der Wasserfall in der ersten Szene des zweiten Akts würde austrocknen; er würde nicht mehr nach unten, sondern nach oben fließen, oder das Orchester würde das Eröffnungsstück für Akt drei anstimmen, noch bevor Mr Baker sich sein gestärktes Hemd übergezogen hat.

Zum Glück ist Herbert weder anfällig für die Grippe noch fürs Eingeschnapptsein, also steht dem Erfolg der Produktion nichts im Wege. An diesem Nachmittag verließ er das Theater um Viertel nach fünf, nachdem er die siebenundvierzig Kleinigkeiten, die Douglas B. Douglas bei der Generalprobe negativ aufgefallen waren, korrigiert hatte. Um sechs Uhr abends war er zurück, um alles für die Premiere vorzubereiten. Er beruhigte Miss Astle, die einen hysterischen Anfall hatte; er bot Mr Baker seinen Flachmann an, damit dieser für den Stepptanz im ersten Akt die nötige Leichtigkeit aufbrachte; er sorgte dafür, dass die Mitglieder der Tanzgruppe in der vorgegebenen Zeit von fünfzig Sekunden ihre Strandanzüge aus- und ihre Büstenhalter mitsamt Unterröcken anzogen.

Am Ende der Vorstellung wird Herbert nicht auf die Bühne kommen, um sich zu verbeugen, genauso wenig wie er im Programmheft steht oder in irgendwelchen Kritiken auftauchen wird. Für Herbert gibt es keinen Applaus, keine Lobeshymnen und keine Blumen. Das wäre ohnehin schwer möglich, denn er trägt eine schmierige Latzhose und hat die Ärmel seines Hemds fast bis zu den Schultern hochgekrempelt. Mr Douglas hingegen, unter dessen persönlicher Aufsicht die gesamte Produktion stand (Herbert kann an dieser Behauptung nichts Merkwürdiges finden), sieht mit seiner weißen Hemdbrust, dem Frack und dem Sträußchen aus roter Nelke und Frauenhaar-Farn im Knopfloch absolut makellos aus. Er wird hinterher im Rampenlicht baden. Er wird sagen, dass sich all die Energie, die Arbeit und Mühe, die er in das Stück gesteckt hat, wirklich gelohnt haben, da es vom Publikum mit so viel Wohlwollen aufgenommen wurde.

»Kommt, Mädels«, sagte Herbert, der auf der Seitenbühne den Vorhang beiseitehielt, damit fünfundfünfzig Mitglieder der Tanzgruppe am Ende ihrer Eröffnungsnummer von Akt zwei möglichst schnell die Bühne verlassen konnten. »Beeilt euch. Ihr wisst Bescheid, nur anderthalb Minuten für den Kostümwechsel.« Die Tänzerinnen hüpften in Richtung Garderoben davon. Herbert behielt währenddessen die Bühne im Auge. Der Blick von hinter den Kulissen ist viel interessanter als der aus den Rängen oder dem Parkett. Man sieht zwar stets nur einen Teil des Geschehens, doch es ist ein kritischer Teil. Er offenbart das Wesentliche, während der ganze Rest gnädigerweise hinter Leinwand und Vorhängen verborgen bleibt.

Von seinem Standort aus konnte Herbert genau sehen, an welcher Stelle Mr Bakers Toupet in seine echten Haare überging. Ihm fiel auf, dass einer der Träger an Miss Turners Kleid bei ihrer letzten leidenschaftlichen Umarmung heruntergerutscht war, und hoffte, dass er bis zum Ende der Szene durchhalten würde. Und ganz am Rand seines Blickfelds konnte er Mr Foster ausmachen, der als Rebellenführer Phillipo mühsam die Sprossen zu der kleinen Plattform in den Kulissen erklomm, die es so aussehen ließ, als tauche er zwischen den Berggipfeln auf.

Mr Foster war nicht mehr der Jüngste. Eigentlich war es ein Unding, einen Mann mit chronischem Rheumatismus eine Leiter hinaufzujagen. Herbert sah, wie sich auf der Beleuchterbrücke gegenüber die beiden Männer, die die Scheinwerfer bedienten, leise über den Sheffield Wednesday Football Club unterhielten, und unmittelbar unter ihnen legten die ersten zwei der vierundzwanzig Ballerinen ihre Tutus an und machten sich für die nächste Szene bereit. Er sah auch, wie M. Gasnier die Hand hob, um Mr Baker zu signalisieren, in welchem Takt von »Tell Me Something With Those Eyes«

sein Einsatz kam ... Schon komisch, dass ein Mann, der seit nunmehr neunundzwanzig Jahren auf der Bühne den jungen Helden gab und Lieder trällerte, immer noch daran erinnert werden musste.

Herbert sah auch die sich ausbreitende dunkle Blutlache nach Mr Bakers Sturz.

»Was zum – *Vorhang!*«, rief Herbert.

Er folgte dem sich schließenden Vorhang bis zur Bühnenmitte und hielt dort die beiden Hälften zusammen. Er hörte den Beifall des Publikums. Deutlich mehr, als Manchester jemals nach dieser Szene gespendet hatte.

»Um Himmels willen, Bert!«, sagte Miss Turner. »Er wurde erschossen.«

Die Inspizienten musikalischer Komödien sind wie die Chefstewards auf Schiffen, sie bekommen immer das Schlimmste von allem ab: Krisen, Missgeschicke, Skandale. Und die ganze Zeit muss die Show weitergehen beziehungsweise der Schiffsmotor weiterlaufen, idealerweise ohne dass jemand merkt, dass es überhaupt ein Problem gegeben hat. Da Herbert ein guter Inspizient war, galt sein erster Gedanke weder dem reglos auf den Bühnenbrettern liegenden Brandon Baker noch Miss Turners Hysterie – ja, nicht einmal Mr Foster, der in seinem farbenfrohen Rebellenanführerkostüm immer noch oben im Gebirge stand. Nein, sein erster Gedanke galt den Zuschauern auf der anderen Seite des Vorhangs. Sechzig Sekunden würden sie vielleicht warten, aber länger nicht. Sechzig Sekunden waren viel Zeit für einen Kulissenwechsel in einer Douglas-B.-Douglas-Produktion, und das Publikum wusste dies. Herbert eilte zurück auf die Seitenbühne und nahm den Hörer vom Telefon, das ihn mit M. Gasniers Dirigentenpult im Orchestergraben verband.

»Spielen Sie noch einmal die Einleitung zu Akt zwei«, sagte er, »und gleich danach die erste Nummer.«

»Wieso?«, fragte M. Gasnier. »Stimmt etwas nicht?«

»Alles in Ordnung. Tun Sie einfach, was ich sage. John, runter mit dem Zwischenvorhang. So, Mädels, ihr seid dran. In Gottes Namen, sorgt dafür, dass ihr eine Zugabe geben müsst. Und immer schön *lächeln.*«

Der Zwischenvorhang senkte sich. Eine unangenehme halbe Minute lang fürchtete Herbert schon, er könne hinter dem dunklen Blutfleck zu Boden gehen statt davor, doch zum Glück reichte er – wenn auch nur knapp. Die hellgrauen Fransen der Vorhangkante schleiften durch den dunklen Fleck und verwischten ihn.

»Holen Sie einen Lappen«, befahl Herbert.

»O Gott!«, sagte Miss Turner. »Was ist mit ihm? Was ist passiert? Ist er … ist er tot?«

»Das weiß ich nicht. Alle runter von der Bühne. *Runter von der Bühne,* Phillipo – kommen Sie herunter. Du da, Bursche … hol sofort Mr Douglas her. Loge A. Renn um dein Leben. John – nach vorne zur Kasse, schauen Sie, ob ein Arzt seine Platznummer hinterlegt hat. Falls ja, finden Sie ihn und bringen Sie ihn her. Alle runter von der Bühne, ist das denn so schwer? … Ah, da sind Sie ja, Sir.«

»Ja«, sagte Mr Douglas. »Ich habe alles gesehen. Hat mir gar nicht gefallen. Lebt er noch? Haben Sie nach einem Arzt geschickt? Was zum Teufel ist denn hier passiert, Mann?«

»Das weiß ich nicht, Sir. Ich habe ihn nur fallen sehen,

während ich drüben auf der Seitenbühne stand. Mir war nicht bewusst, dass irgendwas nicht stimmt. Dann habe ich das Blut gesehen … Die Tanznummer der Mädels ist gleich zu Ende, Sir. Was sollen wir denn jetzt machen? Serge und Mimi könnten vor den Vorhang treten, bis wir den …«

»Reden Sie keinen Unfug!«, sagte Mr Douglas. »Sie können doch nicht einfach mit der Vorstellung weitermachen, während ein sterbender Mann auf der Bühne liegt. Lassen Sie den Hauptvorhang herunter und sagen Sie René, er soll etwas spielen. Im Publikum sitzt ein mir bekannter Arzt – Armitage aus der Harley Street –, sechste Reihe hinten im Parkett … Schicken Sie nach ihm.«

»Was ist mit der Polizei, Sir?«

»Ja, vermutlich. Warten Sie einen Moment … Dieser Wilson ist doch auch im Theater. Sitzt etwas weiter hinten als Armitage. Lassen Sie am besten beide holen. Es hat keinen Sinn, etwas vertuschen zu wollen.«

»Wir sollten ihn wegschaffen, Sir.«

»Ja. Nein … wenn die Polizei sofort kommt, lassen Sie ihn liegen, wenigstens bis der Arzt ihn sich angeschaut hat. Wo ist Phillipo?«

»Phillipo! … Bursche, geh und such Mr Foster. Hurtig.«

»Was ist los?«, fragte Miss Astle, die urplötzlich im Negligé auftauchte. »Was ist denn passiert? O … mein Gott!«

»Räumen Sie die Bühne, Gwen. Gehen Sie zurück in Ihre Garderobe. Es gab einen Unfall. Ich komme gleich und schaue nach Ihnen.«

»Brandon! … Ist er – tot? Sagen Sie es mir – ist er tot?«

»Ich denke ja.«

»Grundgütiger! Brandon … o mein Gott!«

Miss Astle begann zu lachen. Es war kein angenehmes Geräusch.

»Um Himmels willen, seien Sie doch still!«, wies Mr Douglas sie zurecht. »Das Publikum darf nicht hören, dass Sie hier so einen Lärm veranstalten. Halten Sie gefälligst den Mund!«

Doch Miss Astle hielt nicht den Mund. Sie lachte und lachte wie von Sinnen … ehe sie in Mr Douglas' Armen zusammensank.

»Bringen Sie sie in ihre Garderobe. Geben Sie ihr einen Brandy. Lassen Sie sie keinesfalls zurück auf die Bühne, bis hier alles weggeräumt ist.«

Die kraftlose Miss Astle wurde von dannen geführt.

»Interessant«, murmelte Mr Douglas. »Waren die beiden … ich meine, sie und Baker …«

»Ich habe nicht die geringste Ahnung«, sagte Herbert. »Ich glaube, hier kommt der Arzt, Sir.«

Dr. Armitage hatte fast alle Premieren gesehen, jedoch nur sehr wenige zur Gänze. Auch am heutigen Abend war er in der Erwartung erschienen, spätestens nach der Hälfte der Vorstellung zur Geburt eines adligen Sprösslings gerufen zu werden. Als daher der Theatermitarbeiter in Parkett-Reihe F seinen Namen gerufen hatte, war Dr. Armitage wie ein christlicher Märtyrer aufgestanden und hatte die Hoffnung geäußert, dass es Zwillinge und noch dazu Mädchen sein mögen, weil er an einer derart fesselnden Stelle des Stücks aus dem Theater geholt wurde. Er hatte nicht damit gerechnet, hinter die Bühne gebracht zu werden. Dr. Armitage war ein großer, stiller Schotte und verrichtete seine Arbeit mit einer methodischen, beinahe trauervollen Langsamkeit, die Mr Douglas an den Rand der Verzweiflung trieb.

»Es hat einen Unfall gegeben, Doktor«, erklärte Mr Douglas ihm. »Mr Baker … Könnten Sie bitte schauen, wie es um ihn steht?«

Dr. Armitage schob vorsichtig den Lappen beiseite und kniete sich neben Mr Bakers leblose Gestalt. Er öffnete sein arabisch anmutendes Kostüm und beugte sich über seine Brust. Mr Douglas trommelte mit dem Daumennagel eine kleine Melodie auf seinen Schneidezähnen – eine Angewohnheit, wenn er ungeduldig war. Jenseits des Vorhangs sammelte das Orchester noch einmal alle Kräfte für das Finale der Ouvertüre. In einer Minute würde Totenstille im Saal herrschen.

»Nun gut?«, sagte Mr Douglas.

»Weit davon entfernt«, antwortete Dr. Armitage. »Im Gegenteil. Er ist tot.«

»Tot?«

»Schuss ins Herz. Muss auf der Stelle tot gewesen sein.«

Hinter der Bühne eines Theaters verbreiten sich Neuigkeiten in Windeseile. Die Laufburschen trugen sie von den Gängen in die Garderobenflure, wo das Geschnatter der Tänzer jäh verstummte. »Brandon Baker ist tot.« Innerhalb einer Minute war die Nachricht bis zum Pförtner am Bühnenausgang vorgedrungen. »Er ist tot … Brandon Baker ist tot.« Kleine Grüppchen wunderlich gekleideter Ensemblemitglieder versammelten sich am Bühnenrand und starrten fasziniert auf die Gestalt zu Mr Douglas' Füßen. Die Männer oben an den Flutlichtern beugten sich über das Geländer, um etwas sehen zu können, und warfen riesenhafte Schatten auf die Bühne. »Er ist tot. Hilary Foster hat ihn erschossen. Brandon Baker ist tot …« Das Orchester beendete seine Ouvertüre mit einem temperamentvollen Crescendo der Rhythmusabteilung.

»Nun …«, sagte Mr Douglas. »Ich denke, ich muss hinausgehen und eine Ansage machen. Herbert, ich überlasse Ihnen hier die Führung. Passen Sie auf, dass nichts bewegt wird. Wenn Wilson nicht in einer Minute da ist, schnappen Sie sich den erstbesten Bobby, den Sie finden. Schaffen Sie die Leute von der Bühne. Und in Gottes Namen, holen Sie Phillipo her.«

Mr Douglas teilte den Vorhang und blinzelte ins Scheinwerferlicht.

»Meine sehr verehrten Damen und Herren«, sagte er. »Ich … ich bin sehr betrübt, Ihnen mitteilen zu müssen, dass es zu einem … bedauerlichen Zwischenfall auf der Bühne gekommen ist. Es … Ich fürchte, unter den gegebenen Umständen ist es uns nicht möglich, mit der Vorstellung fortzufahren. Äh … Mr Brandon Baker … Mr Baker hat leider eine Schussverletzung erlitten. Ich möchte Sie bitten, das Theater zu verlassen. Ich kann nur mein aufrichtiges Bedauern über diesen zutiefst bedauerlichen … Ich werde dafür sorgen, dass den Inhabern reservierter Plätze das Eintrittsgeld zurückerstattet oder das Ticket eingetauscht wird … Die Damen und Herren auf der Galerie erhalten ihr gezahltes Eintrittsgeld beim Verlassen des Theaters zurück … Ich kann Ihnen nur nochmals versichern, wie leid es mir tut …«

Es war ein unglücklicher Zufall, dass Mr Douglas achtzehn Monate zuvor das Kriminalstück *Persons Unknown* produziert hatte. In diesem wurde in der letzten Szene des ersten Akts ein recht raffinierter Mord begangen, bei dem der Schuss scheinbar mit einer schallgedämpften Pistole aus dem Zuschauerraum abgefeuert wurde. Mr Douglas hatte das Ganze vortrefflich inszeniert. Er war persönlich auf die Bühne gekommen, um dem Publikum die traurige Mitteilung zu machen. Dann hatte er den gefeierten französischen Privatdetektiv M. André Proinet vorgestellt, der zufällig in einer der Logen saß, und angekündigt, dass niemand den Saal verlassen dürfe – nicht einmal, um an der Bar ein Getränk einzunehmen. Er hatte sogar jeden Ausgang von Schauspielern in den blauen Uniformen der Londoner Metropolitan Police bewachen lassen.

Der zweite und dritte Akt waren der Aufklärung des Falls gewidmet. Am Ende wurde eine alte Jungfer in der ersten Reihe des ersten Ranges als Täterin entlarvt. Das Stück war ein großer Erfolg gewesen und über ein Jahr lang gespielt worden, nicht zuletzt deshalb, weil Mr Douglas bei jeder Vorstellung den Mörder wechselte und niemand im Zuschauerraum sicher sein konnte, ob nicht vielleicht sein Sitznachbar den tödlichen Schuss abgegeben hatte. (Sogar Mr Amethyst wurde einmal der schurkischen Tat bezichtigt. Eine Frau mittleren Alters mit Diadem im Haar, die während der Vorstellung neben ihm gesessen hatte, behauptete, er habe sich während des ersten Akts höchst verdächtig benommen.)

Das Ärgerliche war nun, dass die Premierenzuschauer von *Blue Music* sich noch sehr gut an *Persons Unknown* erinnerten. Sie lauschten Mr Douglas' Erklärungen in höflichem Schweigen und wussten natürlich sofort, dass es sich wieder einmal um einen typischen Douglas-B.-Douglas-Trick handelte. Als er geendet hatte, lachten und applaudierten sie. Mr Douglas war noch nie in seinem Leben so verwirrt gewesen.

»Meine Damen und Herren …«, sagte er. »Bitte … *bitte!* … Ich versichere Ihnen, dies ist nicht Teil der Aufführung … Ich wünschte, es wäre so … Bitte!«

Die Zuschauer amüsierten sich königlich. Wie originell! Noch eine Minute, dann würde der Detektiv auftreten, und die »Polizei« würde auf der Suche nach Spuren den Saal durchkämmen. Am Ende würde jemand verhaftet werden, und wahrscheinlich würde es sogar noch eine Gerichtsverhandlung geben. Was für ein Spaß. Zahlreiche Leute im Parkett blätterten in ihren Programmheften auf der Suche nach dem Namen des Schauspielers, der den Ermittler verkörperte, und als sie ihn nicht fanden, kamen sie zu dem Schluss, dass auch dies ein genialer Einfall von Douglas B. Douglas sein musste, der dem Ganzen noch mehr Spannung verleihen wollte. Der Applaus wurde lauter. Mr Douglas stand auf der Bühne und wusste weder ein noch aus.

»Stopp!«, rief er irgendwann. »Ruhe, ich bitte Sie … Meine Damen und Herren. Offenbar fällt es Ihnen schwer, zu verstehen, dass das, was ich gerade gesagt habe, nicht zum Stück gehört. Ich fürchte, es gibt nur eine einzige Möglichkeit, Sie davon zu überzeugen. Vorhang auf, bitte …«

Ränge und Galerie verstummten augenblicklich, als sie den unschönen, immer größer werdenden Fleck neben Brandon Baker erblickten. Die Zuschauer im Parkett mussten aufstehen, um ihn sehen zu können. Innerhalb einer Minute war es still im Saal.

»Meine Damen und Herren, hätten Sie nun vielleicht die Güte, so schnell wie möglich das Theater zu räumen? … Äh … In den morgigen Tageszeitungen wird es eine offizielle Erklärung dazu geben … Ich danke Ihnen vielmals … Vorhang!«

Benommen strömten die Zuschauer aus dem Saal. Hoch oben im Olymp fing ein Mitglied des Brandon Baker Gallery Clubs hemmungslos an zu schluchzen. Die anwesenden Pressevertreter stürzten im Pulk nach unten in Richtung Bühnenausgang. Das einzige Taxi, das vor dem Haupteingang des Grosvenor Theatre wartete, bekam anderthalb Stunden zu früh einen ganzen Schwung unerwarteter Kundschaft.

Während Mr Douglas seine Ankündigung gemacht hatte, war auch Mr Wilson von Scotland Yard auf der Bühne eingetroffen. Auf den ersten Blick hätte man Mr Wilson niemals mit etwas derart Profanem wie der Polizei in Verbindung gebracht. Er war groß, grauhaarig, makellos gekleidet in voller Abendgarderobe und darüber hinaus Inhaber eines Gesichts, das in Heftromanen gerne als »verwegen« bezeichnet wird. Ein Anwalt vielleicht oder ein Spezialist für Magenleiden – aber niemals ein Detective bei der Polizei.

»Mr Douglas?«, sagte Mr Wilson mit leiser Stimme. »Sehr erfreut. Wilson, Scotland Yard. Oh, das hier ist mein Sohn Derek. Wahrscheinlich hätte ich ihn nicht mit auf die Bühne nehmen sollen, aber ich fürchte, er wäre so oder so gekommen. Er ist Reporter bei der *Gazette*. Eine sehr unschöne Angelegenheit, Mr Douglas. Das hier, meine ich, nicht der Beruf meines Sohnes.«

»Extrem unschön«, sagte auch Mr Douglas.

»Wurde etwas angerührt?«

»Nichts, Sir«, antwortete Herbert. »Dafür habe ich gesorgt.«

»Ausgezeichnet«, sagte Mr Wilson. »Nach einem Vorfall wie diesem kommt es nämlich oft vor, dass die Leute in wahre Putzorgien verfallen. Ich nehme an, Sie haben einen Arzt kommen lassen?«

»Ja«, sagte Mr Douglas. »Hier ist er. Dr. Armitage – Inspector Wilson von Scotland Yard.«

»Sehr erfreut«, sagte Mr Wilson. »Sind Sie nicht der Mann, der immerzu Kaninchen tötet und dann mit einer Injektion in die Drüsen wieder zum Leben erweckt?«

»Ja«, sagte Dr. Armitage. »Allerdings hat das nichts mit dem vorliegenden Fall zu tun, Inspector.«

»Natürlich nicht«, erwiderte Mr Wilson. »Selbstverständlich nicht. Ich wollte keinen Augenblick lang andeuten, dass Mr Baker … Ist er denn wirklich tot?«

»Ja. Ein Schuss ins Herz. Die Kugel ist fast exakt mittig in sein Herz eingedrungen und glatt durch den Körper hindurchgegangen.«

»Sehr unangenehm. Derek … vielleicht gehst du nach draußen und holst ein paar Bobbys her, sei so gut, ja? Ich fürchte, wir werden Mr … Wie war noch sein Name? Der Mann, der den Rebellenführer gespielt hat?«

»Foster«, sagte Mr Douglas. »Hilary Foster. Er ist verschwunden.«

»Verschwunden?«

»Nachdem der Vorhang gefallen ist, habe ich zwei Männer geschickt, damit sie nach ihm suchen. Ist nicht auffindbar.«

»Du liebe Zeit«, sagte Mr Wilson. »Nun … könnten Sie vielleicht all diese Damen und Herren bitten, die Bühne zu verlassen? Danke. Und ich denke, wir sollten den Leichnam an einen etwas ruhigeren Ort bringen. In eine Garderobe oder dergleichen. Oh, aber bevor wir das tun, noch einen Moment. Hat jemand ein Stück Kreide?«

»Kreide!«, rief Mr Douglas. »Kreide. Kommen Sie schon, irgendwer muss doch ein Schlick … ein Schmück … ein Stück Kreide haben. Rasch!«

»Hier, bitte sehr, Sir«, sagte Herbert – ein Mann, der solche Dinge immer in den Taschen seiner Latzhosen trug. »Kreide, Sir.«

»Danke«, sagte Mr Wilson. »Derek, bist du so gut und zeichnest eine Linie um Mr Bakers Leiche? Ich weiß … das ist keine besonders angenehme Aufgabe, aber es kann sich als nützlich erweisen, wenn man genau weiß, wo und wie der Leichnam gelegen hat. Ich würde es ja selbst tun, aber meine Weste … Danke, das reicht schon. Ich denke, jetzt können wir ihn wegbringen. Ach, einen Moment noch. Dies ist eine Drehbühne, richtig? Die Stelle, an der Mr Baker gerade liegt – gehört sie zum drehbaren Teil?«

»Ja«, sagte Mr Douglas. »Er liegt genau auf dem Rand.«

»Verstehe«, sagte Mr Wilson. »Derek, sei so gut und zeichne eine gerade Linie von Mr Bakers Kopf ausgehend bis zum anderen Teil der Bühne – dem nicht drehbaren Teil, meine ich. Es hat ja keinen Sinn, die Stelle zu markieren, wo die Leiche gelegen hat, wenn die Bühne sich benimmt wie das Planetensystem und uns alles verdirbt, habe ich recht? So, das wäre fürs Erste alles, glaube ich. Herzlichen Dank.«

»Warten Sie kurz, Sir«, sagte Herbert. »Ich drehe die Bühne ein Stück, dann können wir ihn in seine Garderobe tragen.«

Mr Wilson stellte sich breitbeinig hin, ehe er geschmeidig aus dem gleißenden Scheinwerferlicht ins Halbdunkel der hinteren Bühne glitt.

»Sehr einfallsreich«, meinte er. »Fast wie eine Schiffschaukel auf dem Rummel, nicht wahr? Und jetzt möchte ich gerne Mr Foster finden. Wie viele Ausgänge gibt es, die vom Bühnenbereich auf die Straße führen, Mr Douglas?«

»Einen«, sagte Mr Douglas. »Es gibt nur den offiziellen Bühneneingang. Es sei denn, er hat eine der beiden Türen an den Seiten der Vorbühne genommen, die führen ins Treppenhaus und weiter in die Gänge zu den Logen auf beiden Seiten. Von dort aus hätte er natürlich auch einen beliebigen Haupteingang benutzen können.«

»Verstehe«, sagte Mr Wilson. »Das hilft uns also nicht weiter, habe ich recht? Vielleicht bitten Sie trotzdem jemanden, die Männer an den Ausgängen zu fragen, ob sie den Herrn gesehen haben, sind Sie so gut? Das gilt selbstverständlich auch für den Pförtner am Bühnenausgang.

Und ich frage mich, ob Sie vielleicht mehr als zwei Personen für die Suche innerhalb des Theaters abstellen könnten. Zwei Personen, die nach einer dritten Person suchen, das ist keine wirklich gute Konstellation, müssen Sie wissen. Ich danke Ihnen vielmals. Ich mache Ihnen doch nicht zu viele Umstände, oder?«

»Überhaupt nicht«, sagte Mr Douglas, der sich fragte, mit wie vielen ungelösten Verbrechen Wilson es bislang zu tun bekommen hatte.

»Smith – Jackson – Anderson – Sie und Sie – und Sie beide – durchsuchen Sie das ganze Haus und kommen Sie erst zurück, wenn Sie Mr Foster gefunden haben. Sie zwei – klappern Sie sämtliche Ausgänge ab, und vergewissern Sie sich, dass er das Theater nicht verlassen hat. Gehen Sie zuerst zum Bühnenausgang und fragen Sie den alten Roberts. Beeilen Sie sich.«

»Danke«, sagte Mr Wilson. »Es tut so gut, zur Abwechslung mal mit Menschen zu arbeiten, die wirklich hilfsbereit sind. Dieses Schild, auf dem steht, dass man hier nicht rauchen darf – bedeutet es wirklich, dass man hier nicht rauchen darf, Mr Douglas?«

»Nehmen Sie sich ruhig eine Zigarre«, lautete Mr Douglas' Antwort.

»Nein, danke. Ich bleibe lieber bei meiner Pfeife, wenn es Ihnen nichts ausmacht. Ich lechze schon den ganzen Abend danach, aber ich saß zwischen einer Herzoginwitwe und einem jungen Mann, der so aussah, als würde ihm übel werden, wenn ich sie heraushole. Das ist das Schlimmste daran, wenn man sich ein gestärktes Hemd anzieht und im Parkett sitzt. So, und jetzt würde ich gerne die Kugel finden ...«

Mr Wilson zündete langsam und bedächtig eine Pfeife an, wofür er fünf Streichhölzer benötigte und Tabak über einen Großteil des von Herberts frisch gesäuberten Bühnenbodens verstreute. Dann ging er zurück zu der Stelle, an der Mr Baker lag.

»Sie ist weg«, sagte Mr Wilson.

»Was ist weg?«, fragte Mr Douglas.

»Die Kreidelinie. Ach, natürlich … wir haben ja die Bühne gedreht. Wie dumm von mir … Ich bin an derlei wundersame mechanische Apparaturen nicht gewöhnt. Könnten wir sie wieder zurückdrehen, bitte? Vorsicht – Vorsicht!«

Dummerweise hatte Mr Wilson einen seiner großen Füße auf der Drehbühne platziert, während der andere auf dem festen Teil stand. Das Ergebnis war, dass er recht unsanft auf dem Hosenboden landete und in einem Kreisbogen davongetragen wurde, ehe es ihm gelang, sich vollständig auf den unbeweglichen Teil zu retten.

»Sehr lustig«, sagte Mr Wilson traurig, rappelte sich auf und klopfte sich den Staub von der Hose. »Wirklich überaus amüsant. Da fragt man sich, weshalb Sie das nicht öfter in Ihren Aufführungen nutzen. Also … noch ein bisschen weiter, bitte. Huch, jetzt ungefähr einen Zoll zurück. So … so ist es gut. Das ist die exakte Stelle, an der Mr Baker gelegen hat. Schlau von mir, nicht wahr?«

»Überaus«, sagte Mr Douglas.

»Nun … möchte ich genau wissen, wo dieser Mr Foster stand, als er den Schuss abgab. Dort oben, sehe ich das richtig? Derek … wärst du so gut, den Platz des Herrn einzunehmen? Ich würde ja selbst gehen, aber die Weste – du weißt schon, sie ist nicht fürs Bergsteigen geeignet. Danke dir.«

»Ein bisschen weiter nach rechts, Sir«, sagte Herbert. »Noch ein bisschen. So müsste es hinhauen, Sir.«

»Wunderbar«, sagte Mr Wilson. »Nun gut. Er stand also dort oben und feuerte auf Mr Baker, der wiederum hier unten stand. Ist das nicht seltsam? In der Anwesenheit von zweitausend Menschen einen Mann zu erschießen, ohne den Hauch einer Chance, damit durchzukommen.«

»Aber er *ist* ja damit durchgekommen, verflucht noch mal«, warf Mr Douglas verärgert ein.

»Ach ja«, sagte Mr Wilson. »Stimmt. Das hatte ich ganz vergessen. Also … er hat geschossen. Mr Douglas, könnten Sie kurz herkommen und Mr Baker sein?«

»Ich?«, sagte Mr Douglas.

»Ja. Keine Angst, Derek hat keinen Revolver. Stehen Sie bitte einfach an dieser Stelle. So ist es gut. Die Kugel wäre hier eingedrungen, richtig?«

Mr Wilson stach mit dem Zeigefinger gegen Mr Douglas' Brusttasche. Mr Douglas wurde ein wenig blümerant zumute.

»Direkt durch Sie hindurch, auf der anderen Seite wieder hinaus … und weiter. Sie hätten nicht zufällig Lust, einmal auf der Bühne zusammenzubrechen, Mr Douglas, so wie der arme Mr Baker?«

»Nein«, sagte Mr Douglas. »Das habe ich nicht.«

»Selbstverständlich nicht. Die Bühne ist sehr schmutzig. Meine Hosen … Ja, genau, sie wäre dieser Linie gefolgt und in der Seitenwand der Vorbühne stecken geblieben, habe ich recht?«

»Ich weiß es nicht«, sagte Mr Douglas. »Wäre sie das?«

»In der Tat«, sagte Mr Wilson. »Und das ist sie auch. Dort ist sie, sehen Sie? Da ist der kleine Gauner. Morgen schicke ich Anderson her, der soll sie rausholen und sie sich genauer ansehen.«

Mr Wilson betrachtete lange und interessiert die kleine dunkle Stelle, wo die Kugel in die weiße Wand der Vorbühne eingedrungen war. Einige Stücke Putz waren abgebröckelt und lagen auf der Bühne.

»Hat jemand ein Lineal?«, fragte Mr Wilson. »Oder einen Zollstock oder dergleichen?«

»Ja, Sir.« Herbert zog ein Lineal aus der kleinen Tasche an der Seite seiner Latzhose und nahm das Maßband ab, das er um den Hals trug. »Bitte schön, Sir.«

»Danke«, sagte Mr Wilson und nahm das Maßband. »Sie scheinen mir ein ganz bemerkenswerter Mann zu sein. Ein Warenhaus auf zwei Beinen, was? Sie haben nicht zufällig auch einen doppelten Whisky dabei?«

»Hatte ich, Sir«, sagte Herbert mit großem Ernst. »Aber den habe ich der Hauptdarstellerin eingeflößt – Miss Astle, Sir. Sie hatte akutes Nervenflattern, Sir.«

»Verstehe.« Mr Wilson legte das Maßband an die Wand der Vorbühne. »Das ist ja merkwürdig. Überaus merkwürdig.«

»Was ist merkwürdig?«, wollte Mr Douglas wissen.

»Nichts. Gar nichts. So, du kannst jetzt wieder herunterkommen, Derek. Vielen Dank. Da oben in den Alpen siehst du richtig attraktiv aus. Wie Garibaldi.«

»Mr Douglas!«

»Ja. Was ist?«

Einer der vielen Männer, die mit der Jagd auf Mr Foster betraut worden waren, kehrte auf die Bühne zurück.

»Die Tür zu Mr Fosters Garderobe ist abgeschlossen, Sir. Er reagiert nicht.«

»Dann brechen Sie sie auf«, sagte Mr Douglas gepresst.

»In Ordnung, Sir.«

»Wenn Sie nichts dagegen haben, würde ich gerne mitkommen und sehen, was immer es zu sehen gibt«, sagte Mr Wilson. »Folgst du mir, Derek? Hier entlang, richtig?«

Natürlich war es Herbert, der die Garderobentür aufbrach. Niemand sonst hatte einen Schraubenschlüssel zur Hand. Einige geschickte Schläge gegen das Schloss, ein beherzter Stoß mit der linken Schulter, und die Tür war offen. Herbert stürzte in den Raum, feierlich gefolgt von Mr Wilson und Mr Douglas.

»Hätte man nicht davon ausgehen können, dass Sie hier zuerst nachschauen?«, fragte Mr Wilson leise. »Seine Garderobe war doch sicher der naheliegendste Ort …«

Sie hatten Mr Foster gefunden. An einem Strick hängend.

Kapitel drei

Das gab eine wundervolle Geschichte ab.

Unter den gegebenen Umständen beschloss Mr Amethyst, seine Kritik komplett neu zu verfassen. Er warf seine erste Version, da sie gut gelungen und mit einigen frivolen Wortspielen gespickt war, jedoch nicht weg, sondern verwendete sie am darauffolgenden Freitag für die neue Revue im Hippodrom. Einige Namen mussten ausgetauscht werden, doch ansonsten erwies sich der Text als zutreffend. Über die tragische Premiere von *Blue Music* schrieb Mr Amethyst Folgendes:

Allmählich ist man es leid, jeden Theaterkritiker in London sagen zu hören, Mr Douglas B. Douglas habe »sich wieder einmal selbst übertroffen«. Wenn damit gemeint ist, dass Mr Douglas die ewig gleichen Mittelchen nach dem ewig gleichen Rezept zusammengemischt hat, um sie den ewig gleichen

Patienten in der ewig gleichen Dosis zu verabreichen (denn so würde ich diese Aussage interpretieren), darf dies nicht unbedingt als Kompliment verstanden werden. In Bezug auf seine neueste Produktion *Blue Music,* die vergangenen Abend im Grosvenor ihre zugleich erste und letzte Vorstellung feierte, können meine werten Kollegen jedoch nichts dergleichen behaupten – wobei der Fairness halber erwähnt werden sollte, dass Mr Douglas durch einen Mord daran gehindert wurde, sich (wieder einmal) selbst zu übertreffen. Ich persönlich habe schon oft das Bedürfnis verspürt, Mr Douglas' Vorstellungen in ähnlicher Manier ein Ende zu bereiten; zum Glück für meine Leser gab es immer das eine oder andere, was mich daran hinderte, diesen ansonsten lobenswerten Plan in die Tat umzusetzen. Entweder ich hatte dummerweise mein Maschinengewehr zu Hause vergessen, oder ich saß in der Mitte einer Reihe zwischen einer korpulenten Gräfin und einem schmerbäuchigem Politiker, sodass ein Entkommen nach vollbrachter Tat schwierig, wenn nicht gar unmöglich gewesen wäre. Nun hat jemand in günstigerer Position die Idee aufgegriffen, und obgleich ich keinesfalls kaltblütigen Mord verteidigen möchte (auch wenn es sich um den Mord an einem Schauspieler handelt, dessen Leistungen schon seit langem ein Attentat rechtfertigen), handelt es sich hier doch um eine jener Situationen, in denen man sich unversehens auf der Seite derjenigen wiederfindet, die für eine Abschaffung der Todesstrafe plädieren.

Mr Douglas' neueste Produktion war, ehe zur rechten Zeit das Schicksal zuschlug, wieder einmal eine musikalische Komödie, in der sowohl die Musik als auch die Komik in erster Linie durch ihr Fehlen hervorstachen. Die einzige Spur wahrnehmbaren schauspielerischen Talents zeigte Miss Eve Turner in der Rolle der Coletta, doch da es sich, wie im Nachhinein klar wurde, gar nicht wirklich um Schauspielkunst, sondern um Realität handelte, wäre es wohl zu großzügig, mehr zu tun, als zu betonen, dass Miss Turner gut schreien kann. Miss Astle in der weiblichen Hauptrolle trug eine Vielzahl entzückender Kostüme und zeigte, wie leicht es für die Heldin eines Musicals sein kann, ein hohes C zu singen, sofern das Blech im Orchester ausreichend Intelligenz besitzt, im entscheidenden Moment sehr kräftig zu blasen. Über Brandon Bakers Leistung als Jack ließe sich eine ganze Menge sagen, doch da uns ein Sprichwort verbietet, schlecht über Tote zu sprechen, sei an dieser Stelle lediglich erwähnt, dass das Letzte, was Mr Baker auf der Bühne tat, zugleich mit Abstand das Beste war. Die Tanzgruppe zeigte gute Choreografien, stellenweise Nerven und stets sehr viel nackte Haut, und ich habe nicht den geringsten Zweifel, dass Mr Douglas nach Verstreichen einer angemessenen Frist die Weitsicht besitzen wird, *Blue Music* wieder aufzunehmen, und dass das Stück zwei Jahre lang mit großem Erfolg laufen wird. Leider kann man selbst in unruhigen Zeiten wie diesen nicht jeden Premierenabend mit einem Mord rechnen …

Die Meldung über das Verbrechen im *Morning Herald* war etwas weniger geistreich, dafür reißerischer:

BERÜHMTER MUSICALDARSTELLER BRANDON BAKER
WÄHREND PREMIERE ERSCHOSSEN
TRAGÖDIE IM WEST END

Kollege begeht Selbstmord
Von unserem Sonderkorrespondenten

Die Ausgelassenheit und der Glanz, die eine typische Douglas-B.-Douglas-Premiere begleiten, fanden am vergangenen Abend im Grosvenor Theatre in London ein abruptes und tragisches Ende, als Brandon Baker, der allseits bekannte Musical-Star, vor ausverkauftem Haus auf offener Bühne den Tod fand. Die Tragödie ereignete sich zu Beginn des zweiten Akts, als Mr Baker von J. Hilary Foster, einem anderen Ensemblemitglied, mit einer Kugel niedergestreckt wurde. Die Zuschauer waren fassungslos, als Mr Baker urplötzlich auf der Bühne zusammenbrach, und die anfängliche Vermutung, dass

es sich dabei um einen Teil der Inszenierung handle, wich blankem Entsetzen, als das dünne Rinnsal Blut sichtbar wurde, das aus einer Wunde im Körper des beliebten Theaterschauspielers in Richtung der Rampenlichter floss. Das Grauen gipfelte darin, dass Foster wenig später erhängt in seiner Garderobe aufgefunden wurde. Im allgemeinen Tumult nach dem tödlichen Schuss gelang es ihm wohl, unbemerkt von der Bühne zu fliehen und sich in seiner Garderobe einzuschließen, wo er Selbstmord beging.
Inspector Wilson von Scotland Yard, der sich zum Zeitpunkt des unerhörten Vorfalls als Zuschauer im Theater aufhielt, eilte unverzüglich zur Hilfe herbei und hatte die Lage rasch unter Kontrolle. Auf der letzten Seite finden Sie heute eine Fotostrecke von Brandon Baker in einigen seiner berühmtesten Rollen, und verpassen Sie auch nicht die morgige Ausgabe mit einer auf hochwertigem Papier gedruckten, exklusiven Brandon-Baker-Gedenkbeilage, in der wir den kometenhaften Aufstieg des Theaterstars üppig illustriert Revue passieren lassen – ein Erinnerungsstück, das die Abertausende von Fans, die Baker vergötterten, noch lange schätzen werden. Sichern Sie sich angesichts der hohen Nachfrage am besten jetzt sofort Ihr ganz persönliches Exemplar, indem Sie beim Zeitungshändler Ihres Vertrauens eine Bestellung aufgeben.
Mr Douglas B. Douglas, berühmter Impresario und Produzent der Komödie *Blue Music,* die eine so tragisch kurze Spielzeit hatte, gab unserem Sonderkorrespon-

denten vor Verlassen des Theaters am gestrigen Abend noch ein exklusives Interview. »Es ist für uns alle ein furchtbarer Schock«, sagte Mr Douglas. »Mr Baker war einer der beliebtesten und talentiertesten Künstler, mit denen ich je zusammengearbeitet habe. Ich kann mir nicht ansatzweise vorstellen, welches Motiv Foster für diese verabscheuungswürdige Tat gehabt haben könnte. Die weiteren Vorstellungen müssen natürlich fürs Erste ausfallen, aber Sie können Ihren Lesern ausrichten, dass ich die Absicht habe, das Stück in naher Zukunft im Grosvenor Theatre wieder aufzunehmen. Ich hoffe, für Mr Bakers Rolle einen international bekannten Schauspieler vom Kontinent zu verpflichten. Es ist die aufwendigste und spektakulärste Produktion, für die ich jemals verantwortlich war, und ich bin mir sicher, dass die Londoner Bevölkerung sie lieben wird.« ... Miss Gwen Astle, die in *Blue Music* die weibliche Hauptfigur verkörperte, war immer noch von den schrecklichen Ereignissen gezeichnet, als unser Reporter sie gestern Abend telefonisch kontaktierte. Trotzdem ließ sie es sich nicht nehmen, einige persönliche Worte an die Leserschaft des *Morning Herald* zu richten. »Es ist einfach schrecklich«, sagte Miss Astle mit vor Emotionen bebender Stimme. »Er war der netteste Mann, der mir je begegnet ist. Ich kann nicht glauben, dass er Feinde hatte. Er war ein alter Hase im Showgeschäft. Eigentlich möchte ich nach diesem Vorfall nichts mehr mit *Blue Music* zu tun haben, aber natürlich muss ich zuallererst an meine Pflicht der Allgemeinheit gegenüber denken, deshalb werde ich meine Rolle weiterspielen, wenn das Stück wieder aufgenommen wird. Es ist eine fantastische Rolle – eine der besten, die ich je hatte.« … Lesen Sie dazu auch auf Seite 12 der heutigen Ausgabe den Artikel »Pagliaccis Erben – Tragödien in der Theaterwelt«. Verpassen Sie auch nicht den Start von Miss Gwen Astles Enthüllungsserie »Brandon Baker, wie ich ihn kannte« am kommenden Samstag. Die Reihe, die den Lesern intime Einblicke in das private und öffentliche Leben von Großbritanniens populärstem Musical-Star gewährt, wird zweifellos großes Interesse erregen, daher sind Leser geraten, ein Abonnement abzuschließen …

Mr Wilson las diese Schilderung der Ereignisse im *Morning Herald* mit einem traurigen Lächeln. Er kaufte die *Times* für die Nachrichten, den *Morning Herald* zur Unterhaltung und die *Daily Gazette* für den Klatsch. In diesem Moment saß er gerade im sonnendurchfluteten Wohnzimmer seiner Wohnung in der Gower Street und sah kein bisschen aus wie ein Detektiv. (Das tat er nie.) Mit seiner Behausung war es ähnlich: keine dicken Biografien von Kriminellen in den Regalen; keine Trophäen erfolgreicher Mörderjagden an der Wand; keine Vergrößerungsgläser, die links vom Kamin in ihrer hölzernen Halterung hingen. Mr Wilson trug weder die Kappe noch die geschwungene Pfeife, die einen echten Detektiv auszeichneten. Im Gegenteil, für einen Mann jenseits der fünfzig gab er in seinem blauseidenen Morgenmantel mit einem Muster aus weißen Tupfen eine erstaunlich elegante Erscheinung ab und rauchte eine ganz gewöhnliche Zigarette aus Virginia. Enttäuschend, aber wahr.

Mr Wilson seufzte also traurig über das, was der *Morning Herald* zur Angelegenheit Brandon Baker zu berichten hatte, und wandte sich dann wieder seiner Kaffeekanne zu, an der ein in Leder gebundener Band von William Shakespeares gesammelten Werken lehnte.

»Morgen, Dad«, sagte Mr Wilson junior, der in einem etwas weniger geschmackvollen Morgenrock auftauchte und sogleich Kurs auf die Pampelmusen nahm.

»Das Fest ist jetzt zu Ende«, antwortete Mr Wilson senior. »Unsere Spieler, wie ich Euch sagte, waren Geister, und sind aufgelöst in Luft, in dünne Luft … und, wie dies leere Schaugepräng' erblasst, spurlos verschwunden. Wir sind solcher Zeug wie der zu Träumen, und dies kleine Leben umfasst ein Schlaf. Guten Morgen. Möchtest du Kaffee?«

»Danke«, sagte Derek. »Warum Shakespeare zu so früher Stunde? Das war doch Shakespeare, oder?«

»Ich habe drei Tageszeitungen gelesen und brauchte etwas zur Beruhigung«, erklärte Mr Wilson. »Und ich glaube nicht, dass das von Shakespeare war. Wenn ich mich nicht irre, hat er doch fast alles bei einem Mann namens Stirling abgeschrieben. Aber es ist äußerst passend, findest du nicht? Zu den Ereignissen von gestern Abend, meine ich.«

»Äußerst«, sagte Derek. »Toast.«

»Die Manieren der jungen Generation«, sagte Mr Wilson,

ehe er seinem Sohn den Toast reichte, »sind erschreckend. Als ich in deinem Alter war, hätte ich gesagt: ›Bitte, Sir, hätten Sie wohl die Güte, mir den Toast zu reichen?‹ Nur, dass es damals bei uns keinen Toast zum Frühstück gab …«

»Da hast du es«, meinte Derek. »Und jetzt her mit dem Zucker, und schwätz nicht so viel.«

»Wann bist du gestern Abend nach Hause gekommen, Derek?«, erkundigte sich Mr Wilson.

»Um vier. Ihr bei der Polizei wisst gar nicht, was harte Arbeit ist. Ihr schnüffelt ein bisschen herum, markiert die Stelle, wo die Leiche gelegen hat, mit einem Stummel Kreide, und dann geht ihr nach Hause und macht euch eine Wärmflasche, während wir armen Reporter uns die ganze Nacht um die Ohren schlagen, um uns eine möglichst spektakuläre Geschichte für unsere schwachsinnigen Leser aus den Fingern zu saugen.«

»Hast du denn neue Erkenntnisse gewonnen?«

»Nein. Ich habe die arme Miss Astle angerufen. Leider hatte sie davor bereits Anrufe vom *Morning Herald*, der *Daily News*, dem *Daily Observer*, dem *Morning Courier* und praktisch allen anderen Zeitungen erhalten, mit Ausnahme des *Christian Herald* und der *Feathered World*.

Alles, was sie zu mir gesagt hat, war: ›Ach, fahren Sie doch zur Hölle!‹. Kurz und bündig und sehr undamenhaft, selbst für eine Schauspielerin. Aber halb so schlimm, ich habe trotzdem eine halbe Spalte Exklusiv-Interview daraus gemacht.«

»Eine komische Geschichte, nicht wahr?«

»Findest du? Dann hast du einen sehr merkwürdigen Sinn für Humor. Gib mir den Senf.«

»Kannst du nicht selbst nach etwas greifen?«, fragte Mr Wilson pikiert. »Nein, was ich meinte … Wenn ein Mann einen anderen Mann umbringen will, sucht er sich normalerweise doch nicht die Mitte einer voll ausgeleuchteten Bühne vor zweitausend Zuschauern als den geeignetsten Ort dafür aus.«

»Sehe ich genauso. Normalerweise bevorzugt er einen einsamen Kiefernwald oder den verlassenen Steinbruch am Ende der Badger's Lane oder das Gelände hinter dem Elektrizitätswerk in Battersea. Dieser Mörder hat es aber anders gemacht. Wahrscheinlich sind neun von zehn Mördern, wenn sie ihre Tat begehen, kaum bei Verstand, und Foster war der unglückliche Zehnte. Er war komplett wahnsinnig.«

»Aber warum? Und warum hat er es überhaupt getan?«

»Da bin ich überfragt«, sagte der jüngere Wilson. »Vielleicht ist ihm der gute Brandon bei seiner besten Textzeile ins Wort gefallen. Soweit ich es beurteilen konnte, hatte er den ganzen Abend nur ungefähr drei Sätze zu sagen. Das reicht allemal als Beweggrund, um jemanden zu ermorden.«

»Ich habe mich gestern noch mit Douglas über ihn unterhalten. Er spielte wohl seit mehreren Jahren in dessen Shows mit, und D. B. D. meinte, Mr Hilary Foster sei einer der einzigen zwei nüchternen, anständigen und gesitteten Männer, die man heutzutage noch auf britischen Bühnen antrifft.«

»Hat er dir auch verraten, wer der andere ist?«

»Nein, das hat er nicht. Ich nehme an, er meinte sich selbst.«

»Scherz beiseite«, sagte Mr Wilson junior. »Der Speck ist ein bisschen widerspenstig, findest du nicht?«

»Das stimmt doch alles hinten und vorne nicht, Derek. Wenn Foster ein nachtragender, aufbrausender Mensch gewesen wäre, hätte man vielleicht nachvollziehen können, dass er Brandon Baker aus dem Weg räumen wollte. Oder wenn die beiden in eine Dreiecksbeziehung mit einer Frau verstrickt gewesen wären ... auch das könnte eine solche Tat erklären. Aber so war es nicht. Er war ein respektabler Mann mit Frau und drei Kindern in Winchmore Hill. Ein Mann, der jeden Abend vom Theater auf direktem Weg nach Hause ging, um vor dem Feuer heiße Milch zu trinken und Kekse zu essen. Das Bild ist einfach nicht stimmig, das sage ich dir.«

»Ich verstehe nicht, weshalb dich das so beschäftigt«, sagte Derek. »Der Fall ist doch so wenig bemerkenswert wie dein Gesicht.«

»Darf ich dich daran erinnern, dass viele Menschen, einschließlich deiner Tante Susan, der Auffassung sind, dass du optisch nach mir schlägst?«

»Harte Worte«, sagte Mr Wilson junior.

»In der Tat«, räumte Mr Wilson senior ein. »Sprich weiter.«

»Ich sehe keinen Anlass, sich weiter mit der Sache zu befassen. A schießt mit einem Revolver auf B. B verstirbt elegant im Licht dreier Scheinwerfer, musikalisch untermalt von einem erweiterten Orchester unter der Leitung von M. René Soundso. Bestimmt ein sehr schöner Tod. A türmt und wird später in seiner Garderobe von einem Balken baumelnd aufgefunden. Was folgern wir daraus?

Erstens: Mord von A an B. Und zweitens: Selbstmord von

A infolge seines Mordes an B. Das muss doch selbst jemandem von der Polizei einleuchten.«

»Vielen herzlichen Dank«, sagte Mr Wilson.

»Ich nehme an, du fragst dich, was das Motiv gewesen sein könnte?«, sagte Derek.

»Nein, das tue ich keineswegs. Ich finde, um Motive wird viel zu viel Wirbel gemacht. Einmal habe ich drei Monate gebraucht, um ein Motiv für einen Herrn namens Hepplewaite zu konstruieren, der im Herbst 1928 seine Gattin mit einer Bratpfanne zu Brei geschlagen hatte. Am Ende hatte ich eins gefunden, ein wundervolles und absolut stichhaltiges Motiv – bis sich herausstellte, dass der Kerl unter schweren epileptischen Anfällen litt und zur Tatzeit keine Kontrolle über sich gehabt hatte.«

»Wie ärgerlich«, sagte Derek mitfühlend. »Bitte mehr Kaffee, Dad. Was bereitet dir dann Kopfzerbrechen?«

»Die Stelle im Putz, wo die Kugel in die Wand der Vorbühne eingeschlagen ist«, sagte Mr Wilson, während er fachmännisch Kaffee und heiße Milch einschenkte. Mr Wilsons einziger Sohn und Erbe wischte sich ein paar Reste Ei vom Mund und machte ein interessiertes Gesicht.

»Was ist damit?«, fragte er.

»Sie war etwa vier Fuß zu hoch«, sagte Mr Wilson. »Wenn man ein Dreieck konstruiert ...«

»Ein gleichseitiges oder ein gleichschenkliges?«, fragte Derek und malte mit den Zinken seiner Gabel mehrere Varianten auf das Tischtuch.

»Ein rechtwinkliges, wenn du es genau wissen willst«, entgegnete Mr Wilson. »Stell Mr Foster mit seinem Revolver an die obere Ecke. Mr Baker mit einer halb nackten Tänzerin im Arm befindet sich an der unteren, gegenüber dem rechten Winkel. Lass nun Mr Foster auf Mr Baker schießen. Was passiert? Sofern Mr Baker keine mit Chrom verstärkten Knochen im Körper hat, verläuft die Flugbahn der Kugel, nachdem sie seine Eingeweide durchschlagen hat, weiterhin abwärts. Aber das war in diesem Fall nicht so. Offenbar war Mr Bakers Herz so hart, dass es die Kugel nach oben abgelenkt hat, woraufhin sie annähernd parallel zum Bühnenboden weitergeflogen ist, bis ihre kleine Reise von der Wand gestoppt wurde. Verstehst du mich?«

»Nicht wirklich«, sagte Derek. »Du meinst, die Kugel hätte weiter unten in der Wand stecken bleiben müssen, nicht fünf Fuß über dem Boden?«

»Ganz genau. Für einen Reporter besitzt du eine sehr schnelle Auffassungsgabe. In Wahrheit bin ich mir nicht einmal sicher, ob sie überhaupt die Wand getroffen hätte. Wahrscheinlicher ist, dass sie im Bühnenboden stecken geblieben wäre. Oder aber sie wäre weitergeflogen und hätte den armen Kerl an der Pauke mit ins Grab gerissen. So hätte sich eine vernünftige Kugel unter den gegebenen Umständen verhalten. Aber natürlich ist das alles pure Spekulation. Vielleicht hatte Mr Baker ein Herz, das Kugeln ablenkt. Ich weiß es nicht. Ich hatte noch nie mit einem Mord an einem Schauspieler zu tun. Doch es gibt einen Weg, die Wahrheit herauszufinden.«

»Und der wäre?«

»Wir fahren ins Theater und rekonstruieren die Tat. Bist du mit dem Frühstück fertig?«

»Ich habe alles gegessen, was da war, insofern ja«, antwortete Derek. »Willst du gleich los?«

»Ja«, sagte Mr Wilson. »Hast du zu tun, oder kannst du mitkommen?«

»Wie es der Zufall will, berichte ich für die *Gazette* über den Baker-Mord«, sagte Mr Wilson junior.

»Ach du liebe Zeit!«, sagte Mr Wilson senior. »Na gut. Zieh dir Hemd und Krawatte an.«

»Die Bedingungen sind dieselben wie immer, Dad«, sagte Derek. »Du behältst nichts für dich, und ich gebe der Zeitung nichts ohne dein Einverständnis. Okay?«

»Okay«, willigte Mr Wilson ein. »Wenn du unbedingt solch vulgäre Ausdrücke benutzen musst.«

• • •

Nichts ist so bedrückend wie ein leeres Theater. Im Vergleich dazu ist die Stimmung in Leichenschauhäusern regelrecht heiter. Staublaken lagen über den Reihen roter Samtsitze, im Dämmerlicht wirkten die angestaubten Gipsornamente an den Wänden schäbiger denn je, und ohne Kulissen, Vorhänge und Lichter lag die Bühne einsam und verlassen da. Es ist seltsam, dass die kluge Hausfrau, wenn sie zu verbergen sucht, dass sie am Morgen vergessen hat, den Kaminsims abzustauben, die Lampen im Salon so weit wie möglich herunterdreht, wohingegen der kluge Theatermann in derselben Situation jeden Funken, Grad oder Watt an Kerzenstärke zum Einsatz bringt, sodass alles im gleißenden Licht erstrahlt.

Vater und Sohn Wilson erreichten das Grosvenor Theatre um halb elf, nachdem sie zuvor einen Abstecher in Mr Douglas B. Douglas' Büro gemacht hatten, um sich die Erlaubnis zur Begehung der Räumlichkeiten sowie einen großen Schlüsselbund abzuholen, der ihnen selbige Aufgabe erleichtern sollte. Als sie ankamen, waren gerade drei dralle Putzfrauen dabei, das Foyer zu schrubben. Sie wussten, dass es am Abend keine Vorstellung geben würde, allerdings hatten sie bisher keine Anweisung erhalten, ihre Arbeit einzustellen, und sie würden den Teufel tun, ohne Not auf einen Wochenlohn zu verzichten.

»Ich wünschte, die Leute würden besser aufpassen, wo sie hintreten«, sagte die Drallste der drei spitz, als Mr Wilson und Derek den marmornen Boden überquerten.

»Es tut mir schrecklich leid«, sagte Derek. »Mein Vater ist bei der Polizei, und Sie wissen ja, wie die Füße von Polizisten sind. Sie kennen keinerlei Zurückhaltung.«

»Ich habe Sie gemeint«, sagte die Putzfrau und wrang erbarmungslos ihren Scheuerlappen. »Schauen Sie sich nur die Flecken da an. Haben Sie beim Reinkommen die Fußmatte nicht gesehen? Als hätte eine arme, hart arbeitende Frau nicht schon genug zu tun, auch ohne dass …«

»Ha!«, rief Mr Wilson senior.

»Ich muss doch sehr bitten«, sagte Mr Wilson junior.

Die einzige weitere Person im Theater schien ein älterer Herr mit nach Bier riechendem Schnauzbart zu sein, der den Großteil seines Lebens in einem kleinen Glaskasten am Bühneneingang verbrachte, den Mitgliedern der Tanzgruppe Briefe von ihren Verehrern übermittelte und die Verehrer selbst auf Distanz hielt.

»He, he, he, he!«, sagte besagter Herr, als er der Wilsons ansichtig wurde. »Was glauben Sie denn, was Sie da machen, Sie zwei? Aber ganz schnell raus hier. He!«

»Hört, hört«, sagte Derek.

»Sei still«, sagte Mr Wilson. »Ich entschuldige mich für die Störung. Ich bin Inspector Wilson von Scotland Yard. Ich habe Mr Douglas' Erlaubnis, mich im Zusammenhang mit dem gestrigen Mord an Mr Baker hier im Theater umzusehen.«

»Oh«, sagte der Mann mit dem nach Bier riechenden Schnauzbart tief beeindruckt. »Scotland Yard, was? Arrr. Na, dann machen Sie mal, Sir. Tut mir leid, dass ich Sie so angefahren hab, aber man kann nicht vorsichtig genug sein, vor allem nach der Sache gestern Abend.«

»Gewiss«, sagte Mr Wilson. »Ist außer Ihnen sonst noch jemand im Theater? Mitarbeiter, meine ich?«

»'erbert ist noch da«, sagte der Schnauzbart.

»Ausgezeichnet«, sagte Mr Wilson und machte sich auf die Suche nach dem Genannten.

Herbert versuchte gerade durchaus erfolgreich, ganz allein die Kulissen von Akt zwei, Szene eins (die Rebellenfestung in den marokkanischen Hügeln) zu zerlegen und wegzupacken, bis sie wieder benötigt wurden. Er hatte bereits die Hälfte der Festung gegen die Vorhänge der Seitenbühne geschoben, als die Wilsons auftauchten.

»Hallo!«, sagte Mr Wilson.

»Morgen, Sir«, sagte Herbert.

»Bauen Sie das nicht ab. Ich brauche es noch.«

»Sie können es gerne haben«, sagte Herbert. »Schwerstes Kulissenteil, mit dem ich je zu tun hatte.«

»Mein Vater ist hier, um das Verbrechen zu rekonstruieren«, erklärte Derek. »Und wenn Sie hier Berge versetzen, bringen Sie womöglich all die vielen kleinen Hinweise in Unordnung, verstehen Sie?«

»Tut mir leid, Sir«, sagte Herbert. »Hab nicht damit gerechnet, dass Sie noch mal vorbeikommen. Ich dachte, da man ja den armen Mr Foster gefunden hat, ist die Sache mehr oder weniger erledigt ... Sie wissen schon.«

»Ich weiß«, sagte Mr Wilson. »Reine Neugierde, mehr nicht. Herbert, würde es Ihnen etwas ausmachen, für die nächsten paar Minuten mein Mr Foster zu sein?«

»Hä?«, machte Herbert und zog an seinem Hemdkragen.

»Auf dem Berg. Nicht in der Garderobe. Gehen Sie und stellen Sie sich genau an die Stelle, wo er gestanden hat, wären Sie so gut?

Oh, und nehmen Sie ein Ende von diesem Bindfaden mit. Na los, mein Guter, schauen Sie nicht so ängstlich. Es ist bloß ein Bindfaden – kein Strick.«

»Ich weiß nicht, wie Sie so was sagen können, Sir«, meinte Herbert und erklomm das, was noch von der Rebellenfestung übrig war.

»Nun«, sagte Mr Wilson. »Diesmal werde ich den armen Mr Baker mimen. Wo ist die Kreidemarkierung? Ah ja ... Er hat ungefähr hier gestanden, richtig? Derek, nimm das andere Ende des Bindfadens und komm damit zu mir.«

»Was soll das alles?«, fragte Derek. »Knotenkunde für Pfadfinder?«

»Mehr oder weniger«, sagte Mr Wilson. »Komm her. Und immer schön straff halten.

Okay, wie du es in deinem widerwärtigen Jargon sagen würdest. Führe ihn an der Tasche meines Mantels vorbei. Ich werde gleich elegant auf der Bühne zusammenbrechen, genau wie der arme Mr Baker, und ich möchte, dass du mit dem Bindfaden weitergehst – immer auf Spannung halten –, bis du auf ein Hindernis triffst.«

Mr Wilson brach zusammen, wenngleich nicht elegant. Mr Wilson junior ging mit seinem Ende des Bindfadens weiter und beherzigte die Anweisung seines Vaters, darauf zu achten, dass der Faden straff blieb, so gut, dass er um ein Haar Herbert vom Berg gerissen hätte. Die Schussbahn der Kugel, die Brandon Bakers glorreicher Karriere ein Ende bereitet hatte, endete selbst wiederum genau dort, wo Bühne und Vorbühne zusammenstießen.

»Siehst du?«, sagte Mr Wilson, stand auf und klopfte sich den Staub von den Kleidern. »Das ist eine sinnvolle Stelle. Dort hätte die Kugel unter den gegebenen Umständen landen müssen. Und jetzt lass uns herausfinden, warum sie es nicht getan hat. Wie wäre es mit ein wenig mehr Licht? Hier ist es so finster wie in Erebos.«

»Wie wo?«, fragte Derek.

»Erebos«, sagte Mr. Wilson. »Ein Dorf in Fife. Die Hauptstraße hat nur zwei Öllaternen. Steig auf die Leiter, Derek, und betätige ein paar Schalter.«

»Oberste Reihe, dritter von links, Sir«, rief Herbert aus der Höhe. »Das ist das Saallicht. Der daneben ist für die Scheinwerfer in der Oberbühne.«

Wie geheißen, wenngleich nicht wie instruiert, legte Derek ein paar Schalter um. Beim ersten Mal ging ein grüner Suchscheinwerfer an und erleuchtete Mr Wilsons Melone.

»Gut siehst du aus, Dad«, sagte Derek. »Wie damals in Dover. Du würdest einen sehr attraktiven Dämonenfürsten abgeben. ›Halt ein, feindliche Fee, und sei bedacht. Noch nicht zur Neig' geht meine böse Macht.‹«

»Sei still!«, sagte Mr Wilson. »Und mach Licht.«

Mr Wilson junior versuchte sein Glück aufs Neue. Das Saallicht ging an und wieder aus. Gleich darauf wurde der hintere Vorhang von einem blauen Scheinwerfer angestrahlt. Beim vierten Versuch schließlich war das gesamte Theater in Dunkelheit getaucht. Im selben Moment wurde irgendwo eine Tür zugeschlagen, und man hörte Schritte, die im raschen Tempo den Seitengang des Zuschauerraums hinaufeilten.

»Wer ist da?«, blaffte Mr Wilson. »Wer zum Teufel ist das?«

Abermals fiel eine Tür ins Schloss.

»Derek, in Gottes Namen, so mach doch Licht!«

Mehr durch Glück denn durch sorgfältige Überlegungen fand Mr Wilson junior endlich den richtigen Schalter und flutete die Bühne mit Helligkeit.

»Wer zum Teufel war das?«, fragte Mr Wilson noch einmal.

»Außer den Reinmachefrauen und dem Pförtner und uns dreien ist niemand hier«, sagte Herbert. »Das weiß ich ganz sicher, Sir.«

»Das war keine Reinmachefrau … und auch nicht der alte

Knabe vom Bühneneingang – so schnell, wie der gerannt ist. Derek!«

»*Adsum*«, sagte Derek.

»Geh zum Haupteingang und frag nach, ob irgendjemand an den Putzfrauen vorbeigekommen ist.«

»Das Leben von euch Polizisten …«, sagte Derek. »Ich weiß gar nicht, wie ihr Zeit zum Arbeiten findet, weil ihr immer damit beschäftigt seid, anderen Befehle zu erteilen. Schon gut, ich gehe.«

»Eigenartig, Sir«, meinte Herbert.

»Verdammt eigenartig.«

»Darf ich jetzt runterkommen, Sir?«

»Was? O ja, kommen Sie nur. Sie waren mir eine große Hilfe, Herbert. Ich sorge dafür, dass Sie in den Adelsstand erhoben werden.«

»Danke, Sir«, sagte Herbert. »Ich bin mir sicher, Titel wurden schon für weniger vergeben, Sir.«

»He!«, rief Derek von der anderen Seite des Vorhangs aus dem Zuschauerraum.

Mr Wilson lugte hinter dem Vorhang hervor. Im Dunkel des Saals konnte er mit Mühe die Silhouette seines Sohnes und Erben ausmachen, der am Messinggeländer des Orchestergrabens lehnte.

»Nun?«, sagte Mr Wilson. »Hast du etwas herausfinden können?«

»Ja. Ein Mann ist mit einer Affengeschwindigkeit durch den Haupteingang nach draußen gestürzt. Die Putzfrauen sind in Aufruhr wegen ihres schönen Marmorbodens. Sie hatten keine Zeit, den Kerl genauer zu betrachten, aber sie meinten, es sei ein großer, eher dünner Mann mit hellgrauem Mantel und dunklem Filzhut gewesen!«

»Könnte Mr Douglas sein, Sir«, sagte Herbert, der plötzlich hinter dem Vorhang auftauchte. »Nur, dass der nicht dünn, sondern korpulent ist.«

»Vielleicht war es auch Premierminister MacDonald«, meinte Mr Wilson. »Nur, dass der eine Hornbrille trägt und sich momentan in Genf aufhält.«

»Aber wartet!«, sagte Derek. »Das ist noch nicht alles. Kommt zu mir nach unten, ich habe eine Idee.«

»Das solltet ihr in deiner Zeitung als Sensation des Tages abdrucken«, sagte Mr Wilson, als er über das Dirigentenpult hinweg in den Zuschauerraum kletterte. »Was ist das für eine Idee?«

»Siehst du, was ich sehe?«, fragte Derek.

»Kommt ganz darauf an«, sagte Mr Wilson. »Vermutlich nicht.«

Ist Ihnen je aufgefallen, wie gut man, wenn der Vorhang in einem Theater nicht richtig abschließt, nicht ganz zugezogen wurde oder schon alt und zerschlissen ist, das Treiben auf der Bühne beobachten kann? Die Schuhe einer Tänzerin, ein Stück der Kulissen und dergleichen mehr? Die Mitglieder nahezu jeder Laientheatertruppe haben die Angewohnheit, durch den Vorhang in den Saal zu spähen, um zu sehen, ob Schwestern oder Tanten schon an ihren Plätzen sitzen. Sie glauben, dass man sie unmöglich bemerken kann; doch wenn sie sich selbst nur so sehen könnten, wie die Zuschauer sie sehen! Das gleißende Scheinwerferlicht macht alles hinter dem Vorhang sichtbar, sofern er nicht vollkommen blickdicht ist.

»Ich sehe«, sagte Derek und deutete dorthin, wo sich die beiden Hälften des Vorhangs in der Bühnenmitte trafen, »ein kleines rundes Loch. Und … warte kurz, während ich hochklettere … Ja. Wenn das kein Einschussloch ist, dann fresse ich einen Besen!«

»Sehr interessant«, sagte Mr Wilson, der seinem Sprössling gefolgt war und nun das Loch eingehend inspizierte. »Du hast ausnahmsweise recht. Es ist ein Einschussloch.«

»Herrje!«, sagte Derek. »Begreifst du es denn nicht, du Dummkopf? Der Schuss wurde aus dem Zuschauerraum abgegeben. Von jemandem, der das Stück kannte und wusste, dass im Verlauf der Handlung jemand auf Mr Baker schießen würde. Von jemandem, der genau zum selben Zeitpunkt geschossen hat wie dieser Foster im Stück. Mann! … Was für eine Geschichte!«

»Das ist keine Geschichte«, sagte Mr Wilson. »Es ist ein Ammenmärchen. Derek, du sprichst im Wahn. Du scheinst vergessen zu haben, dass der Vorhang offen war, als Brandon Baker ermordet wurde.«

»Oh«, sagte Derek. »Ja, du hast recht, das gilt es natürlich zu berücksichtigen. Verflixt und zugenäht!«

»Exakt. Aber du hast uns nichtsdestotrotz einen wichtigen Anstoß gegeben. Herbert … könnten Sie bitte den Vorhang öffnen? Vollständig, so wie zu dem Zeitpunkt, als der Mord geschah. Danke … So, Derek, jetzt komm auf die Bühne.«

Die Vorhänge glitten lautlos und mit schwingenden Falten auseinander, bis sie zu beiden Seiten der Bühne einrasteten.

»Gut, Herbert«, sagte Mr Wilson. »Bleiben Sie noch einen Augenblick lang, in Ordnung? Ungefähr dort stand Mr Baker, als er erschossen wurde. Und nun schauen wir mal ...«

Mr Wilson zog seine Lieblingspfeife aus der Tasche seines Jacketts. Statt sie, seinem üblichen Ritual folgend, zu putzen, zu stopfen und dann anzuzünden, hielt er sie am Pfeifenkopf in Schulterhöhe empor.

»Folge dieser Linie mit deinem Blick, mein Sohn«, sagte er. »Wir könnten auch die Sache mit dem Bindfaden wiederholen, aber das wird wohl kaum nötig sein. Selbst ein junger Mann mit deiner Intelligenz sollte in der Lage sein zu erkennen, dass drei überaus wichtige Dinge – das Einschussloch in der Wand der Vorbühne, das Herz des verstorbenen Brandon Baker und das kleine runde Loch im Vorhang – in einer annähernd geraden Linie mit dieser Pfeife liegen. Tauscht man die Pfeife gegen einen Revolver aus, was hat man dann?«

»Mein Gott!«, rief Derek. »Willst du damit sagen – Brandon Baker wurde von jemandem erschossen, der hier an dieser Stelle stand?«

»Ich will nichts dergleichen sagen«, sagte Mr Wilson. »Ich sage nur, dass irgendwann in der Geschichte dieses Theaters ein Mann (oder eine Frau) sich hinter diesem Vorhang verborgen und eine Kugel quer über die Bühne abgefeuert hat, sodass sie in der gegenüberliegenden Wand der Vorbühne stecken blieb. Allerdings sollte es mich doch sehr wundern, wenn das nicht exakt in dem Moment geschah, da der unglückselige Mr Foster seinen kleinen Revolver aus den Höhen

Abrahams dort drüben abfeuerte. Das wäre doch ein überaus günstiger Zeitpunkt gewesen, meinst du nicht?«

Kapitel vier

Der echten Theatertradition bis zum bitteren Ende treu bleibend, überschnitten sich die Termine für Brandon Bakers Beerdigung und das Gerichtsverfahren zur Feststellung der Todesursache am darauffolgenden Freitag auf beeindruckende Weise. Die Beerdigung (erst ein Trauergottesdienst in der Kirche St. Oswald, hernach die Beisetzung auf dem Friedhof in der Gloucester Street) und das Gerichtsverfahren (am Coroner's Court in der Craven Street) waren beide auf elf Uhr dreißig angesetzt. Es ist wirklich faszinierend, wie die Leute vom Theater solche Dinge einfädeln.

Mr Douglas B. Douglas hatte die Premiere von *Blue Music* vom Donnerstag (wo sie sich mit der Premiere von *Never A Care* im Ambassadors' Theatre überschnitten hätte – eine Produktion, in die Mr Douglas ein hübsches Sümmchen Geld gesteckt hatte) auf den Dienstag verlegt (wo sie sich mit der Uraufführung von *Brothers And Others* im Duke of York's Theatre überschnitt – eine Produktion, an der Mr Douglas in keinster Weise finanziell beteiligt war). Nicht, dass die Öffentlichkeit sich an dieser Überschneidung störte; man ging selbstverständlich zu *Blue Music*, und für das Stück im Duke of York's mussten großzügig Freikarten verteilt werden, damit überhaupt jemand kam.

Die Kollision von Beerdigung und Gerichtsverfahren am Freitag hingegen war eine weitaus ernstere Angelegenheit. Der Brandon Baker Gallery Club befand sich deswegen in heller Aufregung und ging sogar so weit, eine Petition an den Untersuchungsrichter in der Craven Street aufzusetzen, in der verlangt wurde, die Feststellung der Todesursache ihres verstorbenen Idols auf Viertel nach eins zu verschieben, damit man Gelegenheit habe, beiden Vorstellungen beizuwohnen.

Vergebens. Das Problem konnte nur von jenen Familien zufriedenstellend gelöst werden, die zwei oder mehr Mitglieder des Gallery Clubs in ihren Reihen hatten. In solchen Fällen ging Cissie zum Gericht und Agnes zur Beerdigung, und um vier Uhr nachmittags traf man sich, um einander bei Tee und Bücklingen ausführlich Bericht zu erstatten.

Auch der Familie Wilson bereitete die Situation Kopfzerbrechen, und dies nicht etwa, weil sie so erpicht darauf gewesen wären, an einer oder beiden Veranstaltungen teilzunehmen und sich von der Menge zu Tode quetschen zu lassen, um eine Ausgabe des Liedblatts als Andenken zu ergattern oder dem Untersuchungsrichter Mr Halliwell Ogle zuzuhören, der während seiner Anhörung immer wieder witzige Bemerkungen einstreute. Doch Mr Wilson senior legte Wert darauf, soweit irgend möglich zu den Beerdigungen und Feststellungsverfahren jener Unglücklichen, in deren Ableben er ermittelte, zu erscheinen. Und Mr Wilson junior hatte von einem Redakteur, der – wie Redakteure eben so sind –

keinen Grund sah, weshalb ein Reporter nicht an zwei Orten gleichzeitig sein konnte, die Anweisung erhalten, mitsamt seinem Notizbuch beiden Veranstaltungen beizuwohnen.

»Da gibt es nur eins«, sagte Mr Wilson junior, während er sich wieder einmal mit Kaffee und Pampelmuse stärkte. »Münzwurf.«

»Münzwurf?«, wiederholte Mr Wilson senior.

»Münzwurf«, sagte Derek. »Die einzige zufriedenstellende Möglichkeit, irgendetwas in diesem Haus zu klären. Hast du eine halbe Krone bei dir?«

»Wieso muss es eine halbe Krone sein?«, fragte Mr Wilson, der die geforderte Münze aus seiner Tasche zog.

»Das ist die mit Abstand beste Münze zum Werfen«, sagte Derek. »Und jetzt pass auf. Bei Kopf gehst du auf die Beerdigung, bei Zahl gehe ich. Kopf, du schreibst mir einen zweispaltigen Artikel über die Abschiedsvorstellung für die *Gazette.* Zahl, du lieferst mir einen halbseitigen wortgetreuen Bericht darüber, was bei Gericht passiert ist. Kopf, ich sage dir alles, was ich beim Verfahren gehört habe und was dir vielleicht nützlich sein könnte. Zahl, und ich erzähle dir, ob mir bei der Beerdigung jemand aufgefallen ist, der sich am Grab verdächtig benommen hat. Soweit verstanden?«

»Kein einziges Wort«, sagte Mr Wilson. »Aber das macht nichts. Wirf nur.«

Mr Wilson junior warf.

»Was bedeutet das?«, fragte Mr Wilson senior, als er die halbe Krone, die perfekt auf der Kante gelandet war, aus der Butterschale nahm und an seiner Serviette abwischte. »Gehen wir jetzt beide zu beiden Terminen?«

»Das war ein Ausrutscher«, sagte Derek. »Wir versuchen es noch einmal, so wie Bruce mit den verbrannten Kuchen. Halte das Marmeladenglas mit der Hand zu. So … Kopf. Du gehst zur Beerdigung, ich gehe zum Gericht. Gott sei Dank. Ich besitze keine einzige schwarze Krawatte.«

»Jetzt wirst du dir aber eine kaufen können«, bemerkte Mr Wilson, dem auffiel, wie seine halbe Krone unauffällig in der Morgenrocktasche seines einzigen Sohnes und Erben verschwand. »Also gut. Ich ziehe meinen schwarzen Anzug an. Danach muss ich noch zum Yard und mich mit dem alten Anderson über die Kugel unterhalten, die sie aus dem Gips geholt haben. Wir treffen uns gegen sieben wieder hier auf einen kleinen Imbiss und erzählen uns gegenseitig, was wir erlebt haben, abgemacht?«

»Denk daran, dass du für mich von der Beerdigung berichten musst«, sagte Derek. »Du darfst nichts verpassen. Was für Kleider hatten die Schauspielerinnen an, wer hat hysterisch geschluchzt und so weiter und so fort. Um sieben Uhr hier. Oke.«

»Bitte …«, sagte Mr Wilson mit gequälter Stimme. »Nicht oke, Derek. Okay, wenn du schon darauf bestehst, diese schrecklichen Amerikanismen zu verwenden. Aber nicht oke.«

»Okay«, sagte Derek bereitwillig und ging nach oben, um sich anzukleiden.

Wir befinden uns in der glücklichen Lage, sowohl Mr Wilson senior nach St. Oswald als auch Mr Wilson junior zum Gericht in der Craven Street begleiten zu können. Vater Wilson folgte seinem Sohn nach oben, wählte ein geschmackvolles schwarzes Jackett zu gestreiften Hosen, einen gestärkten Kragen, eine schwarze Krawatte und eine Melone und ging zur Trauerfeier wie ein Börsenmakler, der soeben das Opfer eines unerwarteten Kursabfalls geworden war. Er kam um zehn vor elf bei der Kirche an, mithin exakt vierzig Minuten vor Beginn der Feier, sofern auf unsere mathematischen Fähigkeiten noch Verlass ist.

Obwohl: »Bei der Kirche« ist womöglich übertrieben, denn Mr Wilson war nicht in der Lage, auch nur in die Nähe des Haupteingangs von St. Oswald zu gelangen, sondern schaffte es nur bis auf den gegenüberliegenden Gehsteig fünfzig Meter weiter südlich.

Der Brandon Baker Gallery Club hatte laut letzter Zählung etwas über zweihunderttausend Mitglieder, und Mr Wilson kam es so vor, als versuchten alle zweihunderttausend, die darüber hinaus noch ihre Männer, Frauen, Schwestern und Nachbarn mitgebracht hatten, sich Zutritt zum Gotteshaus zu verschaffen. Mr Wilson hatte einmal in einem Londoner Warenhaus am letzten Tag des Ausverkaufs ermitteln müssen, und soweit er sich noch an das Erlebnis erinnern konnte, war es im Vergleich zu dem, was ihn hier erwartete, ungefähr so ruhig und besinnlich gewesen wie ein Samstagabend am Nordpol. Sich geschickt durch die Menge schlängelnd, schaffte er es immerhin auf die richtige Straßenseite, ohne dabei mehr als seiner Melone verlustig zu gehen.

Mr Wilson stellte fest, dass ein Großteil der Metropolitan Police am Ort des Geschehens eingetroffen war und mit roher Gewalt versuchte, einen schmalen Weg zur Kirchentür freizuhalten.

Etwa zur selben Zeit geriet er in eine hitzige Auseinandersetzung mit einer kleinen Frau, die eine Netztasche bei sich trug und sagte, dass sie erstens den weiten Weg von Golder's Green gekommen sei, um der Beerdigung beizuwohnen; sie zweitens jede Aufführung besucht habe, in der der arme Brandon jemals aufgetreten war; dass es drittens eine himmelschreiende Schande sei, wenn eine so treue Unterstützerin des armen Brandon nicht in die Kirche gelassen wurde; dass viertens kein Anlass bestehe, so zu drängeln; und dass Mr Wilson überhaupt lieber einer ehrlichen Arbeit nachgehen solle, statt seine Vormittage auf Beerdigungen zu vertrödeln, das sei kein Zeitvertreib für einen Mann.

Auf diese letzte Bemerkung hätte Mr Wilson gerne ausführlich geantwortet, doch am Ende besann er sich eines Besseren und fuhr fort, sich in Richtung der Bobbys durchzuschlagen. Als er endlich sein Ziel erreicht hatte, hatten sein Hemdkragen und seine Krawatte jegliche Verbindung zueinander verloren. Mr Wilson tippte dem erstbesten Polizisten auf die Schulter und sagte: »Verzeihen Sie bitte.«

»Zwecklos, Sir«, sagte der Constable. »Die Kirche ist voll. Es dürfen nur noch Gäste mit Eintrittskarte rein.«

»Ich bin Inspector Wilson von Scotland Yard«, sagte Mr Wilson. »Ich ermittle in diesem Fall. Finden Sie nicht, dass man mir Zutritt gewähren sollte?«

»Insp– oh, da haben Sie natürlich recht, Sir«, sagte der Mann. »Ich habe Sie gar nicht erkannt, Sir. Sie haben wohl Ihren Hut verloren, was, Sir? Sicher doch, Sir, schlüpfen Sie nur durch, Sir.« Und pianissimo: »Unterhalb der Westempore sind noch ein paar Plätze frei.«

»Danke«, sagte Mr Wilson, bückte sich unter dem Arm des Gesetzes hindurch und betrat die Kirche.

»Das ist Douglas B. Douglas, der Produzent«, rief eine beleibte Frau, die gegen die Polizeiabsperrung drängte, als er vorbeiging.

»Reden Sie keinen Unsinn«, sagte ihre Nachbarin, eine Wildfremde. »Das ist Henry Ainley, der Schauspieler. Den erkennt man doch aus einer Meile Entfernung.«

Beeindruckt von der Intelligenz der zweiten Frau, schob sich Mr Wilson an den beiden vorbei ins Innere der Kirche. Diese war nahezu voll besetzt, wenngleich unterhalb der westlichen Empore noch drei Bankreihen frei waren, so wie es der Constable gesagt hatte. Mr Wilson setzte sich möglichst ehrfurchtsvoll ans Ende der hinteren Reihe und sah sich um. Es versprach eine sehr gute Trauerfeier zu werden. Die Kirche war üppig mit Calla-Lilien, scharlachroten Nelken und weißem Flieder geschmückt – die Lieblingsblumen des armen Brandon, wie Mr Wilson aus einer der Unterhaltungen aufschnappte, die um ihn herum stattfanden.

Die besonders teuren Kränze und Gestecke waren auf geschmackvolle Weise rund um den Altar gruppiert, um der Szene ein wenig Farbe zu verleihen, und wurden gerade von mehreren Pressefotografen abgelichtet. *Von D. B. D. in warmherziger Erinnerung an eine lange und geschätzte Freundschaft. Von der Belegschaft des Grosvenor Theatre, in großer Wertschätzung. Von Gwen in Liebe.* Mr Wilson erspähte einige bekannte Persönlichkeiten aus Theater und Kino, die in den vorderen Bänken saßen – man hätte auch sagen können: im Parkett. Dort trug man kein Schwarz. Das hätte Brandon nicht gewollt, außerdem hatten die Zuschauer beziehungsweise Trauergäste so Gelegenheit, ihre neuesten, schrillsten Hüte und Kleider auszuführen. Insgesamt, so fand Mr Wilson, war Brandon Bakers Abschiedsvorstellung deutlich besser als seine unglückliche Premiere von *Blue Music*.

Der Trauergottesdienst nahm seinen Lauf und war irgendwann zu Ende. Was danach geschah, löste bei Mr Wilson Übelkeit aus. Die Geistlichkeit war soeben in wehenden Roben durch die Tür zur Sakristei entschwebt, als die niederen Instinkte derjenigen Mitglieder des Gallery Clubs, denen es gelungen war, einen Platz im Gotteshaus zu ergattern, sich Bahn brachen. Mr Wilson vermutete, dass sie von vornherein nicht allzu tief unter der Oberfläche vergraben gewesen waren. Sie setzten über die Bankreihen hinweg wie bei einem Massensturm aus dem Schützengraben. Innerhalb weniger Minuten hatten sie sämtliche Lilien, Nelken und Fliederbüsche an sich gerissen. Da Blumenschmuck und Liedheftchen nicht ausreichten, entwendeten sie auch noch große Teile der in den Bänken ausliegenden Gesangsbücher. Vorne am Altar sah Mr Wilson fünfzehn verschiedene Stars, die fünfzehn verschiedene Autogrammbüchlein signierten. Die Frau, die ihn als Henry Ainley identifiziert hatte, musste sich gewaltsam Zutritt zur Kirche verschafft haben, denn sie stürzte den Mittelgang entlang und fand ihr Opfer leicht benommen am Ende seiner Bankreihe sitzend vor. »Bitte – seien Sie doch so gut«, sagte sie und hielt Mr Wilson ihr Autogrammbuch unter die Nase.

»Mit dem größten Vergnügen«, sagte Mr Wilson und brachte in feierlichem Ernst seine Unterschrift zu Papier.

»Vielen herzlichen Dank«, sagte die Frau und eilte auf der Suche nach neuen Eroberungen davon. Mr Wilson hoffte, dass sie erst zu Hause lesen würde, was er geschrieben hatte. Er blieb auf seinem Platz sitzen und wartete, bis die Kirche sich geleert hatte, was recht schnell geschah, nachdem den Mitgliedern des Gallery Clubs eingefallen war, dass sie auf gar keinen Fall die Abfahrt des Trauerzugs in Richtung Friedhof am Seiteneingang verpassen durften.

Mr Wilson erhob sich traurig und suchte unter der Bank nach seiner Melone, ehe er sich daran erinnerte, dass diese ihm draußen im Gedränge abhandengekommen war.

Er hatte den Mittelgang zur Hälfte durchquert, als ihm auffiel, dass die Kirche doch nicht vollständig leer war. Im Seitenschiff saß eine zierliche Frau in Schwarz. Mr Wilson wollte nicht zu genau hinsehen, vermutete jedoch, dass sie weinte.

»Das war keine schöne Sache, was?«, sagte Mr Wilson.

»Nein«, sagte die Frau. »Wirklich nicht.«

»Kannten Sie den Verstorbenen?«, erkundigte sich Mr Wilson, ohne genau zu wissen, weshalb.

»Nicht besonders gut«, antwortete die Frau. »Er war mein Ehemann.«

Darauf wusste Mr Wilson nichts zu erwidern. Schweigend verließ er das Gotteshaus und traf draußen am Portal auf den Küster, der ihm sein Leid über den Zustand der Kirche nach der Schlacht klagte.

»Da sind mir ja Hochzeiten lieber«, sagte der Mann mit Nachdruck. »Verdammt noch mal. Früher dachte ich, das Schlimmste wäre dieses verfluchte Konfetti. Aber immer noch besser eine Hochzeit als so was. Jederzeit. Verdammt noch mal!«

Mr Wilson pflichtete dem Mann bei, dass eine Hochzeit trotz all ihrer Nachteile, von denen das Konfetti vermutlich noch der geringste war, einer Zeremonie wie jener, die kurz zuvor zu Ende gegangen war, in jedem Fall vorzuziehen sei. Dann kaufte er sich eine neue Melone und fuhr in sehr schlechter Laune zum Yard.

»Jackson«, sprach Mr Wilson den erstbesten Mann an, den er sah, als er dort ankam. »Wissen Sie, was ich heute Morgen herausgefunden habe?«

»Nein, Sir«, sagte Jackson. »Was denn, Sir?«

»Wir verhaften die Falschen.«

Während Jackson noch über diese Bemerkung nachgrübelte, ging Mr Wilson davon, um sich mit dem renommierten Ballistiker Mr Anderson zu treffen.

So viel also zur Trauerfeier. Man sagt, als Star ist man nicht Herr seines eigenen Lebens. Wenn der Fall Brandon Baker in irgendeiner Weise typisch ist, kann man festhalten, dass man als Star nicht einmal Herr über seinen eigenen Tod ist.

Und nun weiter zum Gericht.

Also. Ein Verfahren zur Feststellung der Todesursache ist, vergleichbar mit einem Teller Sago, eine eher fade Angelegenheit. Das hat zwei Gründe. Zum einen liegt es an dem bedauerlichen Mangel an Originalität, mit dem ein Großteil der Menschen aus dem Leben scheidet, zum anderen an dem bedauerlichen Mangel an Originalität, mit dem die meisten Untersuchungsrichter ihre Verfahren leiten. An der ersten Sache lässt sich wohl nichts ändern, es sei denn, jemand erfindet ein Gift, das der Haut ein Karomuster verleiht, oder eine neuartige Pistolenkugel, durch die man über einen Zeitraum von vierzehn Tagen hinweg langsam anschwillt und schließlich platzt. An der zweiten Sache jedoch ließe sich durchaus etwas verbessern. Und genau das war der Fall bei Mr Halliwell Ogle, dem Untersuchungsrichter in der Craven Street.

Mr Ogle hatte lange über einen kleinen, stickigen Gerichtssaal mitten im tiefsten Northumbria geherrscht, wo das Aufregendste, was passierte, ein Motorradunfall oder hin und wieder ein Tod durch die Verwendung von Methylalkohol war – äußerlich, nicht innerlich. Doch selbst im Angesicht solcher Belanglosigkeiten glänzte Mr Ogle mit geistreichen Scherzen, einem fröhlichen Augenzwinkern und einer unnachahmlichen Art, der Allgemeinheit seine Ansichten zu präsentieren, so wenig sie auch mit dem Fall zu tun haben mochten.

In Wooler (dem Dorf in Northumbria, in dem er herrschte) war ein solches Talent natürlich verschwendet, doch eines glücklichen Tages betrat ein hohes Tier Mr Ogles kleinen Gerichtssaal, weil er in einem Fall, der sich um eine unschöne Delle in seinem Daimler sowie einen dummerweise überfahrenen Dorfbewohner drehte, als Zeuge aussagen musste. Das hohe Tier erkannte sofort, dass Mr Ogle für seinen derzeitigen Posten überqualifiziert war. Es kehrte nach London zurück und zog diverse Fäden, woraufhin Mr Ogle von seinem winzigen Gerichtssaal in Wooler, Northumbria, in einen noch winzigeren Gerichtssaal in der Craven

Street in London versetzt wurde. Die Menschen von Wooler bedauerten diesen Umstand ebenso sehr, wie die Londoner Presse sich darüber freute, denn nun konnte man sich an ereignislosen Tagen einfach in die Craven Street begeben, um dort einige von Mr Ogles geistreichen Äußerungen für die Mittelseiten aufzuschnappen.

»Amüsante Geistesblitze eines Londoner Richters«, »Die bissigen Kommentare des Untersuchungsrichters zur Frau von heute«, »Schlagfertigkeit des Richters belebt Londoner Verfahren« – mittlerweile liest man solche Schlagzeilen fast jeden Tag, und in zehn von zehn Fällen beziehen sie sich auf Mr Halliwell Ogle.

Derek Wilson erlebte fast, wenn auch nicht ganz so viele Strapazen vor dem Gerichtsgebäude wie sein Vater vor der Kirche St. Oswald. Als Mr Wilson senior später meinte, alle zweihunderttausend Mitglieder des Gallery Clubs seien zur Trauerfeier erschienen, widersprach er vehement, denn es war offensichtlich, dass sich annähernd einhunderttausend dieser bedauernswerten Geschöpfe in der Craven Street versammelt hatten.

»Presse«, sagte Derek, als er endlich den Eingang zum Saal erreicht hatte.

»Presse?«, sagte der Constable an der Tür geistreich. »Das sieht doch ein Blinder, dass man hier pressen muss. So was habe ich noch nie erlebt, das kann ich Ihnen sagen! Presse, Sie sagen es … Heiliges Kanonenrohr, ich war schon bei Spielen von Arsenal, die waren nichts gegen das hier. Dann pressen Sie mal, mein Lieber!«

»Sehr witzig«, sagte Derek und zwängte sich in den Saal,

um sich zu den anderen Reportern zu gesellen, die sich (das sah doch ein Blinder), dicht an dicht auf die Bänke pressten.

Mr Ogle erschien pünktlich um halb zwölf. Wohlwollend ließ er einen Blick durch den Gerichtssaal schweifen. Volles Haus. Vertreter aller Zeitungen anwesend. Überaus befriedigend. Eine ausgezeichnete Gelegenheit, den gehaltvollen kleinen Monolog über die Wettgesetze loszuwerden, der ihm am Morgen im Bad eingefallen war. Ein herzliches Dankeschön an Mr Brandon Baker, weil dieser in seinem Bezirk das Zeitliche gesegnet hatte.

Der erste Zeuge, bitte.

Erster Zeuge: Mr John Hackett, Bruder des Verstorbenen. Ein großer, schlaksiger Mann mit einem Schnurrbart, den man, wäre es auch nur ein Haar weniger gewesen, für einen Rasurfehler hätte halten können.

»Ich wurde ersucht, am Mittwochmorgen ins Leichenschauhaus in der Craven Street zu kommen, um die Leiche des Verstorbenen zu identifizieren. Ich habe ausgesagt, dass es sich um meinen Bruder Ernest Hackett handelt, beruflich unter dem Namen Brandon Baker bekannt.«

»Wieso hat Ihr Bruder seinen Namen geändert, als er zum Theater ging, Mr Hackett?«, fragte Mr Ogle ohne ersichtlichen Grund.

»Das weiß ich nicht, Sir«, sagte Mr Hackett. »Ich nehme an, Hackett ist kein sehr passender Name für einen Schauspieler, Sir.«

»Ach, das würde ich so nicht behaupten«, meinte Mr Ogle und strahlte. »Was ist mit Tod Slaughter?«

(Gelächter im Saal.)

»Das geht doch *grob* in dieselbe Richtung, oder nicht?«, legte Mr Ogle nach, der mit der Reaktion auf seine Scherze einigermaßen zufrieden war.

(Neuerliches Gelächter.)

Nächster Zeuge: Dr. Armitage. Behäbig und langweilig. Nächster: Mr Douglas B. Douglas persönlich. Mr Douglas war aus recht schwierigen Verhandlungen mit einem Broadwaystar geholt worden, der die Hauptrolle in *Blue Music* übernehmen sollte, wenn das Stück wieder aufgenommen wurde. Er hatte keine Lust auf Mr Ogle.

»Sie haben, wenn ich mich nicht irre, eine Verbindung zum Theater?«, fragte Mr Ogle fröhlich.

»Ich bin das Theater«, antwortete Mr Douglas.

»Wo waren Sie am Abend des Vorfalls?«

Mr Douglas stützte das Kinn auf die Faust und blickte Mr Ogle geradewegs in die Augen.

»In Anbetracht der Tatsache, dass ich mehr als fünfzigtausend Pfund meines eigenen hart verdienten Geldes in die Produktion gesteckt habe«, sagte Mr Douglas, »in Anbetracht der Tatsache, dass ich über zwölftausend Meilen weit gereist bin, um die idealen Darsteller, Kulissenbauer und Komponisten für das Stück zu finden; in Anbetracht der Tatsache, dass ich während der Proben sieben Tage die Woche vierzehn Stunden täglich geschuftet habe; in Anbetracht all dessen«, sagte Mr Douglas ein wenig atemlos, »ist es wohl keine Überraschung, dass ich bei der Premiere von *Blue Music* im Theater anwesend war.«

»Richtig«, sagte Mr Ogle verblüfft. »Nun, würden Sie uns

dann bitte schildern, was Sie gesehen haben? Vielleicht mit etwas weniger Anbetracht.«

»Ich habe den Anfang einer verdammt guten Aufführung gesehen«, sagte Mr Douglas, dem aufging, dass selbst ein Gerichtsverfahren gut für die Kasse sein konnte.

»Ich meinte – was haben Sie in Bezug auf die Vorkommnisse gesehen, mit denen wir uns hier befassen?«

»Oh!«, sagte Mr Douglas. »Nun, ich saß in einer Loge. Auf der Inspizientenseite.«

»Die so heißt, weil Sie von dort alles gut inspizieren können?«, sagte Mr Ogle.

»Ich hatte fünf Personen bei mir«, fuhr Mr Douglas, nicht weiter auf die Bemerkung des Richters eingehend, fort. »Zu Beginn des zweiten Akts gab es eine große Nummer der Tanzgruppe. Danach befanden sich Mr Baker und Miss Turner allein auf der Bühne. Mr Foster sollte von der anderen Seite her auftreten …«

»Von welcher Seite?«, fragte Mr Ogle.

»Vis-à-vis«, sagte Mr Douglas gepresst.

»Verstehe«, sagte Mr Ogle, der rein gar nichts verstand. »Reden Sie bitte weiter.«

»… und mit einem Revolver auf Mr Baker schießen. Der Revolver war selbstverständlich nur eine Attrappe; der Knall wurde von jemandem hinter der Bühne erzeugt. Mr Baker sollte laut Stück ohnehin nur eine Fleischwunde davontragen. Er sollte stürzen, sich dann wieder aufrichten, seinen eigenen Revolver ziehen und auf den fliehenden Mr Foster feuern.«

»Aber am besagten Abend lief es anders ab?«, sagte Mr Ogle.

»In Anbetracht …«, begann Mr Douglas, ehe ihm die Vergeblichkeit dessen bewusst wurde. »Ja, es lief anders ab. Mr Baker stürzte zu Boden. Als er nicht wieder aufstand, merkte ich, dass etwas nicht stimmte. Dann sah ich das Blut auf die Bühne rinnen. Ich bin nach hinten geeilt und habe dort erfahren, dass er getötet wurde. Das ist alles.«

»Und wenn es nach Mr Baker geht, war das sicher auch mehr als genug«, sagte Mr Ogle. »Kannten Sie den Verstorbenen schon lange, Mr Douglas?«

»Zweiundvierzig Jahre«, antwortete Mr Douglas.

»Zweiundvierzig Jahre«, echote Mr Ogle. »Wenn ich es richtig verstanden habe, spielte Mr Baker in dem Stück die Rolle des jugendlichen Liebhabers?«

»Das hat nichts zu bedeuten«, sagte Mr Douglas abfällig.

»Aber von einem Mann jenseits der fünfzig zu behaupten, er sei jugendlich, ist doch – wenn ich mir das Wortspiel erlauben darf – ein bisschen kindisch, nicht wahr?«

»Ich habe auch ein Kabarett im Troxy«, meinte Mr Douglas im Plauderton. »Wir brauchen noch einen guten Pausenclown. Hätten Sie vielleicht Lust, mal vorbeizukommen?«

»Nächster Zeuge, bitte«, sagte Mr Ogle streng.

Nächste Zeugin: Miss Eve Turner (Coletta, eine indigene Tänzerin). Sie bestätigte die Aussage des vorangegangenen Zeugen, was Schuss, Sturz, Schrei und über die Bühne rinnendes Blut anging. Ergänzte noch, sie sei noch nie in ihrem Leben so bestürzt gewesen, und die Knie hätten unter ihr nachgegeben, sobald sie begriffen habe, was passiert war.

Auf die Bitte von Mr Ogle hin, einen indigenen Tanz vorzuführen, gab sie spitz zurück, dass der Zeugenstand wohl kaum ein passender Ort dafür sei, allerdings habe sie gehört, dass Richter irgendwo im Gericht eine private Kammer hätten?

Nach Miss Turner kam Herbert an die Reihe. Auch er sagte im Wesentlichen das Gleiche wie zuvor Mr Douglas und Miss Turner. Er habe persönlich den Vorhang geschlossen, nach einem Arzt geschickt, die Bühne geräumt, das Publikum bei Laune gehalten, einen Inspector der Polizei aufgetrieben, das Blut vom Bühnenboden aufgewischt und am Ende das Theater für die Nacht abgeschlossen.

»Ein sehr nützlicher Mann«, bemerkte Mr Ogle. »Sie sollten ein paar öffentliche Ämter bekleiden.«

»Vielen Dank, Sir«, sagte Herbert, schlug die Hacken zusammen, machte kehrt und verließ im Stechschritt den Gerichtssaal.

Nächste Zeugin: Mrs Mary Johnson, gebürtige Mary Foster, Schwester und einzige noch lebende Angehörige des verstorbenen J. Hilary Foster. Zum Verhältnis zwischen ihrem Bruder und Brandon Baker befragt, sagte sie, ihr falle kein Grund ein, weshalb Foster Baker hätte töten sollen. Sie hätten seit mehreren Jahren zusammengearbeitet, und bisher sei es ihres Wissens nie zu Streit oder Feindseligkeiten zwischen den beiden gekommen. Nein, ihr Bruder habe sich in jüngster Zeit nicht anders verhalten als sonst, obwohl sie ihn zuletzt mehrere Wochen vor dem Vorfall gesehen habe. In den vergangenen Monaten sei er ein wenig besorgt gewesen, doch das habe ausschließlich persönliche Gründe gehabt und hinge nicht mit seiner Schauspielkarriere zusammen. Nein, er besitze keinen Revolver; wenigstens habe sie nie einen bei ihm gesehen. Die ganze Angelegenheit sei ihr ein Rätsel; sie sei sich ganz sicher, dass Hilary Brandon Baker nicht mit Absicht getötet habe.

»Danke sehr, Mrs Johnson«, sagte der Richter.

Nächster und letzter Zeuge: Sir Basil Bone. Allseits anerkannter Obduktionsexperte. Er erläuterte in wenigen wohlgesetzten, wenngleich recht technisch anmutenden Sätzen, wie genau Brandon Baker zu Tode gekommen war. Während seiner Aussage schloss Mr Ogle die Augen und strich sich nachdenklich über das Kinn, während er sich daran erinnerte, auf wie viel verständlichere Weise der alte Arzt in Northumberland genau dieselben Sachverhalte ausgedrückt hatte.

»Ganz recht, Sir Basil«, sagte Mr Ogle. »Bestehen nach Ihrer Untersuchung der Leiche noch irgendwelche Zweifel daran, dass die Kugel, die Brandon Baker tötete, von der Position aus abgefeuert wurde, an der Mr Foster den Schilderungen der vorherigen Zeugen zufolge gestanden hat?«

»Keine«, sagte Sir Basil.

»Es ist ausgeschlossen, dass der Schuss von einer anderen Stelle der Bühne oder des Zuschauerraums aus abgefeuert wurde?«

»Vollkommen ausgeschlossen.«

»Vielen Dank, Sir Basil. Das wäre dann alles, danke.«

»Ein herber Schlag für Daddy Wilson«, murmelte Derek.

»Pardon?«, sagte der Reporter neben ihm.

»Ich habe mich nur gerade gefragt, ob Sir Basils Haare

ganz, teilweise oder gar nicht seine eigenen sind«, sagte Derek.

»Teilweise«, sagte der andere Reporter. »Zu etwa einem Viertel, würde ich sagen. Ich war mal bei einem Mordprozess, wo ihm der Rest heruntergerutscht ist.«

»Herzlichen Dank«, sagte Derek. »Das ist gut zu wissen.«

Mr Ogle fasste den Fall auf die ihm eigene geistreiche Art und Weise zusammen und integrierte auch seinen Monolog über die Wettgesetze ohne jede Schwierigkeiten.

»Das Gericht kommt zu dem Schluss, dass Brandon Baker infolge einer Schusswunde im Herzen starb, verursacht durch eine Kugel, die von Hilary Foster abgefeuert wurde.«

Der Gerichtssaal leerte sich. Als er die Bemerkungen zweier Mitglieder des Gallery Clubs hörte, kam Derek zu dem Schluss, dass J. Hilary Foster von Glück sagen konnte, dass sein gegenwärtiger Zustand einen Lynchmord unmöglich machte. »Dieses Scheusal«, sagte Mitglied Nummer eins. »Dieses schreckliche Scheusal! Ich konnte ihn noch nie leiden. Ich habe ihn vor Jahren mal im Empire in *Here's A Howdydoo!* gesehen – wir saßen in der ersten Reihe im Parkett und haben kein Wort von dem verstanden, was er gesagt hat.«

»Und dieses Gesicht«, meinte Mitglied Nummer zwei. »Böse, anders kann man es nicht beschreiben. Kein Wunder, dass er immer nur die Schurken-Rollen bekommen hat. Den armen Brandon kaltblütig zu ermorden. Einfach grauenhaft. Niemand wird ihn je ersetzen können. Man sagt, der neue ungarische Schauspieler im Metropol sei extrem attraktiv. Haben Sie ihn schon gesehen?«

Die Gespräche im Saal erstarben allmählich. Derek und sein Kollege blieben noch einen Moment lang sitzen und führten eine kleine Debatte über die korrekte Schreibweise des Wortes »indisputabel«. Nachdem die Meinungsverschiedenheit geklärt war, wandten auch sie sich zum Gehen. Jetzt befand sich nur noch eine einzige Person im Gerichtssaal, eine zierliche Frau im dunkelblauen Kostüm, die in ein jämmerlich kleines Taschentuch weinte.

»Dahinter steckt garantiert eine Geschichte«, sagte Derek.

»Sie reden wie die Reporter im Film«, sagte der Kollege.

»Nur einen kurzen Moment. Gehen Sie ruhig schon vor.«

»Exklusive Geschichte von *Gazette*-Neuling. Ich will mein Mittagessen.«

»Guten Appetit«, sagte Derek.

Die Frau im dunkelblauen Kostüm war aufgestanden, um den Saal zu verlassen. Noch immer betupfte sie sich die Augen.

»Verzeihen Sie bitte …«, sagte Derek.

»Ja?«

»Kann ich Ihnen vielleicht helfen? Sie sehen ein wenig aufgewühlt aus.«

»Es ist nichts, danke. Gar nichts.«

»War er … Mochten Sie ihn sehr?«, fragte Derek, der an das Geld dachte, das die Wäschereien mit den zweihunderttausend weinenden Mitgliedern des Gallery Clubs diese Woche verdienen würden.

»Nicht direkt«, sagte die Frau in Dunkelblau. »Er war mein Ehemann.«

Kapitel fünf

»Der Trauergottesdienst für den verstorbenen Brandon Baker«, begann Mr Wilson den versprochenen Bericht für die Zeitung seines Sohnes, »war eine der ekelhaftesten, verabscheuungswürdigsten Zurschaustellungen schlechter Manieren, die man in London seit vielen Jahren gesehen hat. Einiges erinnerte stark an Szenen von der Front bei Ypern. Es …«

»Schon gut, schon gut«, sagte Derek. »Das reicht. Bitte denk daran, dass bestimmt hunderttausend Mitglieder des Gallery Clubs unsere Zeitung lesen.«

»Sie sollten alle im nächsten Morgengrauen an die Wand gestellt werden«, sagte Mr Wilson. »Sowohl weil sie deine Zeitung lesen als auch für ihr Verhalten heute Morgen. Von allen widerlichen Dingen, die ich in meinem Leben gesehen habe …«

»Schon verstanden«, sagte Derek. »Beruhige dich. Was hatte Gertie Gibson an?«

»Das weiß ich nicht, und es ist mir auch egal«, sagte Mr Wilson. »Viel wichtiger ist, dass ich eine Melone trug, die mich einundzwanzig Shilling gekostet hat, als ich mich auf den Weg zur Kirche machte und barhäuptig dort ankam. Außerdem wurde ich für Henry Ainley gehalten.«

Mr Wilson junior ließ sich in einen dafür geeignet erscheinenden Sessel sinken.

»Von einem hysterischen Frauenzimmer«, setzte sein Vater hinzu.

»Sie muss hysterisch gewesen sein«, sagte Derek, der seine Sprachfähigkeit zurückerlangt hatte. »Ich meine, Henry Ainley! … Wäre es einer der Marx Brothers gewesen, hätte ich es ja noch nachvollziehen können. Oh, ich glaube, das kommt auf unsere *Vermischtes*-Seite. ›Ein bekannter Londoner Inspector von Scotland Yard wurde gestern auf der glamourösen Beisetzung von Brandon Baker Opfer eines amüsanten Missverständnisses. Mehrere Autogrammjägerinnen hielten ihn für Greta Garbo, verlangten ein Autogramm und überreichten ihm einen Strauß Maiglöckchen. Ursache der Verwechslung sollen angeblich die Füße des Inspectors gewesen sein …«

»Idiot«, sagte Mr Wilson.

»Hast du überhaupt etwas in Erfahrung gebracht?«, fragte Derek.

»Nichts. Die ganze Sache hat mich dermaßen angewidert, dass ich auf nichts anderes geachtet habe. Ich wollte einfach nur weg und wieder normale Menschen treffen.«

»Mich, zum Beispiel.«

»Oh, eine Sache war da allerdings. Ich habe in der Kirche gewartet, bis der Mob draußen war. Am Ende blieb nur noch eine zierliche Frau übrig. Ich glaube, sie hat gebetet. Ich sprach sie an, und sie sagte, sie sei Brandon Bakers Ehefrau.«

»Was?«, rief Derek.

»Brandon Bakers Ehefrau. Ich wusste gar nicht, dass er verheiratet war.«

»Dann pass mal auf. Ich wollte gerade den Gerichtssaal verlassen, als ich eine kleine Dame sah, die ganz alleine in einer der Bänke saß. Ich sprach sie an, und sie sagte, sie sei Brandon Bakers Ehefrau.«

»Seltsam«, meinte Mr Wilson senior.

»Verdammt seltsam«, sagte Mr Wilson junior.

»Wie sah deine aus?«

»Klein und schmächtig«, sagte Derek. »Trug ein dunkelblaues Kostüm mit einem blauen Hut. Weinte in das kleinste Taschentuch, das ich je gesehen habe. Und bei dir?«

»Ein doppelter Whisk… ach so, du meinst die Ehefrau … Nein, es kann nicht dieselbe Person gewesen sein. Meine trug Schwarz und hatte ein relativ großes Taschentuch. Das brauchte sie auch.«

»Dazu kommt, dass du deiner Ehefrau in St. Oswald begegnet bist, eine halbe Stunde bevor ich meine im Gericht in der Craven Street gesehen habe. Die Entfernung zwischen St. Oswald und der Craven Street beträgt schätzungsweise dreidreiviertel Meilen. Benötigte Zeit, selbige Entfernung in mehreren unzuverlässigen Omnibussen zurückzulegen: mindestens eine halbe Stunde. Wahrscheinlichkeit, dass deine Frau es in einer halben Stunde von St. Oswald in die Craven Street geschafft, unterwegs Hut und Kostüm gewechselt und sich einen frischen Nasenlappen besorgt hat: definitiv null. Elementar, mein lieber Watson.«

»Danke«, sagte Mr Wilson. »Ich habe nicht einmal eine

Minute lang vermutet, dass es dieselbe Frau gewesen sein könnte. Ich habe schon von Theaterleuten gehört, die sich im Laufe ihres Lebens mehr als nur einen Seelengefährten zugelegt haben, nicht wahr? Nicht wahr?«

»Ja, das hast du«, sagte Derek.

»Erst heute Morgen habe ich in deiner widerlichen *Gazette* etwas über Miss Polly Vavasour gelesen, eine bekannte Broadway- und Hollywood-Schönheit, die gestern in Pennsylvania einen gewissen Mr Mortimer Murray, einen Star der Stummfilmära, geehelicht hat. Der Bericht enthielt auch eine Liste mit Pollys und Morts Verflossenen – fein säuberlich nebeneinander in zwei Spalten aufgelistet. Polly führte mit zwei Einträgen und hatte noch Platz für drei weitere, wenn ich mich recht entsinne. Vielleicht war Brandon Baker ähnlich gestrickt.«

»Schon möglich«, sagte Derek. »Hast du dir ihre Adresse geben lassen?«

»Nein«, sagte Mr Wilson. »Das habe ich nicht, jetzt, wo ich darüber nachdenke.«

»Trottel!«, sagte Derek mit Nachdruck.

»Hast du dir die Adresse deiner Ehefrau geben lassen?«

»Nein«, sagte Derek. »Das habe ich nicht, jetzt, wo du es erwähnst.«

»Trottel!«, sagte Mr Wilson gepresst. »Ist bei der Verhandlung sonst irgendetwas von Interesse herausgekommen?«

»Rein gar nichts. D. B. D., Herbert, das Mädel, das auf der Bühne war, als es passierte, und Fosters Schwester – recht gut aussehende Frau – haben ihre Aussage gemacht. Oh, und Sir Basil Bone, der Gerichtsmediziner, hat deiner schönen Idee, dass der Schuss von der Seitenbühne aus abgefeuert wurde, gleich den Garaus gemacht. Er sagte, der Winkel, mit dem die Kugel in Bakers Herz eingedrungen sei, beweise zweifelsfrei, dass sie nur von Fosters Position oben im Gebirge abgefeuert worden sein könne.«

»Schande«, meinte Mr Wilson und steckte sich eine Zigarette an. »Was für eine Schande.«

»Richter Ogle hat ein paar launige Scherze gemacht und D. B. D.s Einladung ausgeschlagen, als Pausenclown in seinem Kabarett anzufangen. Das Urteil lautete am Ende natürlich so, dass Brandon Baker von Hilary Foster ermordet wurde.«

»Das«, sagte Mr Wilson, »entspricht nicht der Wahrheit.«

»Wieso bist du dir da so sicher?«, fragte Derek. »Es wird schwer zu beweisen sein, dass es anders abgelaufen ist. Kerl A erschießt Kerl B auf offener Bühne und vor den Augen von zweitausend Zuschauern. Kerl B fällt tot um. Kerl A türmt und wird eine halbe Stunde später in seiner Garderobe an einem Strick baumelnd aufgefunden. Wie ich nicht müde werde zu betonen: Der Fall ist so wenig bemerkenswert wie dein Gesicht.«

»Danke«, sagte Mr Wilson. »Erst heute Nachmittag meinte der Commissioner, wie ähnlich du doch deinem Vater seist.«

»Gott bewahre«, sagte Derek energisch.

»Ich stimme dir voll und ganz zu«, sagte Mr Wilson. »Gott bewahre. Und ich stimme dir auch darin zu, dass der Fall, oberflächlich betrachtet, recht eindeutig zu sein scheint. Aber es gilt zu bedenken, was für ein Mensch Kerl A war.

Definitiv nicht die Sorte Mann, die einen anderen umbringt. Und ganz bestimmt nicht auf die Art und Weise, wie Brandon Baker umgebracht wurde.

Ich habe mich heute Nachmittag im Theater lange mit Herbert über diesen Foster unterhalten. ›Stiller, anständiger Kerl, Sir‹, sagte der unerschrockene Herbert. ›Nicht der Typ Mann, den man jemals für einen Schauspieler halten würde, Sir. Ich kann mir nicht vorstellen, was in ihn gefahren sein muss, Sir.‹ Das hat der unerschrockene Herbert zu mir gesagt. Und der unerschrockene Herb ist ein ziemlich guter Menschenkenner, sofern ich selbst ein guter Menschenkenner bin.«

»Was du nicht bist«, sagte Derek. »Weißt du noch, wie du im Zusammenhang mit dem Masters-Fall einem sehr respektablen Herrn dein Herz ausgeschüttet hast, und dieser sehr respektable Herr stellte sich dann als das dreckige Schwein heraus, das den alten Masters mit vergiftetem Whisky um die Ecke gebracht hatte?«

»Es besteht kein Anlass, diese alte Geschichte jetzt wieder aufzuwärmen«, sagte Mr Wilson hastig. »Herbert ist vertrauenswürdig, und nach allem, was er gesagt hat, bin ich mir ziemlich sicher, dass Foster kein Mann war, der einen Mord begangen hätte.«

»Dürfte ich eine Frage stellen?«, fragte Derek.

»Reine Zeitverschwendung«, sagte Mr Wilson. »Ich kenne alle Antworten. Aber nur zu.«

»Flieht ein Mann, der keinen Mord begangen hat, in seine Garderobe, um sich dort aufzuhängen?«

»Nein«, sagte Mr Wilson langsam. »Aber vielleicht flieht

ein Mann in seine Garderobe, um sich dort aufzuhängen, wenn er denkt, er hätte einen Mord begangen.«

»Erkläre mir, was du damit meinst«, sagte Derek. »Auf einer Seite und in weniger als einhundertfünfzig Wörtern.«

»Angenommen, Foster und Brandon Baker waren bekanntermaßen Feinde. Nehmen wir aus Gründen der Beweisführung ferner an, dass jemand zufällig gehört hat, wie Foster sagte: ›Aus diesem oder jenem Grund werde ich dich umbringen, Baker‹ – so wie die Leute es in Detektivromanen zu tun pflegen. Angenommen, dieser unbeteiligte Dritte hat diese Bemerkung gehört und weiß um das angespannte Verhältnis zwischen den beiden Männern. Angenommen, er macht sich dies zunutze, um Brandon Baker loszuwerden, indem er die Attrappe, die Foster im Stück benutzen sollte, gegen einen echten Revolver austauscht und Foster gewissermaßen dazu zwingt, Brandon Baker umzubringen. Würde eine solche Kette von Ereignissen, wenn es denn so geschehen ist, nicht ausreichen, um einen Mann an den Rand des Selbstmords zu treiben – oder sogar darüber hinaus?«

»Großer Gott!«, sagte Derek. »Und du denkst, so hat es sich abgespielt?«

»Ganz und gar nicht«, sagte Mr Wilson auf höchst ärgerliche Weise. »Ich hänge viel zu sehr an meiner Kugel-im-Vorhang-Hypothese, um sie in dieser Phase der Ermittlungen fallen zu lassen. Aber es ist eine hübsche kleine Geschichte, findest du nicht? Ja, Martha, was gibt es?«

Der Grund, weshalb Martha, Köchin, Haushälterin und Butlerin der Familie Wilson in Personalunion, nicht schon früher in der Geschichte aufgetaucht ist, hat damit zu tun, dass sie den Tag freibekommen hatte, um ihre verheiratete Schwester in Golder's Green zu besuchen. Seit die Wilsons Martha in ihrem Haus aufgenommen hatten, war ihre verheiratete Schwester in Golder's Green kurz davor, aufgrund einer Asthmaerkrankung das Zeitliche zu segnen. Mittlerweile war es bestimmt schon hundertmal vorgekommen, dass Mr Wilson (senior oder junior) beim Nachhausekommen kalten Schinken und Salat auf dem Esstisch vorgefunden hatte. Von Martha keine Spur, stattdessen nur ein Zettel, auf dem stand: *Um Jessie steht's wieder schlechter, aber hoffentlich heute Abend zurück*. Mr Wilson senior hegte den Verdacht, dass Marthas fortwährende Abwesenheit eher mit ihrer Leidenschaft fürs Lichtspiel als mit der Zuneigung zu ihrer Schwester zusammenhing. Mr Wilson junior wiederum schob es auf den Gin. Doch wenn sie da war, war Martha eine treue Seele. Sie machte ein ausgezeichnetes Omelette und war sehr geschickt darin, Knöpfe an die Hosen der Wilsons zu nähen.

»Nun, Martha?«, sagte Mr Wilson. »Wie geht es Jessie?«

»Schlecht«, sagte Martha. »Sehr schlecht. Sie ächzt ganz fürchterlich. Ich habe wirklich das Gefühl, sie braucht mich, Sir.«

»Was um alles in der Welt werden Sie bloß mit Ihrer Zeit anfangen, wenn sie tatsächlich mal den Löffel abgibt, Martha?«, fragte Derek wenig taktvoll.

»Es wundert mich, dass Sie so etwas sagen, Mr Derek«, gab Martha zurück. »Dann werde ich mich natürlich zur Ruhe setzen. Nach all der Arbeit, die ich mit Ihnen habe, hätte ich das auch verdient. Es ist Ihnen doch recht, Sir, wenn ich mir den Abend freinehme?«

»Ja, Martha«, sagte Mr Wilson. »Richten Sie Jessie meine Grüße aus.«

»Das wird ihr nicht helfen, Sir«, sagte Martha. »Für so was ist es schon zu spät. Ach übrigens, eine Frau ist gekommen, das hatte ich ganz vergessen.«

»Eine Frau?«, sagte Derek.

»Ja, Sir. Aber sie möchte den Hausherrn sprechen. Eine Miss Davis, Sir.«

»Wie ist sie so?«, fragte Mr Wilson, der bei Frauen gerne im Voraus wusste, woran er war.

»Ein bisschen zu schrill für meinen Geschmack, Sir. Die Lippen, wissen Sie? Ungefähr so gebaut wie ich.«

»Ach, du liebe Zeit!«, entfuhr es Derek.

»Bitten Sie sie herein, Martha«, sagte Mr Wilson.

»Okay, Sir«, sagte Martha und verschwand.

»Okay …«, murmelte Mr Wilson und erschauerte. »Erst der eigene Sohn, jetzt auch noch die Haushälterin … Oh, Miss Davis?«

Miss Millicent Davis hatte, wie von Martha erwähnt, tatsächlich ähnlich üppige Proportionen. Sie waren vielleicht etwas besser gezähmt an Stellen, wo dies nottat, jedoch hatten sie dieselben ausufernden Tendenzen. Sie war chic gekleidet und zu stark gepudert. Mr Wilson erkannte sie sogleich als dasjenige Mitglied des *Blue-Music*-Ensembles wieder, das im ersten Akt die jungen Damen in Abdul Achmallahs Harem mit Argusaugen bewacht und eine Nummer mit dem Titel »Girls Fight At Me, Men Fight For Me« mit viel Verve und Hingabe dargeboten hatte.

»Inspector Wilson?«, sagte Miss Davis. »Verzeihen Sie,

dass ich Sie belästige – ich habe gehört, Sie ermitteln im Fall Brandon Baker?«

»Das ist richtig«, sagte Mr Wilson. »Das habe ich zumindest getan.«

»Wieso – tun Sie es etwa nicht mehr?«

»Der Fall scheint abgeschlossen zu sein«, erklärte Mr Wilson.

»Genau deshalb wollte ich zu Ihnen«, sagte Miss Davis. »Ich würde gerne mit Ihnen sprechen – unter vier Augen, wenn das möglich ist.« Miss Davis blickte vielsagend in Mr Wilson juniors Richtung.

»Mein Sohn und Erbe«, sagte Mr Wilson. »Er arbeitet bei einer Zeitung, aber Sie können ihm vertrauen. Bitte, setzen Sie sich.«

Miss Davis wählte den besten Sessel und schlug ein wohlgeformtes, teuer gekleidetes Bein über das andere.

»Mein Name ist Davis – Millicent Davis«, sagte sie. »Ich habe auch in *Blue Music* gespielt …«

»Ich erinnere mich«, sagte Derek freundlich. »Sie waren die Dame, die auf der Drehbühne einen Stepptanz aufgeführt hat, nicht wahr?«

»Nein«, sagte Miss Davis. »Das war Miss Owens. Trotzdem danke für das Kompliment. Meine Stepptanz-Tage liegen hinter mir. Ich war Madame du Cregne aus dem Harem. Wissen Sie noch?«

»Selbstverständlich«, sagte Mr Wilson. »Ich habe Ihren Auftritt ungemein genossen.«

»Danke«, sagte Miss Davis. »Es geht um das Urteil im Todesfeststellungsverfahren heute. Es ist absoluter Käse.«

»Käse?«, fragte Mr Wilson.

»Sie meint, es ist Humbug«, klärte Derek seinen Vater auf.

»Hilary Foster hat Brandon Baker genauso wenig umgebracht wie die Zigarettenschachtel auf dem Tisch dort.«

»Siehst du?«, sagte Mr Wilson, an seinen Sohn gewandt. »Was habe ich dir gesagt? Woher wissen Sie, dass er es nicht getan hat, Miss Davis?«

»Ich weiß es nicht. Ich weiß nur, dass er nicht so ein Mann war. Zum einen hätte er niemals den Mumm dazu gehabt. Er hatte ja schon schreckliche Angst, weil er eine Revolver-Attrappe in die Hand nehmen sollte, aber einen echten – niemals.«

»Sie scheinen viel über Mr Foster zu wissen«, stellte Mr Wilson fest.

»Natürlich weiß ich viel über ihn. Er – er war mein Ehemann.«

»Wirklich? Das hätte ich niemals vermutet«, sagte Mr Wilson und spielte damit auf den Umstand an, dass Miss Davis kein Schwarz trug und auch sonst in keinster Weise um den Verstorbenen zu trauern schien.

»Nun, wenn ich sage, dass er mein Ehemann war«, fuhr Miss Davis mit einem gewissen Unbehagen fort, »dann meine ich – nun, so gut wie niemand wusste, dass wir … nur sehr wenige Menschen wussten davon, verstehen Sie?«

»Vollkommen«, sagten Wilson senior und Wilson junior im Chor.

»Also«, sagte Miss Davis. »Ich weiß, dass er so etwas niemals getan hätte. Er hatte nichts gegen Brandon Baker. Sie kannten einander kaum. Brandon war ein Star, und das wusste er auch. Er hat sich nie mit den kleineren Darstellern seiner Shows abgegeben. So war er einfach. Ich glaube nicht, dass Hilary und er in ihrem ganzen Leben mehr als ein Dutzend Worte miteinander gewechselt haben. Diese ganze Geschichte war ein abgekartetes Spiel.«

»Ein abgekartetes Spiel«, sagte Mr Wilson.

»Die Kugel wurde heimlich in den Revolver geladen. Jemand wollte, dass er Brandon Baker tötet.«

»Sehen Sie?«, sagte Derek. »Was habe ich Ihnen gesagt, Inspector?«

»Aber die – die unglückseligen Geschehnisse danach, Miss Davis?«

»Ich weiß. Es ist schwer zu erklären. Aber … nun ja, Hilary steckte in großen Schwierigkeiten. Hauptsächlich ging es um Geld, aber auch um andere Dinge. Er hatte schon einmal damit gedroht, sich umzubringen, als ich in seiner Wohnung … als er bei mir war, meine ich. Er war mit den Nerven völlig am Ende. Und wenn dann so etwas passiert – das kann ihn gaga gemacht haben, verstehen Sie?«

»Auf jeden Fall«, sagte Mr Wilson. »Gaga?«

»Verrückt«, sagte Derek. »Meschugge. Plemplem.«

»Er muss außer sich gewesen sein, verstehen Sie, Inspector … Er wusste nicht mehr ein noch aus – er wusste nur, dass er einen Mann erschossen hatte, also ist er in seine Garderobe gegangen und …«

»Verstehe«, sagte Mr Wilson. »Sie glauben also, jemand hat den Revolver vor der Szene manipuliert, ja?«

»Ich glaube es nicht«, sagte Miss Davis. »Ich weiß es. Und ich weiß auch, wer es getan hat.«

»Wer?«, fragten Mr Wilson senior und Mr Wilson junior wie aus einem Mund.

»Der Inspizient«, sagte Miss Davis kühl. »Herbert.«

»Was?«, sagte Mr Wilson.

»Herbert, der Inspizient. Ich war in der Pause zwischen dem ersten und dem zweiten Akt in Hilarys Garderobe. Ich war oft dort, weil – nun ja, Sie wissen schon. Herbert kam herein und sagte, er brauche Hilarys Requisiten, sie müssten auf der Seitenbühne bereitgelegt werden. An einem Abend in Manchester war er nämlich ohne Revolver auf die Bühne gegangen, das passierte ihm andauernd. Kurz vor Beginn des zweiten Akts gab er Hilary die Pistole zurück – die Pistole und einen Dolch, den er in der anderen Hand halten sollte. Es war nicht dieselbe Waffe wie vorher, da bin ich mir ganz sicher.«

»Sehr interessant«, meinte Mr Wilson.

»Verstehen Sie nicht? Er hat die Attrappe gegen einen echten Revolver ausgetauscht und ihn Hilary gegeben, damit er damit auf Brandon Baker schießt und – amen. Hätte ich nur sofort erkannt ... Ich hätte niemals gedacht ...«

»Warum ist Ihnen das nicht rechtzeitig zum Gerichtstermin klar geworden, dann hätten Sie als Zeugin aussagen können?«, fragte Mr Wilson. »Das wäre vielleicht hilfreich gewesen?«

»Ich weiß«, sagte Miss Davis. »Ich habe darüber nachgedacht. Es erschien mir unnötig – ich meine, Brandon war tot und Hilary auch, und ich wollte nicht in die Sache hineingezogen werden. Verstehen Sie?

Aber dann habe ich das Urteil in der Abendzeitung gelesen – ›ermordet von Hilary Foster‹. Das hat mich wachgerüttelt. Ich konnte es nicht einfach so hinnehmen. Weil es eine dreckige, gemeine Lüge ist!«

»Verstehe«, sagte Mr Wilson, der eine tief sitzende Abneigung gegen Frauen hatte, die anfingen zu schreien. »Verstehe. Ich bin sehr froh, dass Sie zu mir gekommen sind und mir davon erzählt haben, Miss Davis. Wahrscheinlich werde ich zu einem späteren Zeitpunkt noch einmal auf Sie zurückkommen. Wo kann ich Sie erreichen?«

»Lancaster Avenue 213.«

»Vielen herzlichen Dank. Überlassen Sie alles Weitere mir. Wenn ich den Fall nicht löse, wird mein Sohn es tun. Gute Nacht.«

»Gute Nacht«, sagte Miss Davis. »Es war dieser Mann, Inspector. Herbert … Ich bin mir ganz sicher …«

Mr Wilson schloss nachdenklich die Tür.

»Eine überraschende Wendung«, meinte Derek. »Inspector Wilson ist angeblich im Besitz neuer und bahnbrechender Informationen zum Fall Brandon Baker. Eine Verhaftung steht unmittelbar bevor.«

»Ich soll Herbert verhaften lassen?«, fragte Mr Wilson. »Derek, in der Sprache unseres soeben gegangenen Gastes: Du bist vollkommen gaga.«

»Danke schön. Was hältst du von ihr?«

»Nichts«, sagte Mr Wilson. »Sie hat einen widerlichen Gestank hinterlassen. Ich denke, diese Dame strahlte herzlich wenig Mitgefühl und Verständnis aus. Nicht eine Träne für Hilary. Selbst wenn sie unverheiratet zusammenlebten …

Und die Vorstellung, dass sie ausgerechnet Herbert den Mord anhängen wollte …«

»Hör zu«, sagte Derek. »Lassen wir die Theorie mit dem vertauschten Revolver mal einen Moment lang außer Acht. Wer stand auf der Seitenbühne, als es passierte – genau an der Stelle, wo du gestanden und deine Pfeife gehalten hast, als wäre sie ein Revolver? Na los, antworte mir – steh nicht da wie die Freiheitsstatue.«

»Nun – wer?«, fragte Mr Wilson.

»Herbert«, sagte Derek. »Wer hat schlecht über den verstorbenen Brandon Baker geredet und im Wesentlichen gesagt, er sei etwas, was man unter einem Stein im Garten findet? Herbert. Wer hat sofort das Blut aufgewischt und wollte dir unbedingt bei der Rekonstruktion deiner Mord-aus-den-Bergen-These behilflich sein? Herbert. Wer hat …«

»Derek«, sagte Mr Wilson. »Halt den Mund und geh ans Telefon. Es klingelt seit zwei Minuten.«

Mr Wilson junior hielt den Mund und ging ans Telefon. Er war nur wenige Minuten fort, und in dieser Zeit vollzog Mr Wilson senior sein übliches Ritual. Methodisch putzte, stopfte und entzündete er seine Bruyère-Pfeife, wobei er eine große Zahl an Zündhölzern verbrauchte und jede Menge Tabakkrümel auf den Teppich rieselten.

»Wer behauptet da noch, Polizisten hätten keine sexuelle Anziehungskraft?«, verkündete Derek bei seiner Rückkehr.

»Wer war dran?«, wollte Mr Wilson wissen.

»Ich frage mich, was dich bei der Damenwelt so beliebt macht? Sind es die markanten männlichen Gesichtszüge? Die großen männlichen Füße? Oder …«

»Wer war dran?«, wiederholte Mr Wilson verärgert.

»Gwen Astle. Die Hauptdarstellerin persönlich. Ob dies Inspector Wilsons Haushalt sei? Ja, der sei es, sagte ich. Ob Inspector Wilson denn zu Hause sei? Das sei er, sagte ich. Ob sie kurz mit ihm sprechen könne, es sei sehr dringend? Inspector Wilson sei am Apparat, sagte ich.«

»Derek!«

»Nun, ich hielt es für überflüssig, dich ans Telefon zu holen. Es geschieht nicht jeden Tag, dass ein junger Kerl wie ich Gelegenheit bekommt, sich mit einem gefeierten Musical-Star zu unterhalten – rot gefärbte Haare hin oder her.«

»Was zum Henker wollte sie denn?«

»Dich«, sagte Derek dramatisch.

»Mich?«, sagte Mr Wilson und sprang wie von der Tarantel gestochen aus seinem Sessel.

»Jedenfalls möchte sie sich mit dir treffen. Wirklich, ihr Eltern heutzutage …

Miss Astle – für dich Gwen – wäre Inspector Wilson sehr verbunden, wenn er heute Abend zu ihr kommen könnte, da sie ihm etwas im Zusammenhang mit dem Fall Brandon Baker mitzuteilen habe, von dem sie denke, dass es möglicherweise von großer Wichtigkeit sei.«

»Zum Teufel!«, sagte Mr Wilson. »Wie lautet die Adresse?«

Chalmers Street 318 N. Die Wohnung ganz oben.«

»Und um welche Uhrzeit?«

»Irgendwann im Laufe des Abends, meinte sie. Sie würde extra für dich zu Hause bleiben. Ich weiß wirklich nicht, wohin das noch führen soll – erst bekommst du Besuch von der Haremsaufseherin, und jetzt sollst du den Abend mit der Hauptdarstellerin verbringen.«

»Wenn ich mich sofort auf den Weg mache«, sagte Mr Wilson würdevoll, »besteht kein Grund, den ganzen Abend mit ihr zu verbringen. Junge, mein Hut!«

»Und was ist mit mir?«, fragte Derek.

»Nun – was ist mit dir?«

»Harte Worte eines Vaters an seinen einzigen Sohn. Ich meine … wie wäre es, wenn ich mitkomme?«

»Bist du denn ebenfalls eingeladen?«

»Nein … aber mir behagt die Vorstellung nicht, dass du ganz allein mit Gwen in ihrer Wohnung bist. Wenn es die Wohnung unter der oberen Wohnung wäre oder die Wohnung im Erdgeschoss, würde ich mir keine Sorgen machen. Aber die Wohnung ganz oben …«

»Idiot!«, sagte Mr Wilson. »Also gut, dann komm eben mit.«

Die Wilsons erreichten die Chalmers Street um Viertel nach acht, nachdem sie für den Weg dorthin über eine Stunde benötigt hatten. Mr Wilson, der überzeugt war, die Gegend wie seine Westentasche zu kennen, hatte darauf bestanden, mit der U-Bahn bis zu einem verlassenen Bahnhof zu fahren, der (laut Aussage von Mr Wilson) praktisch direkt gegenüber von Haus Nummer 318 liege. Mr Wilson junior hingegen, der so tat, als hätte er seit frühester Kindheit in der Nähe der Chalmers Street gewohnt, hatte stattdessen empfohlen, den Bus zu nehmen, an der Ecke East Trevor Street in einen anderen Bus umzusteigen und den Rest des Weges – angeblich nur wenige Meter – zu Fuß zu gehen. Nachdem sie sowohl die Bus- als auch die U-Bahn-Verbindungen gründlich getestet hatten, verlor Mr Wilson senior die Geduld und winkte ein Taxi heran. Es war der beste Einfall des Abends.

Das Haus Chalmers Street 318 stellte sich als ein großer Block hochmoderner Mietwohnungen mit Hotelservice heraus. Dass die Wohnungen hochmodern waren, erkannte Mr Wilson daran, dass die Namen auf den verchromten Schildern neben dem Eingangsportal ohne Großbuchstaben auskamen. »mr anthony messingham« stand auf einem Schild. »mr und mrs john vanzimmer« hieß es auf einem anderen. »mr noel arkwright, osteopathie und manipulative chirurgie« lautete die Aufschrift eines dritten. Ganz zuoberst gab es ein viertes Schild mit dem Namen »miss gwen astle«.

Selbstverständlich besaß das Haus auch einen Fahrstuhl, allerdings dauerte es eine ganze Weile, jemanden zu finden, der ihn bediente. Doch irgendwann war auch das geschafft. Es handelte sich um einen Mann in marineblauer Uniform mit roten Aufschlägen und ebensolchen Manschetten. Derek schätzte das Alter des Mannes auf einhundertfünfzehn Jahre und das seiner Uniform auf knapp zehn Jahre jünger. Das Eigentümliche an diesen hochmodernen Wohnungen mit Hotelservice ist, dass dort dermaßen antikes und wenig dienstbereites Personal beschäftigt wird. Der Fahrstuhl immerhin funktionierte einwandfrei, sobald der Pförtner dazu überredet worden war, ihn in Betrieb zu nehmen, und Mr Wilson und Derek wurden geschwind ins oberste Stockwerk befördert.

»Die da«, sagte der Pförtner und wies auf die Tür gegenüber. »Nicht die da. Die da.«

Nachdem er dergestalt alle Unklarheiten beseitigt hatte, schlurfte der Hundertjährige zurück in den Lift, schloss zärtlich die Tür und entschwand nach unten.

»Heller Kopf«, sagte Derek. »In fünfzig Jahren wird er der jüngeren Generation Platz machen. Sieht bestimmt flott aus in Pantoffeln, meinst du nicht?«

»Drück auf die Klingel«, sagte Mr Wilson.

Derek drückte auf die Klingel. Mr Wilson wartete geduldig. Er hörte, wie der Lift tief unter ihnen am Ende seiner Reise ankam, und lauschte, wie die Tür geöffnet und wieder geschlossen wurde. Danach herrschte in dem hochmodernen Wohnhaus eine hochmoderne Stille.

»Klingle noch mal«, forderte Mr Wilson seinen Sohn auf.

»Aye, aye, Sir.« Derek gehorchte. Während seine erste Begegnung mit dem Klingelknopf eher ein vorsichtiges Tasten gewesen war, legte er sich diesmal kräftig ins Zeug. Das Ergebnis erinnerte an Wagner in seinen ungestümsten Momenten. Nichts geschah.

»Klingle noch mal«, sagte Mr Wilson. »Und klopf an.«

Derek klingelte ein drittes Mal. Diesmal zauberte er eine beschwingte kleine Melodie, von der er hoffte, dass sie Miss Astles Ohr erfreuen möge. Und er klopfte. Mehrmals. Immer noch Schweigen.

»Welches Datum haben wir heute eigentlich?«, wollte Derek wissen.

»Den zweiundzwanzigsten Juni. Was zum Henker hat das mit irgendetwas zu tun?«

»Ich dachte, vielleicht ist der erste April. Wie schade … da hat man in seinem jungen, unschuldigen Leben einmal die

Gelegenheit, den Abend mit einer echten Schauspielerin zu verbringen, und dann so was. Mist.«

»Deine Ausdrucksweise!«, sagte Mr Wilson. »Du gehst besser wieder nach unten und suchst den Pförtner, falls der noch am Leben ist.«

»Einen Moment noch«, sagte Derek. »Nachdem man vergeblich geklingelt und geklopft hat, sollte man stets die Türklinke probieren, und wenn das nicht hilft, kann man immer noch durchs Toilettenfenster einsteigen. Regel Nummer sieben für Journalisten und solche, die es werden wollen. Aha … Was habe ich gesagt?«

Die Tür zu Miss Astles Wohnung war unverschlossen. Mr Wilson junior trat ohne weiteren Verzug ein.

»Streng genommen, benötigst du dafür einen Beschluss«, sagte Mr Wilson senior. »Wenn jemand kommt, kann ich dich wegen Einbruchs festnehmen. Ach du liebe Güte!«

Mr Wilsons spontaner Kraftausdruck (falls man »Ach du liebe Güte!« als einen solchen bezeichnen kann) war dem Umstand geschuldet, dass sich das Eingangsfoyer von Miss Astles Wohnung in einem Zustand befand, den man in der europäischen Politik und diversen anderen Kreisen vermutlich als »im Umbruch befindlich« beschrieben hätte. Ein treffenderer Begriff war »Chaos«. Drei Stühle lagen umgestürzt auf dem Teppich. Gegenstände, die zuvor auf einem großen Tisch an der Wand gestanden hatten, lagen überall verstreut. Am Fuß der Treppe, die ins obere Stockwerk führte, lag eine leicht frivole Statuette aus Alabaster, die an zwei anatomisch kritischen Stellen zerbrochen war. Daneben sah Mr Wilson etwas, das er als eine von Miss Astles neuen Pariser Roben identifizierte.

»Ein bisschen zeitig für den Frühjahrsputz, nicht wahr?«, sagte Derek.

»Spät, meinst du wohl«, sagte Mr Wilson. »Komm her.«

Miss Astles Wohnzimmer sah noch schlimmer aus als ihr Foyer. Auf einem kleinen Tischchen beim Kamin war eine Mahlzeit bereitgestellt worden. Das Plusquamperfekt ist in diesem Fall die korrekte Zeitform, denn es schien, als hätte jemand in einem Moment des Zorns eine Ecke des Tischtuchs genommen und es unter dem Essen weggezogen. Im Kamin schwamm eine Pfütze Kaffee, darin lag etwas, das nach einem Omelette aussah. Und eine Menge Tinte war vergossen worden. Gewöhnliche blauschwarze Tinte, die sich mit dem Omelette und dem Kaffee vermischt hatte und den Kacheln der Kaminumrandung, die dies gewiss nicht nötig hatten, zusätzliche Farbtupfer verlieh.

»Wozu die Tinte?«, murmelte Mr Wilson nachdenklich.

»Sie hat etwas geschrieben«, meinte Derek munter.

»Du versetzt mich in Staunen«, sagte Mr Wilson. »So ist es. Liegt es nicht dort hinten auf dem Teppich?«

Derek bückte sich und rettete den Halbbogen Schreibpapier vor der Bedrohung durch die sich ausbreitende Omelettepfütze. Nicht, dass dem Papier noch viel mehr Schaden hätte zugefügt werden können. Etwa sieben Achtel waren von einem riesigen Klecks verdeckt, weil das Tintenfass sich danebenbenommen hatte.

»He!«, sagte Derek. »Schau dir das an.«

Auf dem Blatt Papier standen lediglich vier Wörter, der

Rest ging im Tintenklecks unter. Mr Wilson las die vier Wörter langsam und bedächtig.

Falls Inspector Wilson kommt –

»Ärgerlich«, sagte Mr Wilson. »Sehr ärgerlich.«

Kapitel sechs

»Derek«, sagte Mr Wilson. »Geh und hol den Methusalem herauf.«

Den Methusalem heraufzuholen war deutlich schwieriger als gedacht. Derek erreichte das Erdgeschoss in genau dem Augenblick, als die elektrische Uhr in der Eingangshalle mittels hochmoderner Klackgeräusche verkündete, dass es acht Uhr fünfundvierzig war. Acht Uhr fünfundvierzig war zufällig genau die Stunde, zu der Mr Bowker (so der Name des Methusalems) tief hinunter in den Keller des Hauses stapfte, sich die Schuhe aufschnürte, seine rot-blaue Uniform auszog und lautstark nach seiner Mahlzeit verlangte. Seine Frau Agnes hatte soeben einen üppig mit Steak und Kartoffeln beladenen Teller vom Gasherd genommen und ihn vor Mr Bowker hingestellt, als Derek auftauchte.

»Hoi!«, sagte Derek. »He, Sie da!«

Mr Bowker war es nicht gewohnt, dass junge Männer aus dem Nichts auftauchten und »He, Sie da!« riefen, wenn er gerade sein Abendessen begonnen hatte. Er grunzte missmutig und spießte mit der Spitze seines Messers fein säuberlich mehrere Kartoffelscheiben auf.

»'s los?«, fragte Mr Bowker. »Sehen Sie nicht, wenn jemand beschäftigt ist?«

»Ich brauche Sie«, sagte Derek. »Oben. Oberste Wohnung. Unverzüglich.«

Mr Bowker lenkte sein Messer voller Kartoffelscheiben sicher durch das Dickicht seines Walrossbartes, kaute einen Moment lang geräuschvoll und sagte dann: »Wofür?«

»Wofür spielt keine Rolle. Mein alter Herr will Sie oben sprechen. Sofort. Kommen Sie – raffen Sie sich auf. Schütten Sie die Kartoffeln zurück ins Zeitungspapier, dann sind sie noch schön heiß, wenn wir fertig sind.«

Mr Bowker wischte sich den Schnauzbart und sagte, dass es doch wohl eine Unverschämtheit sei, wenn ein hart arbeitender Mann in seinem Alter sich nicht einmal eine halbe Stunde Zeit nehmen könne, um in Ruhe zu essen und die Abendzeitung zu lesen, ohne dass eine Horde Fremder in seine Küche geplatzt kam und ihn zwang, ins oberste Stockwerk zu fahren, weil es dort angeblich ein Problem gab. Mr Wilson junior stimmte ihm gutmütig zu, stibitzte eine Kartoffelscheibe vom Teller und schob sie sich geschickt in den Mund. Dann fügte er hinzu, es sei eventuell von Interesse für Mr Bowker, dass der Herr mit den großen Füßen, der im oberen Stockwerk auf ihn wartete, ein Detective von Scotland Yard sei und dass er, wenn er nicht endlich aufstand und von seinen Kartoffeln abließ, seine nächste Mahlzeit in einer Gefängniszelle einnehmen werde. Wo, so beendete Mr Wilson junior seine kleine Ansprache, nur höchst selten, wenn überhaupt, Steaks und Kartoffeln auf dem Speiseplan stünden.

Mr Bowker schoss in die Höhe.

»Detective?«, sagte er.

»Scotland Yard?«, sagte seine Frau Agnes.

»Seltsam, aber wahr«, sagte Derek. »Kommen Sie nun oder nicht?«

»Komme, Sir«, sagte Mr Bowker, der mit flatternden Schnürsenkeln in Richtung Küchentür eilte.

»Warten Sie«, sagte Mrs Bowker, ehe sie Steak und Kartoffeln in den Ofen stellte. »Ich komme auch mit. Was ist denn überhaupt passiert? Worum geht es? Was hat sie jetzt wieder angestellt? Wir wissen nichts über sie. Sie wohnt erst seit einem halben Jahr hier …«

Die Bowkers und Derek zwängten sich in den Lift. Es gab buchstäblich einen kleinen Ruck, als Mr Bowkers offene Schnürsenkel sich zwischen dem Käfig des Fahrstuhls und der Außenwelt verfingen, doch sobald dieses Problem mit Hilfe von Dereks Taschenmesser auf professionelle Weise behoben worden war, schoss der Käfig mit ansehnlicher Geschwindigkeit aufwärts und setzte das Trio in der obersten Etage ab.

»Mein Name ist Wilson«, sagte Mr Wilson. »Inspector Wilson, Scotland Yard.«

»Ja, Sir«, sagte Mr Bowker, schon jetzt vor Ehrfurcht zitternd.

»Haben Sie nicht eben gesagt, Miss Gwen Astle sei zu Hause?«

»Das ist sie auch, Sir.«

»Tatsachenverdreher«, sagte Mr Wilson knapp.

»Er meint, Sie müssen sich geirrt haben«, übersetzte Derek für die Bowkers.

»Ist sie denn nicht da, Sir?«, fragte Mr Bowker.

»Nein, ist sie nicht«, sagte Mr Wilson. »Kommen Sie, und überzeugen Sie sich selbst.«

Zögerlich betraten die Bowkers nacheinander den Eingangsbereich der Wohnung, wobei Mr Bowker über einige der auf dem Teppich herumliegenden Gegenstände stolperte und Mrs Bowkers Augenbrauen mit jedem Schritt ein Stück weiter in die Höhe wanderten.

»Ach du grüne Neune!«, sagte Mr Bowker, seine liebste Formulierung benutzend.

»Also!«, sagte Mrs Bowker und bewies eindrucksvoll, dass sie, wenn sie erst einmal die Sprache wiedergefunden hatte, diese nicht so schnell wieder verlor. »Also! Ein schöner Zustand ist das hier, ich muss schon sagen. Wenn sie auch nur eine Sekunde lang glaubt, dass ich meine Zeit dafür hergebe, ihren Saustall wieder aufzuräumen, dann hat sie sich geschnitten. Schau sich nur mal einer den Teppich an … Nein, nein, sie kann schön selbst auf den Knien herumrutschen und versuchen, die Tintenflecke wegzuschrubben, ich werde es ganz gewiss nicht tun. Und was ist mit dem Kamin passiert? Können Sie sich das vorstellen? Da verbringe ich eine halbe Stunde damit, den Tee für dieses Flittchen zuzubereiten, und was kriege ich zum Dank? Sie wirft alles durch die Gegend. Das ist nicht zum ersten Mal vorgekommen, aber ganz sicher zum letzten, das sage ich Ihnen. Morgen früh, Albert Henry Bowker, wirst du gleich als Erstes Mantel und Hut nehmen, zu Mr Tiffen gehen und ihm sagen, was passiert ist. Ich bin es endgültig leid. Wenn sie glaubt, dass ich nichts Besseres zu tun habe, als …«

»Richtig«, klinkte Mr Wilson sich geschickt in den Monolog ein. »Sehr richtig. Das muss in höchstem Maße lästig für Sie sein.«

»Lästig!«, sagte Mrs Bowker, der einige weitaus treffendere Bezeichnungen auf der Zunge lagen. »Lästig! Das ist nicht bloß lästig, Inspector. Das ist …«

»Ganz richtig«, gebot Mr Wilson dem Wortschwall ein weiteres Mal mühsam Einhalt. »Wenn Sie dann so gut wären, mich ausnahmsweise auch ein paar Worte sagen zu lassen …«

»Ganz recht, Sir«, sagte Mr Bowker, dem es schon seit achtundvierzig Jahren mit Mrs Bowker so ging. »Aggie, halt den Schnabel. Lass den Inspector reden.«

Aggie hielt den Schnabel und presste die Lippen aufeinander.

»Wann haben Sie Miss Astle zuletzt gesehen?«

»Um elf Uhr heute Morgen, Sir«, antwortete Mr Bowker.

»Kurz nach vier am Nachmittag«, sagte seine Gattin.

»Gegangen oder gekommen?«, wollte Mr Wilson wissen. »Ich meine, verließ sie ihre Wohnung, oder kehrte sie gerade zurück?«

»Sie ist gegangen. Sie meinte, sie sei gegen fünf zum Tee wieder da und wolle um dreiundzwanzig Uhr dreißig ihr Abendessen haben. Für zwei, versteht sich. Sie war eine dieser Frauen, für die es keine richtige Mahlzeit ist, wenn man sie alleine einnimmt.«

»Aber Sie haben nicht gehört, dass sie um fünf Uhr zurückgekommen ist?«

»Nein, Sir.«

»Miss Astle hat einen eigenen Schlüssel, Sir«, erklärte Mr Bowker. »Sie wusste, wie man den Lift bedient und so weiter. Meistens ist sie alleine gefahren oder hat die Treppe genommen, statt mich zu bemühen. Ich werde ja auch nicht jünger, wie man so schön sagt, Sir. Was das angeht, war sie wirklich immer sehr zuvorkommend, unsere Miss Astle, das muss ich schon sagen.«

»Sie war ein freches, angemaltes Luder«, sagte Mrs Bowker, die anscheinend nicht wünschte, dass gut über Miss Astle gesprochen wurde.

»Sagen Sie – wie lange wohnte Miss Astle schon hier?«

»Seit einem knappen halben Jahr, Sir«, antwortete Mr Bowker. »Sie ist an dem Tag eingezogen, als mich das Rheuma so schlimm erwischt hat, deswegen erinnere ich mich noch gut daran, Sir. Es war in der Adventszeit, Sir. Das weiß ich, weil wir einen Brief von unserem Jackie bekamen, und der schreibt immer nur einmal im Jahr, kurz vor Weihnachten. Wenn ich mich recht besinne, Sir, muss es so um den …«

»In Ordnung, in Ordnung«, sagte Mr Wilson. »Vielen herzlichen Dank. Seit einem halben Jahr, das reicht mir völlig. Und hat sie immer allein hier gewohnt?«

Mr Bowkers rechter Schuh spielte mit dem Schnürsenkel seines linken Nachbarn, und Mrs Bowker presste die Lippen noch ein wenig fester aufeinander. Wenige Augenblicke zuvor hätte man es vielleicht nicht für möglich gehalten, aber sie besaß wirklich großes Talent dafür. Die letzten Reste von Blut verschwanden, und nichts als eine dünne, grimmige Linie blieb zurück.

»Nun?«, sagte Mr Wilson.

»Also, Sir«, sagte Mr Bowker und zupfte verlegen an seinem Schnauzbart, wobei er in dessen Tiefen noch eine vergessene Kartoffelscheibe entdeckte. »Also, Sir. Sie lebte allein, und sie lebte auch wieder nicht allein, wenn man so will, möchte ich sagen. Wenn Sie verstehen, was ich meine, Sir.«

»Durchaus nicht«, sagte Mr Wilson.

Mrs Bowker hörte mit dem Zusammenpressen ihrer Lippen auf.

»Es hat keinen Zweck, ein Geheimnis um etwas zu machen, das kein Geheimnis sein sollte«, sagte sie. »Erst recht nicht vor der Polizei, stimmt's? Inspector, es ist nicht meine Art, schlecht über andere Leute zu reden, egal, wie viel Ärger ich auch mit ihnen habe, weil sie von mir erwarten, dass ich Tag und Nacht zur Verfügung stehe, um ihren Dreck wegzuräumen und …«

»Ja?«, sagte Mr Wilson. »Aber …?«

»Gwen Astle war eine von *diesen* Frauen«, sagte Mrs Bowker bedeutungsvoll.

»Aha«, sagte Mr Wilson. »Na, so was.«

»Wohlgemerkt«, fuhr Mrs Bowker fort und verschränkte die Arme vor ihrem ausladenden Busen. »Wohlgemerkt, ich bin ein aufgeschlossener Mensch, da kann niemand was anderes behaupten. Ich habe eine Menge Erfahrung mit Schauspielerinnen und weiß, was man da zu erwarten hat. Aber diese Gwen Astle war noch mal eine ganz andere Nummer, Inspector. Sie hat nicht einen Mann in ihrer Wohnung empfangen, seit sie vor sechs Monaten hier eingezogen ist, sondern Millionen.«

»Millionen?«, wiederholte Mr Wilson.

»Millionen«, bekräftigte Mrs Bowker. »Nicht, dass ich was dagegen hätte, wenn eine Mieterin Besuch empfängt, und wie gesagt, bei Schauspielerinnen rechnet man ja damit, dass es etwas wilder zugeht. Aber diese Frau hat es zu weit getrieben. Sie hat dem Ruf dieses Hauses geschadet, ja, das hat sie. Erst letzten Monat war eine ehrbare Frau hier, um sich die Wohnung gegenüber anzusehen, eine Mrs Bottomly, sie war von ihrem Ehemann aus Indien nach Hause geschickt worden wegen der Regenzeit und so weiter, Sir, und …«

»Ich interessiere mich wirklich nicht für …«

»Und nach nicht mal vierzehn Tagen hat sie gekündigt und ist ausgezogen. Wohlgemerkt, Sir, es gab keine Beschwerden von ihrer Seite, Sir. Mrs Bottomly hat lediglich gesagt, der Verkehrslärm draußen auf der Straße mache ihr zu schaffen, aber ich weiß ganz genau, was das eigentliche Problem war. Es war nicht der Straßenverkehr, Sir. Es war der Verkehr hier drinnen. Zu jeder Tages- und Nachtzeit, und möge mich an Ort und Stelle der Blitz treffen, wenn ich auch nur das kleinste bisschen übertreibe.«

»Na, so was!«, sagte Mr Wilson erneut.

»Sie hat sie aus dem Theater mitgebracht, Sir, nach der Vorstellung. Ganze Heerscharen. Albert und ich mussten ihnen oft genug bis zwei Uhr morgens aufwarten, Sir. ›Holen Sie noch mehr Sandwiches, Mrs Bowker. Genug für ein Dutzend Personen, das wäre reizend.‹ Mit so was mussten wir uns herumschlagen, und das zu einer Zeit, wo jeder anständige Mensch längst im Bett liegt. Und wie oft musste Albert durch den Hintereingang zum ›Hen and Chickens‹ am Ende der Chalmers Street laufen und kam voll beladen mit Bierflaschen …«

»Aggie!«, sagte Mr Bowker alarmiert. »Der Herr ist von der Polizei, vergiss das nicht.«

»Ist schon in Ordnung«, sagte Mrs Bowker. »Sie können dir nichts – das Flittchen war schuld und die Dummheit des Mannes im ›Hen and Chickens‹, weil er dir nach der Sperrstunde noch Bier verkauft hat. Und die Uhrzeit, zu der sie wieder gingen, Sir …«

»Wenn sie denn überhaupt gegangen sind«, setzte Albert spitz hinzu.

Mr Wilson wollte nicht schon wieder »Na, so was!« sagen, also beschränkte er sich darauf, leicht schockiert mit der Zunge zu schnalzen.

»Ich habe um Viertel vor sechs meine Runde gemacht«, sagte Albert, »so wie ich es seit dreißig Jahren jeden Morgen mache und wie ich es hoffentlich auch noch so lange tun werde, wie es mir vergönnt ist, Sir, und als ich ihre Schuhe mitnehmen will, um sie zu putzen – was glauben Sie, was ich da sehe, Sir?«

»Ich habe nicht die geringste Ahnung«, sagte Mr Wilson wahrheitsgemäß.

»Draußen vor ihrer Tür, Sir – rotzfrech, wenn ich das mal so sagen darf …

Da steht ein Paar Schuhe, das ihr niemals in hundert Jahren gepasst haben kann, Sir.«

»Du liebe Zeit«, meinte Mr Wilson. »Sagen Sie mir – gab es unter all diesen männlichen Bekannten, die bei ihr ein und aus gingen, eventuell auch einen besonderen?«

»Kein Mann, der mit dieser Frau Umgang pflegte, war etwas Besonderes«, entgegnete Mrs Bowker geistreich.

»Verstehe«, sagte Mr Wilson. »Was ich damit meinte, war … Gab es einen Mann, der öfter kam? Einen regelmäßigen Besucher, wenn Sie so wollen?«

»Kann ich nicht behaupten, Sir«, sagte Mr Bowker. »Sie kamen immer spät, Sir, und gingen Gott weiß wann. Ich habe nicht viele von ihnen zu Gesicht bekommen, jedenfalls nicht lange genug, dass ich sie wiedererkennen würde, wenn ich das mal so sagen darf, Sir.«

»Sie haben nie einen großen jungen Mann gesehen – vielleicht in einem hellgrauen Mantel mit einem schwarzen Filzhut?«

»Tja, wie es der Zufall will, Sir«, sagte Mr Bowker. »Jetzt, wo Sie es erwähnen … Es gab da einen, auf den diese Beschreibung passt. Er kam heute Nachmittag und wollte zu ihr, aber sie war nicht da, also ist er wieder gegangen. Vielleicht war es aber auch gar nicht der Herr, von dem Sie sprechen, Sir, das kann ich anhand der Beschreibung nicht mit Sicherheit sagen.«

»Ja«, sagte Mr Wilson. »Sie war leider recht grob.«

»So kann man alle diese Männer beschreiben«, sagte Mrs Bowker, ehe sie erneut die Lippen aufeinanderpresste.

»Wie?«

»Als grob!«, sagte Mrs Bowker giftig.

»Hm … ja«, sagte Mr Wilson. »Kannte einer von Ihnen Brandon Baker vom Sehen?«

»Natürlich«, sagte Mrs Bowker. »Jeder kannte Brandon Baker. Der Arme. Was für eine Frage!«

»War er auch einer der … Hat er Miss Astle jemals in ihrer Wohnung aufgesucht?«

»Jawohl, Sir«, sagte Mr Bowker. »In letzter Zeit habe ich ihn oft mit ihr herkommen sehen. In den letzten drei Wochen, Sir. Ich weiß noch, wie ich zu meiner Frau sagte: ›Es würde mich nicht wundern, wenn aus Miss Astle und Brandon Baker eines Tages ein Paar wird.‹ Und kaum hatte ich das gesagt, musste ich in der Zeitung lesen, dass er erschossen wurde.«

»Was ist mit einem großen, sehr dünnen Mann? Graues Haar, schmaler grauer Schnurrbart, Hakennase, recht buschige Augenbrauen. Dunkel, nicht grau – die Augenbrauen, meine ich. Haben Sie jemals einen solchen Mann hier gesehen?«

»Nein, Sir«, antwortete Mr Bowker. »Kann ich nicht behaupten. Du, Aggie?«

»Glaube nicht«, sagte Mrs Bowker. »Aber er muss so ziemlich der Einzige sein, den ich noch nicht gesehen habe.«

»Nun«, sagte Mr Wilson, anscheinend zufriedengestellt. »Haben Sie beide vielen Dank. Sie waren mir eine große Hilfe. Es ist schön, auf Menschen zu treffen, die keine Angst haben, den Mund aufzumachen. Ich würde mich gerne noch einmal in der Wohnung umsehen, wenn es Ihnen nichts ausmacht. Machen Sie sich nicht die Mühe, hier oben zu bleiben, wir finden später auch alleine raus.«

»Vielen Dank, Sir.«

»Falls Miss Astle kommen sollte, nachdem ich weg bin, würden Sie mir Bescheid geben? Sie erreichen mich über die Zentrale unter zwei-eins-drei-drei-sieben oder beim Scotland Yard – Whitehall eins-zwei-eins-zwei. Nochmals vielen Dank für Ihre Hilfe. Guten Abend.«

»Guten Abend, Sir«, sagte das Ehepaar Bowker, bestieg den Lift und fuhr wieder nach unten, einem mittlerweile eiskalten Teller mit Steak und Kartoffeln entgegen.

»Was sollte das heißen – vielen Dank für Ihre Hilfe?«, fragte Derek, sobald die zwei gegangen waren.

»Ratschläge für die moderne Polizeiarbeit, Nummer sieben: Höflichkeit zahlt sich aus«, sagte Mr Wilson und steckte seine Pfeife an. »Man sollte sich stets bei den Leuten bedanken, auch wenn es keinen Grund dafür gibt, womöglich bekommt man beim nächsten Mal etwas von ihnen. Das Ehepaar Bowker scheint ja keine allzu hohe Meinung von unserer Gwendoline gehabt zu haben, was?«

»Das ist noch geschmeichelt«, sagte Derek. »Aber wahrscheinlich zu Recht. Ich mag Schauspielerinnen nicht, die bei der Zeitung anrufen, sobald sie ihre Haarfarbe gewechselt haben, und genau das hat Gwen getan. Was sollten übrigens all deine Fragen über die Männer, die sich in das Gästebuch eingetragen haben?«

»Hast du die Beschreibungen denn nicht wiedererkannt?«

»Nein.«

»Nummer eins: der Mann, der an dem Morgen, als du Probleme mit dem Licht hattest, aus dem Grosvenor Theatre geflohen ist. Falls du dich erinnerst, trug er einen hellgrauen Mantel und einen schwarzen Filzhut. Mr Bowkers Aussagen zufolge könnte er heute Nachmittag hier gewesen sein, allerdings vermute ich, dass es in London sehr viele Männer mit hellgrauen Mänteln und schwarzen Filzhüten gibt, das hilft uns zunächst also nicht weiter. Trotzdem wäre es möglich, dass der Mann aus dem Theater einer von Gwen Astles Bekannten war, und vielleicht war es derselbe Mann, der heute Nachmittag zu ihr wollte. Nummer zwei: Brandon Baker.«

»Das habe ich mir schon fast gedacht. Du hast seinen Namen erwähnt.«

»In der Tat. Er zählte ganz ohne Frage zu ihren Besuchern. Nummer drei: Hilary Foster. Sofern die Bowkers in der Lage sind, Beschreibungen zu verstehen und sich an das Erscheinungsbild von Personen zu erinnern, war der gute H. F. kein regelmäßiger Gast von Gwen Astle.«

»Und?«

»Nichts. Aber so langsam keimt in mir der Verdacht, dass Brandon Bakers unnatürliches Ableben etwas mit der uralten geometrischen Figur des Dreiecks zu tun hat. Vielleicht wurde das Quadrat der Hypotenuse ein bisschen frech gegenüber dem Winkel an der Basis, und die Summe der anderen beiden Winkel war damit nicht einverstanden. Vielleicht war es auch etwas anderes. Aber eins weiß ich: Wenn es ein Dreieck gab, dann war Gwen Astle Winkel α, Brandon Baker Winkel β, und Winkel γ war unser Freund im hellgrauen Mantel und mit dem schwarzen Filzhut.«

»Dem Gefasel der Bowkers zufolge klang es eher nach einem Polygon als einem Dreieck.«

»Mag sein. Komm – sehen wir uns noch einmal um.«

Gwen Astles Wohnung war so geschmackvoll eingerichtet, wie man es von einer hochmodernen Wohnung erwarten kann. Im Erdgeschoss gab es vier Zimmer. Eine schmale Treppe führte zu zwei kleinen Schlafräumen im Dachgeschoss des Gebäudes. Mr Wilson hob die beiden Teile der Alabaster-Statuette auf, setzte sie wieder zusammen und stellte sie vorsichtig zurück auf den Tisch im Foyer. Es ist erstaunlich, wie viel Vergnügen einem selbst die einfachsten Dinge des Lebens bereiten können. Eine zerbrochene Statuette, die falsch wieder zusammengesetzt wurde, ist ein gutes Beispiel dafür. Mr Wilson junior jedenfalls lachte so heftig, dass er sich an der gegenüberliegenden Wand abstützen musste. Mr Wilson senior nahm seine Pfeife aus dem Mund und schmunzelte belustigt.

»Es ist wirklich gut eingerichtet, dass unser Hintern hinten ist, nicht wahr?«, sagte Mr Wilson junior.

»Sei nicht so kindisch«, tadelte Mr Wilson senior. »Du nimmst dir das untere Geschoss vor, ich das obere. Sieh dich gründlich um.«

»Ist dir bewusst, dass man für so etwas üblicherweise einen Durchsuchungsbeschluss benötigt?«

»Durchaus. Und den habe ich auch. Ich trage immer ein halbes Dutzend bei mir, für den Notfall.«

Mr Wilson ging nach oben. Der Raum, den er als Miss Astles Ankleidezimmer identifizierte, befand sich in einem solchen Durcheinander, dass das untere Stockwerk dagegen wirkte, als wäre dort soeben der Frühjahrsputz gemacht worden. In einem geöffneten Koffer auf dem Bett türmte sich ein beeindruckender Berg Damenunterwäsche. Mr Wilson betrachtete sie ernst und fragte sich, warum das schöne Geschlecht so viel Geld und Sorgfalt für Kleidungsstücke aufwandte, die niemand außer der Besitzerin selbst zu Gesicht bekam. Er spann die Idee weiter und kam zu dem Schluss, dass diese scheinbar unnötige Extravaganz in Gwen Astles Fall vielleicht doch einen Zweck erfüllte, sofern das, was die Bowkers gesagt hatten, der Wahrheit entsprach. Er trat zu dem großen Frisiertisch mit Dreifachspiegel und beschäftigte sich einige Augenblicke lang mit der riesigen Auswahl kosmetischer Präparate, die Miss Astle offenbar zur Behandlung ihres Gesichts nutzte.

Er zog eine Schublade auf. Oben auf einem Sammelsurium an Handschuhen, Taschentüchern und anderem Krimskrams lagen einige Briefe. »Mein Liebling …«, begann der oberste von ihnen. Mr Wilson hatte nicht das Bedürfnis, zu lesen, was jemand seinem Liebling mitzuteilen hatte. Er begnügte sich mit einem Blick auf die letzte Zeile, und selbst das versetzte seinem Gewissen einen schmerzhaften Stich, weil er in der privaten Korrespondenz einer Dame schnüffelte. Das Ende des Briefs veranlasste Mr Wilson dazu, eine Zeit die Nase zu rümpfen – ein klares Zeichen dafür, dass die grauen Zellen oberhalb besagter Nase gerade fleißig arbeiteten.

Er warf auch noch einen Blick in das andere Zimmer. Dort herrschte tadellose Ordnung. Dann ging er zurück nach unten.

»Irgendetwas gefunden?«, fragte er.

»Nicht das Geringste«, sagte Derek. »Nur Omelette mit Tinte.«

»Verstehe. Dann komm, ich denke, wir haben für einen Abend genug von der Lasterhöhle einer Schauspielerin gesehen. Aber Moment! …«

»Was ist denn?«

Mr Wilson näherte sich der Wand neben der Tür zum Salon und beäugte mit großem Interesse das Muster der Tapete. Da es sich um eine hochmoderne Wohnung handelte, war selbstverständlich auch die Tapete hochmodern und hatte ein Muster, das niemand für längere Zeit würde beäugen wollen.

»Was ist denn?«, fragte Derek noch einmal.

»Wie seltsam, so etwas auf einer Tapete zu notieren, findest du nicht?«, sagte Mr Wilson.

»Wenn du aus dem Weg gehen würdest, könnte ich mir vielleicht eine Meinung dazu bilden«, sagte Derek. »Wieso sollte jemand überhaupt etwas auf einer Tapete notieren? Hier auf dem Schreibtisch gibt es eine ganz wundervolle Schachtel mit Briefpapier. Was steht denn da?«

»C-r-a-i-l-e«, buchstabierte Mr. Wilson.

»Craile?«

»C wie Cholera. R wie Rheumatismus. A wie Asthma. I wie Innenohrentzündung. L wie Lepra. E wie Elephantiasis. Craile ...«

»Und was ist Craile, wenn es fertig ist?«

»Ich habe nicht die geringste Ahnung«, sagte Mr Wilson. »Craile ...«

Kapitel sieben

An diesem Punkt der Geschehnisse könnte es sinnvoll sein, dem Beispiel von Lots unglücklicher Gattin zu folgen und einen Blick zurück zu wagen.

Mr Ivor Watcyns … Doch ehe wir auch nur eine weitere Silbe schreiben: Erinnern Sie sich noch daran, wer Mr Watcyns war? Selbstverständlich nicht. Wie recht die Zeitungen doch haben, wenn sie behaupten, dass das Gedächtnis ihrer Leser notorisch kurzlebig sei. Blicken wir also, wie Lots Frau es tat, zurück. Genauer: in das Programmheft der Premiere von *Blue Music*. Die Wahrscheinlichkeit, dabei zur Salzsäule zu erstarren, ist gering, und sofern salinische Verwandlungen ausbleiben, werden Sie feststellen, dass Mr Watcyns derjenige war, der für Text und Musik des Stückes verantwortlich zeichnete. Wäre damit soweit alles geklärt?

Ausgezeichnet …

Am Morgen des Tages, an dem, unter anderem, das Verfahren zur Feststellung der Todesursache von Brandon Baker, Brandon Bakers Beisetzung (denen jeweils zwei riesige Schlagzeilen auf den Titelseiten der Abendzeitungen gewidmet wurden), das Verfahren zur Feststellung der Todesursache von Hilary Foster, Hilary Fosters Beisetzung (die jeweils einen winzigen Absatz im hinteren Bereich derselben Abendzeitungen bekamen), Miss Davis' Besuch bei Mr Wilson sowie Mr Wilsons Besuch in Miss Astles Wohnung stattfanden … Am Morgen des Tages, an dem all dies geschah, erwachte Mr Watcyns mit einem höllischen Brummschädel. Die tägliche Gottesdienst-Übertragung der BBC war soeben bei der zweiten Strophe der ersten Hymne angelangt, oder, um es präziser auszudrücken: Es war kurz nach zehn Uhr fünfzehn. Mr Watcyns, der sich in einem gelb-schwarzen Pyjama im Bett aufsetzt und am Kopf kratzt, ist kein sonderlich angenehmer Anblick. Es wäre besser abzuwarten, bis er aus dem Bett aufgestanden ist, sich gestreckt hat, ein Glas Orangensaft getrunken, sich einen Morgenmantel übergeworfen, unter Hinzugabe einer üppigen Menge Badesalz mit einem suggestiven kontinentalen Namen eine halbe Stunde in der Wanne gelegen, sich sodann abgetrocknet, seine elegante Gestalt mit einer Taille, bei der jede Sanduhr vor Neid erblasst wäre, in einen Morgenmantel gehüllt, sich die Nägel poliert und unter Zuhilfenahme von (a) einer kleinen Dosis Trockenshampoo, (b) dem Branewave-Elektrokamm sowie (c) einer großzügigen Portion Itfix, dem Haartonikum von Qualität, die Haare gepflegt, einen weiteren schrillen Morgenmantel angezogen und sich daraufhin ins Esszimmer begeben hat, um seine geeiste Pampelmuse zu essen. Wir werden lange warten müssen, doch es wird sich ohne Zweifel lohnen.

Mr Watcyns war ein bemerkenswerter junger Mann. Erst gestern, so schien es, hatte er mit blank gescheuerten blauen

Hosen aus Wollköper auf einem Hocker im Großraumbüro der Reederei und Schiffsagentur Trewitt & Trevor gesessen. In jenen Tagen war Mr Watcyns einundzwanzig Jahre alt und verdiente dieselbe Anzahl von Shilling pro Woche. Mr Watcyns verbrachte etwa ein halbes Jahr auf seinem kleinen Hocker. Dann verstarb Mr Burton, der Assistent des Sekretärs der Firma Trewitt & Trevor, unvermittelt, weil er eine Konservendose mit Lachs erst vierzehn Tage lang offen hatte stehen lassen, um ihren Inhalt dann in Form mehrerer Lachs-Sandwiches zu verspeisen. Mr Watcyns stand von seinem Hocker auf, klopfte an die Bürotür des Seniorpartners der Firma und empfahl sich selbst für die frei gewordene Stelle.

Die er auch bekam.

Das war gut, denn der Hosenboden seiner blauen Köperhose war mittlerweile gefährlich fadenscheinig geworden. Zusammen mit der neuen Stelle bekam er eine Gehaltserhöhung von zehn Shilling pro Woche und ein eigenes Büro. Das eigene Büro war ihm dabei das Wichtigste, und sobald er es bezogen hatte, machte Mr Watcyns sich mit Elan an die Arbeit. Er arbeitete, dies sei vorausgeschickt, allerdings nicht für die Reeder und Schiffsagenten Trewitt & Trevor, sondern am ersten Akt eines Theaterstücks namens *The Infernal Triangle*. Er schrieb das gesamte Stück innerhalb eines Monats nieder, wobei er große Mengen des firmeneigenen Notizpapiers verbrauchte. Dann stattete er dem privaten Heiligtum des Seniorpartners abermals einen Besuch ab und schlug vor, dass er die Rechnungen deutlich schneller bearbeiten könne, wenn er eine eigene Schreibmaschine hätte. Nachdem der Seniorpartner eine Weile gezaudert hatte, wurde Watcyns schließlich eine gebrauchte Reiseschreibmaschine zur Verfügung gestellt. Weitere drei Wochen später war *The Infernal Triangle* abgetippt (diesmal auf dem firmeneigenen Durchschlagpapier) und Korrektur gelesen. Jetzt blieb nur noch die Frage, wie das Stück zur Aufführung gebracht werden sollte, doch auch dabei rechnete Mr Watcyns nicht mit nennenswerten Schwierigkeiten. Er band das Skript fein säuberlich in einem Aktenordner der Reeder und Schiffsagenten Trewitt & Trevor, nahm sich den Nachmittag frei und bezog Stellung am Bühneneingang des Ambassadors Theatre. Zu der Zeit wurde dort gerade eine Farce mit dem Titel *What Bloomers!* aufgeführt, in der Miss Vivienne Sinclair die Hauptrolle spielte. Mr Watcyns sah nicht ein, weshalb Miss Sinclair ihr Talent in einem Stück wie *What Bloomers!* vergeuden sollte, wenn es in *The Infernal Triangle* doch einen wunderschönen Part für sie gab. Grob gesagt, sah sein Plan vor, Miss Sinclair beim Verlassen des Theaters das Stück in die Hand zu drücken und am darauffolgenden Morgen einen lukrativen Vertrag zu unterschreiben. Leider fehlte Miss Sinclair bei besagter Vorstellung aufgrund unvorhersehbarer Verwicklungen mit einem Aktienhändler aus Brighton, doch zum Glück war einer der Besucher der Matinee an diesem Tag kein Geringerer als der bekannte Theaterproduzent Mr Douglas B. Douglas. Mr Douglas war zu Ohren gekommen, dass es in *What Bloomers!* ein Paar überaus hübscher Beine gab, die zwei Zeilen Text aufsagen durften. Nun war er gekommen, um sich besagte Beine aus der Nähe anzusehen und zu entscheiden, ob er sie womöglich für sein nächstes Musical gebrauchen konnte. Mr Watcyns ergriff die Gelegenheit beim Schopf und

Mr Douglas am Ellbogen, drückte dem Theatermagnaten sein Meisterwerk in die Hand und sagte: »Ich möchte, dass Sie dies hier zur Aufführung bringen. Es ist ein sehr gutes Stück.«

The Infernal Triangle war kein sehr gutes Stück. Es war ein sehr schlechtes Stück und genau das, was Mr Douglas B. Douglas zu jenem Zeitpunkt suchte. Die gesamte Handlung spielte sich auf dem gepolsterten Sofa im Wohnzimmer von Jimmy Weldons Landhaus in Maidenhead ab. Für das Werk eines jungen Reedereiangestellten war es ziemlich feurig. Viele der Szenen konnte man nur in London an einem Sonntagabend aufführen, und gegen einen Großteil der Dialoge wirkten Mrs Patrick Campbells Sätze in *Pygmalion* regelrecht unschuldig. Der springende Punkt ist, dass Mr Douglas das Stück las und es für gut befand. *The Infernal Triangle* wurde im Ambassador aufgeführt, sobald *What Bloomers!* abgesetzt worden war, und lief stolze dreihundertsiebenundachtzig Vorstellungen lang. Im Verlauf wurden fünf Sofas verschlissen.

Mr Watcyns kehrte zu den Reedern und Schiffsagenten Trewitt & Trevor zurück, allerdings nur, um sich seinen ausstehenden Monatslohn auszahlen zu lassen und dem Seniorpartner – ein wenig undankbar – zu sagen, er solle zur Hölle fahren.

Seitdem hat Mr Watcyns nichts mehr mit Lots Frau gemein. Auf *The Infernal Triangle* folgten zwei weitere Stücke mit der gleichen Handlung und den gleichen Figuren, die jedoch nicht auf einem Sofa spielten, sondern in einer Schiffskabine respektive dem Schlafsaal eines Mädchenkonvents. Danach schrieb er eine Ein-Mann-Revue für Mr Douglas, bei der er nicht nur den Text verfasste, die Musik komponierte, das Libretto dichtete, die Kulissen entwarf, die Hauptrolle spielte, die Regie übernahm und die Tänze einstudierte, sondern auch noch den Großteil der Kritiken für die Londoner Zeitungen schrieb.

Mr Watcyns war ein gemachter Mann. Sein jüngstes Musical war zu einem nicht wiederzuerkennenden amerikanischen Tonfilm adaptiert worden, wofür er zweihunderttausend Pfund Lizenzgebühren erhalten hatte. Sein neuestes Theaterstück war in jedem Land der Welt mit Ausnahme von Tibet ein Kassenschlager. Und trotzdem wachte der Mann an diesem Morgen mit Kopfschmerzen auf. Eigenartig.

»Guten Morgen, Sir«, sagte Mr Watcyns' Butler Williams.

Mr Watcyns grunzte.

»Ich nehme an, Sie haben gut geruht, Sir«, sagte Mr Watcyns' Butler Williams.

»Die Annahme ist falsch«, sagte Mr Watcyns. »Ich habe nicht einmal schlecht geruht.«

»Verstehe, Sir«, sagte Williams. »Sehr schade, Sir. Geeiste Pampelmuse, Sir, ist eine erfrischende Morgenmahlzeit nach einer von Schlaflosigkeit geprägten Nacht.«

»Führen Sie mich zu ihr«, sagte Mr Watcyns.

Mr Watcyns pflegte alleine zu frühstücken, eine Zigarette zu rauchen und dann nach einer seiner drei Stenografinnen zu läuten. Die Morgenpost musste durchgegangen werden. Es ist eine kuriose Tatsache, dass die Korrespondenz immer gleichförmiger und uninteressanter wird, je berühmter man ist. In den Tagen seiner blauen Wollköperhosen erhielt Mr Watcyns durchschnittlich zwei Briefe pro Woche: einen am

Montag von seiner Mutter aus Peebles und einen an jedem Posttag von seiner verheirateten Schwester aus Waterville, Maine. Die Briefe jener Tage quollen schier über vor spannenden Neuigkeiten. Es verging kein Montag, ohne dass Mrs Watcyns' Haushaltshilfe gekündigt oder Mrs Watcyns' Perserkatze einen Wurf Junge bekommen hätte. Es verging kein Posttag, ohne dass das Haus von Mr Watcyns' verheirateter Schwester von einem Tornado heimgesucht worden wäre oder der Arbeitgeber des Ehemannes von Mr Watcyns' verheirateter Schwester eine allgemeine Lohnkürzung von zehn Prozent beschlossen hätte. Und dergleichen mehr.

Bekam Mr Watcyns heutzutage weniger als fünfzig Briefe an einem Morgen, dachte er sofort, dass der Postminister Sir Kingsley Wood sich nicht genug Mühe gab. Und in der Regel bot lediglich ein einziger Brief aus diesen fünfzig ein Quäntchen interessanten oder gar intelligenten Inhalts. Wenn es keine Episteln heißblütiger Frauen aus Rochdale waren, die nach einem Autogramm verlangten, so waren es Episteln heißblütiger Frauen aus Wolverhampton, die ihn um ein Foto baten. Am wahrscheinlichsten war, dass es sich um Episteln heißblütiger Frauen aus Dundee handelte, die beides wollten. Um diese Briefe kümmerten sich Mr Watcyns' drei Stenografinnen. Sie bestellten tausend neue Fotos, wenn der Vorrat zur Neige ging, und unterschrieben ohne auch nur den Hauch eines schlechten Gewissens zahllose Autogrammbüchlein mit den Worten »In Verbundenheit, Ihr Ivor Watcyns«. Diese Art von Post machte etwa fünfundsiebzig Prozent des Gesamtvolumens aus. Die übrigen fünfundzwanzig Prozent waren Briefe von seinen Agenten, die ihn über die Einnahmen seines neuesten Stückes informierten, Berichte von der Tournee seiner Musikkomödie, Schecks für die Übersetzungsrechte seiner neuesten Farce und Pressemitteilungen über seine aktuelle Revue. Alles zum Gähnen langweilig. Mr Watcyns betrachtete den Stapel Briefe auf dem Tisch und konnte Lord Byron nur zustimmen, der vom Märtyrerdasein des Ruhms gesprochen hatte.

»Williams«, sagte Mr Watcyns, »holen Sie Miss Briggs, ja?«

»Gewiss doch, Sir«, sagte Williams und holte Miss Briggs.

Miss Briggs war Mr Watcyns' zweitbeste Stenografin und erschien mit einem Notizblock im Anschlag und einem Bleistift im Haar.

»Foto …«, sagte Mr Watcyns. »Foto … Sagen Sie möglichst höflich ab … Foto … Bitten Sie sie, einen Vertrag anhand der vorgeschlagenen Kernpunkte aufzusetzen … Foto … Foto … Was zum Henker ist das?«

Mr Watcyns las den Brief in seiner Hand mehrmals durch.

»Williams!«, rief er.

»Ja, Sir?«

»Machen Sie sofort das Auto bereit.«

»Jawohl, Sir.«

»Und packen Sie einen Koffer.«

»Jawohl, Sir.«

»Es kann sein, dass ich übers Wochenende wegbleibe.«

»Jawohl, Sir.«

»Und beantworten Sie den Rest so, wie Sie es für richtig halten, Miss Briggs.«

»Jawohl, Sir.«

»Und gehen Sie mir aus dem Weg, Williams.«

»Jawohl, Sir.«

Mr Watcyns kehrte eiligst in sein Schlafzimmer zurück. Dort wechselte er innerhalb von dreißig Sekunden seinen schrillen Morgenrock gegen einen Mantel. Weitere dreißig Sekunden dauerte es, bis er Stock und Hut genommen hatte und an der Tür seiner Wohnung angelangt war. Zum Glück war das Auto bereits aus der Garage geholt worden. Mr Watcyns schwang sich auf den Fahrersitz.

»Falls jemand anruft, ich bin in der Tschechoslowakei«, sagte er.

»Jawohl, Sir«, sagte Williams. »In der Tschechoslowakei, Sir. Ich werde es mir merken, Sir.«

Um Schlag zwölf erreichte Mr Watcyns das Büro von Mr Douglas B. Douglas in der Great Kempton Street. Mr Douglas hatte normalerweise die Angewohnheit, erst kurz vor Mittag zu erscheinen. Kam er früher als elf Uhr dreißig, galt dies als absolutes Phänomen. Entsprechend gewaltig war der Schrecken, der den Angestellten von Douglas B. Douglas Productions in die Glieder fuhr, als ihr Herr und Meister an diesem Morgen bereits um halb zehn auftauchte. Zu dem Zeitpunkt waren sie, je nach individueller Neigung, noch mit den Ergebnissen der Pferderennen, den Klatschspalten oder den Fußball-Nachrichten der *Daily Gazette* beschäftigt. Mr Douglas sagte ihnen in wenigen wohlformulierten Sätzen, was er davon hielt, dann eilte er in sein privates Büro und schlug die Tür hinter sich zu. Um zehn Uhr meldete Mr Douglas ein transatlantisches Telefonat mit den Theateragenten Middleschmidt & Jacobson in New York City an. Um zehn

Uhr fünfunddreißig war die Verbindung hergestellt. Die Geräusche in Mr Douglas' rechtem Ohr waren dem Rauschen der Niagarafälle nach einem niederschlagsreichen Jahr nicht unähnlich.

»Hallo«, sagte Mr Douglas. »Ist da New York? Hallo. Hallo? Hallo, hallo, hallo. Verdammt. Hallo! Bin ich da bei Middleschmidt & Jacobson, New York? Hier spricht Douglas B. Douglas aus London. Hören Sie, in drei Wochen eröffnet hier meine große Musikkomödie, und ich brauche dringend einen Mann für die Hauptrolle. Er muss nicht unbedingt schauspielern können, Singen ist auch keine Voraussetzung, aber tanzen sollte er können. Name und Persönlichkeit sind das Wichtigste. Fantastische Rolle für den richtigen Mann. Ich höre, Sie haben da jemanden namens Elmer Clarkson, der momentan nicht in einem festen Engagement ist. Folgendes: Heute um Mitternacht geht ein Dampfer von New York, der legt Samstagmittag in Southampton an. Ich will, dass dieser Clarkson Montag früh um zehn Uhr bei mir im Grosvenor Theatre in London, England, auf der Bühne steht. Ein Nein lasse ich nicht gelten. Habe ich mich klar ausgedrückt?«

Nach einem kurzen Rauschen sagte New York: »Wie bitte?«

Mr Douglas tupfte sich den Schweiß von der Stirn und wiederholte noch einmal wortwörtlich, was er zuvor gesagt hatte. Daraufhin New York: »Entschuldigen Sie, die Verbindung ist sehr schlecht. Telegrafieren Sie uns lieber. Auf Wiederhören.« Mr Douglas knallte den Hörer auf und fluchte ausgiebig in drei verschiedenen Sprachen. Dann wählte er eine Zigarre aus der großen Kiste auf seinem Schreibtisch aus, streifte die Banderole ab und spie das abgebissene Ende präzise über den Schreibtisch hinweg, an einer Sekretärin vorbei in den an der gegenüberliegenden Wand stehenden Papierkorb. Dann versuchte er es in Paris. Ob es im Folies Bergère zufällig einen Schauspieler gebe, der gerade nichts zu tun hatte?

Selbstverständlich verneinte Paris diese Frage – es käme sehr selten vor, das Männer im Folies Bergère nichts zu tun hätten. Berlin, Mr Douglas' nächste Anlaufstelle, sagte lediglich immer und immer wieder auf zutiefst ärgerliche Weise »Ich bitte um Verzeihung«. Abermals fluchte Mr Douglas, ehe er den Rest seiner Zigarre in einem Aschenbecher zerdrückte. Um zwanzig vor zwölf versuchte er es noch einmal in New York. Er war gerade durchgekommen, als Ivor Watcyns in sein Büro platzte.

»Mund halten«, sagte Mr Douglas. »Mund halten und hinsetzen.«

Die Atmosphäre über dem Atlantik schien im Laufe des Tages etwas aufgeklart zu sein. Jetzt klang das Rauschen nicht mehr wie die Niagarafälle, sondern wie die Maschinen eines riesigen Dampfschiffs.

»Hallo«, sagte Mr Douglas. »Hallo? Hallo. Hall- Middleschmidt & Jacobson? Ausgezeichnet! Noch mal Douglas B. Douglas aus London. Ich brauche jemanden für die männliche Hauptrolle in einer neuen Musikkomödie, die hier in drei Wochen Premiere feiert. Was ist mit diesem Elmer Clarkson?«

»Wir freuen uns, wenn wir ihn los sind«, antwortete New York.

»Gut. Das Schiff legt heute Nacht in New York ab und kommt am Samstag hier an. Schicken Sie ihn an Bord. Probenbeginn Montag zehn Uhr im Grosvenor Theatre, London. Alles klar?«

»Oke«, sagte New York. »He!«

»Was?«

»Wie hoch wäre denn die Gage?«, fragte New York gierig.

»Äh … vierhundert die Woche«, antwortete Mr Douglas.

»Dollar?«

»Pfund«, sagte Mr Douglas zähneknirschend. Er hatte die Frage eigentlich offenlassen wollen, aber diese Überheblichkeit, mit der New York »Dollar« gesagt hatte …

»Keine Chance«, sagte New York.

»Sagen wir vierhundertfünfzig.«

»Machen Sie sich doch nicht zum Narren.«

»Fünfhundert die Woche. Ich will, dass er am Montagmorgen anfangen kann.«

»Ha!«, sagte New York.

»Was sagten Sie?«

»Wir sagten ›Ha!‹. In sechs Wochen feiert eine neue Show am Broadway Premiere. Wir haben Elmer als Option für die Hauptrolle, sechstausend Dollar die Woche. Bedaure. Auf Wiederhören.«

Mr Douglas warf den Hörer auf die Gabel und suchte sich eine neue Zigarre aus.

»Hören Sie …«, sagte Mr Watcyns.

»Tun Sie mir einen Gefallen, Ivor. Verziehen Sie sich ganz leise, und machen Sie eine Mittelmeer-Kreuzfahrt oder was weiß ich. Zu jedem anderen Zeitpunkt würde ich mich riesig über Ihren Besuch freuen. Es gibt so vieles, was ich vor der Wiederaufnahme noch mit Ihnen besprechen will. Der dritte Akt muss umgeschrieben werden, und viele von Brandons Songs sollen raus. Aber im Moment habe ich einfach sehr viel zu tun, verstehen Sie? Brandon Baker hat schon als lebendiger Schauspieler nicht viel getaugt, als Leiche ist er noch nutzloser. Ich muss Ersatz für ihn finden, verstehen Sie? Also, seien Sie brav, Ivor, und stören Sie mich nicht länger.«

»Stimmt es, dass Gwen Astle hingeworfen hat?«, fragte Mr Watcyns, der sich weigerte, brav zu sein.

»Was?«

»Sie will aussteigen. Ich habe heute Morgen einen Brief von ihr erhalten.«

»Was ist das hier? Eine Epidemie? Hat sie eine grobe Vorstellung davon, was eine schriftliche Vereinbarung ist? Verdammt noch mal, das ist doch kein Friedensvertrag! Man muss schon lesen, was drinsteht. Was ist denn auf einmal in sie gefahren?«

»Sie hat Angst wegen der Sache mit Brandon. Sagt, sie könne ihre Rolle unmöglich weiterspielen. Hören Sie, D. B. D. – Sie müssen sie zwingen weiterzumachen, haben Sie verstanden?«

»Muss ich das?«, sagte D. B. D. »Jetzt hören Sie mir mal gut zu. Ich habe alle Hände voll damit, einen neuen Hauptdarsteller zu finden, ich kann mich nicht auch noch um die Hauptdarstellerin kümmern. Wenn Gwendoline aussteigen möchte, von mir aus. Als ich die Rolle besetzt habe, saßen neunundachtzig Schauspielerinnen bei mir auf der Treppe, und ich glaube kaum, dass die anderen achtundachtzig derzeit alle unter Vertrag sind. Rufen Sie Gwen Astle an, richten Sie ihr meine Grüße aus, und sagen Sie ihr, sie kann gerne aussteigen, das schert mich nicht weiter. Machen wir einen Haken hinter die Sache.«

Mr Watcyns beugte sich über den Schreibtisch und packte Mr Douglas an den Aufschlägen seiner Jacke.

»Sie darf nicht aussteigen, haben Sie mich verstanden? Sie muss weiterspielen, als wäre nichts gewesen. Und Sie werden dafür sorgen.«

»Was ist denn nur los mit Ihnen?«

»Das ist nicht so wichtig.«

»Oh …«, sagte Mr Douglas. »Also, wenn es sich um rein persönliche Gründe handelt, gehen Sie doch zu ihr und regeln Sie das selbst. Es interessiert mich nicht die Bohne, ob Gwen Astle oder irgendeine andere Schauspielerin die Hauptrolle in *Blue Music* spielt. Zum einen bin ich nicht an Frauen interessiert, ich suche einen Mann. Ivor! …«

»Was?«

»Was bin ich nur für ein geistig umnachteter Schwachkopf … Da verschleudere ich Pfund, Shilling und Pence für Ferngespräche, weil ich einen männlichen Hauptdarsteller für *Blue Music* suche, dabei sitzt er die ganze Zeit direkt vor meiner Hornbrille … Ivor, nehmen Sie den Füllhalter dort, und halten Sie ihn gut fest.«

»Wozu?«

»Sie werden mir jetzt einen kleinen Vertrag unterschreiben.«

»Ich? Ich soll Brandon Bakers Part übernehmen?«

»Natürlich. Warum nicht? Sie können singen. Brandon

konnte das nicht. Sie können schauspielern. Brandon hätte es gerne gekonnt, aber leider kam ihm immer irgendetwas dazwischen. Sie können tanzen. Die Sache ist sonnenklar. Sind Sie dabei?«

»Nein«, sagte Mr Watcyns. »Nicht für alles Gold der Christenheit würde ich Brandon Bakers Rolle übernehmen.«

»Teufel noch mal, warum denn nicht? Haben Sie Angst, Sie könnten umgebracht werden so wie er?«

Mr Watcyns wurde sehr blass.

»Meine Gründe spielen keine Rolle«, sagte er. »Das kommt nicht infrage, Ende der Diskussion. Aber Sie müssen mir unbedingt diesen einen Gefallen tun, D. B. D. Sie müssen darauf bestehen, dass Gwen weiterhin die Rolle spielt.«

Mr Douglas zündete sich seine mittlerweile dritte Zigarre an.

»Ich sagte Ihnen doch, für mich ist es vollkommen unwichtig, ob Gwen Astle, Boudicca oder Maria Stuart, Königin der Schotten, die Rolle spielt«, sagte er. »Wer weiß, vielleicht würden die anderen beiden ihre Sache sogar um einiges besser machen als dieses rothaarige Flittchen. Zu schade, dass sie nicht länger verfügbar sind. Sie hatten bestimmt hübschere Beine, und ich habe mir sagen lassen, dass Maria einen recht ordentlichen Sopran sang – was man von Ihrer Gwen gewiss nicht behaupten kann.

Mithin, es ist mir vollkommen gleichgültig, ob sie bleibt oder geht. Wenn Sie wollen, dass sie bleibt, nutzen Sie Ihre erotische Ausstrahlung. Ich hebe meine für Wichtigeres auf. Ich will einfach nur bis morgen ein endgültiges Ja oder Nein von der Dame haben. Entschuldigen Sie mich … das ist wahrscheinlich New York, die mit ihrer Gagenforderung runter…«

Mr Douglas riss den Telefonhörer ans Ohr.

»Ja … Hallo? … Douglas B. Douglas hier … Wer? … Oh, ist das so?«

»Wer ist dran?«, wollte Mr Watcyns wissen.

»Ihre Gwendoline«, sagte Mr Douglas finster. »Nun, was gibt es denn? … Oh? … Sie glauben nicht, ja? … Nun, nun, nun, nun … ganz recht … Ich verstehe Sie vollkommen, meine Liebe … Natürlich, wenn das Ihre Meinung zu der Sache ist … Ja, meine Liebe, ich habe vollstes Verständnis … Ich weiß ja, wie das ist … Genau … Unannehmlichkeiten? … Aber überhaupt nicht, das versichere ich Ihnen, meine Liebe … Ich kann jeden Tag Hunderte andere finden, die genauso gut sind wie Sie … Verzeihen Sie, die Leber macht mir heute Morgen ein wenig Ärger … Ja … Was? … Vertrag? … Lassen Sie sich von einer Kleinigkeit wie einem Vertrag nur nicht beunruhigen, meine Liebe … Kein bisschen – reißen Sie ihn in ganz viele kleine Stücke und zünden Sie damit heute Morgen das Feuer in Ihrem Kamin an, dafür sind Verträge doch da, stimmt's? … Wie war das? … Ich weiß, dass ich zuvorkommend bin … Leben Sie wohl …

Und wenn Sie jemals einen neuen Part möchten, kommen Sie gerne zu mir … Ja, kommen Sie einfach und fragen Sie mich … Ihre Chancen sind ungefähr so groß wie der eines Schmalzklumpens, länger als zehn Minuten im Höllenfeuer zu überstehen … Leben Sie wohl … Gott segne Sie.«

Mr Douglas legte den Hörer zurück auf die Gabel. Es war

die erste Sache, die an diesem Morgen zu seiner Zufriedenheit verlaufen war.

»Gwendoline steht wieder im Schaufenster«, verkündete er. »Schade. Ich mochte das Mädchen.«

»Sie meinen – sie ist ausgestiegen?«

»Auf eigenen Wunsch, mein Guter. Und was steht es mir zu, den tiefsten Überzeugungen eines jungen Mädchens im Wege zu stehen?«

»Seien Sie verflucht, Douglas«, sagte Mr Watcyns. »Hören Sie, ich fahre jetzt zu ihr. Nachdem ich mit ihr gesprochen habe, wird sie es sich anders überlegen. Unternehmen Sie nichts, bis Sie von mir gehört haben. Versprochen?«

»Versprechen sind wie Verkehrsregeln«, gab Mr Douglas zurück. »Ich halte sie nie ein. Guten Morgen.«

Mr Watcyns verließ schnellen Schrittes das Büro und schlug die Tür mit Wucht hinter sich zu.

»Warum zum Henker«, sagte Mr Douglas zu seiner Sekretärin, »warum zum Henker ist Ivor Watcyns so erpicht darauf, dass Gwen Astle weitermacht?«

»Ich habe keine Ahnung, Sir«, sagte die Sekretärin.

»Mir wäre auch nicht einen Moment lang in den Sinn gekommen, dass Sie das hätten«, sagte Mr Douglas. »Holen Sie mir noch mal New York an den Apparat …«

Draußen vor dem Büro von Douglas B. Douglas verlor Mr Watcyns keine Zeit. Er betätigte umgehend den Anlasser, trat das Gaspedal durch und ließ den Fuß während der gesamten Fahrt in dieser Position. Knapp zwanzig Minuten später hatte er die Chalmers Street N. erreicht, und nach einundzwanzig Minuten stand er im Foyer des Hauses Nummer 318, wo Mr Bowker gerade die Messingbeschläge der Fahrstuhltüren polierte.

»Guten Nachmittag«, sagte Mr Bowker.

»Einen guten Nachmittag«, erwiderte Mr Watcyns. »Bringen Sie mich nach oben zu Miss Astles Wohnung, ja?«

»Zeitverschwendung«, sagte Mr Bowker. »Sie ist nicht da.«

»Nicht da?«

»Richtig. Ist vor ungefähr einer Stunde ausgegangen, Sir.«

»Hat sie gesagt, wohin sie wollte?«

»Jawohl, Sir, das hat sie. Sie meinte, sie wolle ein bisschen im Hyde Park spazieren gehen, da es ja aufgeklart hat, nachdem es den ganzen Morgen so bedeckt war, Sir. Und sie sagte, wenn sie nicht in den Hyde Park gehe, wolle sie vielleicht für ein oder zwei Stunden ins Kino, Sir, einfach um sich die Zeit zu vertreiben, Sir. Und als sie aus der Tür trat, Sir, sagte sie noch etwas davon, dass sie Honig kaufen und nach Whipsnade gehen wolle, um dort die Bären zu füttern.«

Mr Bowker hatte erwartet, dass der Herr auf diesen ausführlichen Bericht mit tiefer Dankbarkeit reagieren würde. Er irrte sich. Der Herr wirkte nicht im Mindesten dankbar.

»Na, das ist mir aber eine sehr große Hilfe«, sagte der Herr.

»Wie es der Zufall will, Sir, weiß ich, dass sie des Öfteren die Untergrundbahn nach …«

»In Ordnung«, sagte Mr Watcyns, der keine weiteren Alternativen zu hören wünschte.

»Das ist alles nicht so wichtig. Hat sie Ihnen mitgeteilt, wann sie zurück sein wollte?«

»Nein, Sir«, sagte Mr Bowker. »Zum Tee, denke ich, Sir, sonst hätte sie etwas gesagt.«

»Vielen Dank«, sagte Mr Watcyns. »Wenn das so ist, rufe ich sie später an. Einen schönen Nachmittag noch.«

»Nachmittag, Sir«, sagte Mr Bowker und hauchte auf die Messingbeschläge.

Mr Watcyns trat wieder hinaus auf die Chalmers Street. Er legte die Hand an die Tür seines Wagens, besann sich dann jedoch eines Besseren. Er ging die gesamte Länge der Chalmers Street hinunter und betrachtete mit großem Interesse den Inhalt des Schaufensters der Modistin an der Ecke. Dann überquerte er die Straße und ging auf der anderen Seite wieder zurück. Als er erneut vor der Nummer 318 ankam, steckte er sich eine Zigarette an, ehe er betont beiläufig das Gebäude betrat. Im Foyer war von Mr Bowker nichts zu sehen. Politur und Putzlappen lagen noch auf dem Boden. Mr Watcyns wartete noch einen Moment lang. Zwei Stockwerke weiter oben rasselten die Fahrstuhltüren, dann setzte sich der Lift gen Erdgeschoss in Bewegung. Rasch traf Mr Watcyns eine Entscheidung und lief leise über die Treppe nach oben. Er begegnete niemandem. Als er die oberste Etage erreicht hatte, war er außer Atem und öffnete mit einem der zahlreichen kleinen Schlüssel an dem Bund in seiner rechten Hosentasche die Tür zu Miss Astles Wohnung. Er vergewisserte sich, dass sie (abgesehen von ihm selbst, natürlich) leer war. Er schien recht solide Kenntnisse der Räumlichkeiten zu besitzen, denn er nahm gleich als Erstes Kurs auf den Barschrank in der Ecke des Salons, goss sich einen großen Whisky ein und trank ihn pur. Er schenkte sich nach, gab, um den Anschein zu wahren, einen winzigen Spritzer Sodawasser hinzu, und nahm auf dem Sofa Platz, um zu warten.

Als Mrs Bowker um vier Uhr dreißig mit dem Tee kam, hielt er sich immer noch in der Wohnung auf, wovon die gute Frau freilich nichts merkte. »Also, wenn es kalt wird, ist das nicht meine Schuld!«, hörte er sie hitzig sagen. Er wartete ab, bis sie die Tür wieder hinter sich geschlossen hatte, ehe er aus seinem Versteck hinter dem Vorhang hervortrat.

Er war immer noch dort, als Miss Astle um fünf vor fünf nach Hause kam. Sie war weder im Hyde Park noch im Kino oder in Whipsnade gewesen, und sie hatte auch nicht die Untergrundbahn genommen. In Wahrheit hatte sie zwei Stunden damit verbracht, immer und immer wieder denselben uninteressanten Straßenblock mit Bürogebäuden zu umrunden. Sie schloss die Tür auf, legte Hut und Handschuhe ab und ging weiter in den Salon.

»O mein Gott!«, entfuhr es Miss Astle. »Was machst du denn hier?«

Und um Viertel nach fünf, als Mr und Mrs Bowker gerade im Keller des Hauses Nummer 318 in der Chalmers Street eine Tasse Tee zur Stärkung genossen, verließen ein Mann und eine Frau auf höchst ungewöhnliche Weise das Gebäude. Der Mann ging zu Fuß hinunter ins Erdgeschoss, bestieg dort den Lift und fuhr damit zurück nach oben. Dann schleppte er den reglosen Körper einer elegant gekleideten jungen Frau hinein und legte ihn auf den Boden. Im Erdgeschoss angekommen, öffnete er vorsichtig die Tür des Lifts und sah sich um. Niemand da. Rasch durchquerte er das Foyer und spähte draußen in beide Richtungen die Straße hinunter. Die Chalmers Street war, genau wie die Bowkers, gerade beim Tee.

Der Mann eilte zurück zum Lift, hob die leblose Gestalt

vom Boden auf und schleifte sie durch die Eingangshalle und über den Gehsteig in sein Auto. Dann zog er die Jalousien vor den hinteren Fenstern des Wagens herunter und fuhr mit hoher Geschwindigkeit davon.

Den einen oder anderen mag es in diesem Zusammenhang interessieren, dass der Mann (neben anderen Kleidungsstücken, versteht sich) einen sehr hellen grauen Mantel und einen schwarzen Filzhut trug.

Kapitel acht

Mr (Derek) Wilson löste gerade mit recht großem Erfolg ein Kreuzworträtsel. Es war kein gewöhnliches Kreuzworträtsel, bei dem man fünftausend Pfund gewinnen kann, wenn es einem gelingt, »Ratte«, »Mutter« und »deklamieren« in die richtigen Kästchen zu schreiben, wo mehrere Millionen anderer Tölpel »Matte«, »Kutter« und »reklamieren« geschrieben hätten. Es war überhaupt kein Rätsel, bei dem es einen Preis zu gewinnen gab. Ganz im Gegenteil, es handelte sich um eine sehr intellektuelle Angelegenheit. Ein Rätsel ganz ohne schwarze Kästchen, dafür mit einer großen Anzahl von Linien. Ein Rätsel, bei dem ein Großteil der Hinweise vollkommen unverständlich war. Viele waren verkehrt herum geschrieben, einige auf Latein und alle in Versform. Angesichts solcher Schwierigkeiten schlug sich der junge Wilson ganz passabel. Er hatte bereits mit Bleistift den Begriff »Telegramm« notiert, nachdem er seit zehn nach neun über dem Hinweis »Der Griechen Ferne soll es sein, ein Leichtgewicht folgt hinterdrein« gebrütet hatte. Dann hatte er in einem spontanen Geistesblitz das Wort »Legende« als Lösung von »Geschichte, Sage oder Mär: das Gegenteil von Stellender«

identifiziert. Derek steckte sich die zweite Zigarette des Morgens an und betrachtete mit Genugtuung die ausgefüllten Felder. Dreiundzwanzig waagerecht: »Allseits bekannter Komponist, der ohne z bloß tückisch ist«. Eine harte Nuss. Richtig gemein. Mr Wilson junior ließ die Zeitung auf seine Knie sinken, stellte beide Füße auf die Kacheln der Kaminumrandung, schob sich den Bleistift ins Haar und schloss die Augen. Eine angenehme Ruhe senkte sich über den Familiensitz der Wilsons, einzig gestört durch das Verhalten von Wilson senior.

»Craile ...«, sagte Mr Wilson senior zu sich selbst, ehe er abrupt aufstand und begann, das kurze Stück zwischen Kamin und Tür hin- und via Anrichte wieder zurückzugehen.

»Craile ... Craile? ... Craile! ...«

Mr Wilson junior öffnete langsam die Augen und lauschte einen Moment lang aufmerksam. Er kam zu dem Schluss, dass dies ein schlechtes Zeichen war. Wenn ein bis dato im Vollbesitz seiner geistigen Kräfte befindlicher und in jeder Hinsicht normaler Mann plötzlich beginnt, aufgewühlt den Wohnzimmerteppich in der Diagonalen zu überqueren, und dabei ein Wort vor sich hin murmelt, das nicht im Oxford Dictionary steht, ist es nur eine Frage der Zeit, bis die betreffende Person mit dem Brotmesser Amok läuft oder darauf besteht, fortan nur noch auf einer halben Scheibe Toast zu sitzen, weil sie sich für ein pochiertes Ei hält. Mr Wilson juniors Blick kehrte kurz zum Kreuzworträtsel zurück. Der Hinweis, der ihm dabei zufällig ins Auge sprang, lautete: »So seltsam war dieses Priesters Verhalten, dass man schon wollte den Arzt einschalten.« Das war selbst für diese Art von Kreuzworträtsel weder ein guter Reim noch ein guter Hinweis. Allerdings fasste er die gegenwärtige Situation recht präzise zusammen.

»Hi!«, sagte er.

»Craile …«, sagte Mr Wilson senior, scherte aus der Spur im Teppich aus und blickte traurig durch das Esszimmerfenster auf einen vorbeifahrenden Lieferwagen. »Craile? … Craile …«

»Was machst du da? Singst du?«, fragte Derek.

»Ich denke nach«, sagte Mr Wilson.

»Dann kann es unmöglich Gesang sein«, folgerte Derek messerscharf. »Niemand, der nachdenkt, würde jemals so singen, und niemand, der so singt, kann jemals nachgedacht haben. Weißt du, dass es das erste Anzeichen senilen Verfalls ist, wenn man vor sich hin murmelt?«

»Ich habe nicht vor mich hin gemurmelt«, sagte Mr Wilson würdevoll.

»Entschuldige bitte. Wenn es kein Vorsichhinmurmeln ist, wenn ein Mann den gesamten Vormittag damit verbringt, im Zimmer hin und her zu stapfen und dabei immer wieder leise ›Craile, Craile, Craile‹ zu sagen, dann kenne ich offenbar die Definition von Murmeln nicht. Was soll Craile überhaupt heißen?«

»Das wüsste ich auch gern«, sagte Mr Wilson.

»Aber wo hast du das Wort her? Dieses Wort existiert nicht in unserer Sprache. Braille, Louis, Erfinder der Punktschrift, oder krängen, sich seitwärts neigen. Aber Craile … definitiv nicht.«

»Du hast ein Gedächtnis wie ein Blumentopf«, sagte Mr

Wilson freundlich. »Mit einem kleinen Loch am Boden, durch das alles ungehindert herausrieseln kann. Erinnerst du dich nicht mehr, was an der Wand in Gwen Astles Esszimmer stand?«

»Großer Gott, natürlich … Craile!«

»Es lebt«, sagte Mr Wilson. »Über dein Tal der Schatten ist die Dämmerung hereingebrochen. Wie du ganz richtig gesagt hast: Craile. Und nun möchte ich gerne wissen: Wer ist Craile? Was ist Craile? Warum hat Gwen Astle das Wort Craile an ihre Zimmerwand geschrieben? Wo ist Gwen Astle? Was ist in ihrer Wohnung geschehen, nachdem sie mich angerufen hat? Warum hat …«

»Schon gut, schon gut«, sagte Derek. »Alles der Reihe nach. Wieso ist das überhaupt wichtig?«

»Es ist sogar sehr wichtig, denke ich«, sagte Mr Wilson. »Gwen Astle weiß etwas über die Sache mit Brandon Baker. Da bin ich mir ebenso sicher, wie dass du mein legitimer Sohn bist. Gott vergib mir. Gwen Astle ist verschwunden, und das Letzte, was sie vor ihrem Verschwinden getan hat, war, dieses verdammte Wort an die Tapete ihres Esszimmers zu schreiben.«

»Das weißt du doch gar nicht«, sagte Derek. »Sie könnte es schon vor Monaten dorthin geschrieben haben. Du hast keinerlei Beweise dafür, dass es gestern passiert ist. Oder dass sie es überhaupt geschrieben hat. Vielleicht war es der Methusalem oder seine bessere Hälfte.«

»Ausgeschlossen. Die Schrift war noch frisch. Schon nach ein oder zwei Tagen wären die losen Bleipartikel heruntergerieselt. Sie hafteten aber noch an der Wand. Das Wort muss in der Stunde vor unserer Ankunft an die Wand geschrieben worden sein. Und warum in Gottes Namen sollte sich jemand monatelang mit einer bekritzelten Tapete abfinden? Wörter auf Tapeten zu schreiben – verflucht, das ist doch kein normales Verhalten, oder?«

»Ich habe früher an der Badezimmertapete Drei gewinnt gespielt, allerdings mit Leimfarbe. Das kann man nicht vergleichen.«

»Genau«, sagte Mr Wilson. »Du warst immer schon unvergleichlich. Nein, wer auch immer das Wort an die Wand geschrieben hat, tat es in höchster Not. Darin besteht für mich kein Zweifel. Er oder sie hat es dorthin geschrieben in der Hoffnung, dass jemand es liest – und weil es keine Gelegenheit gab, es woanders aufzuschreiben. Der Schrift nach zu urteilen könnte es sogar sein, dass die Person dabei mit dem Rücken zur Wand stand – um zu verhindern, dass eine andere Person etwas bemerkt. Und ich wette tausend Pfund gegen den untersten Knopf an meiner Weste, dass es Gwen Astle war.«

»Der unterste Knopf an deiner Weste«, sagte Derek, »fehlt. Du hast die Wette verloren.«

»Er fehlt? Verdammt. Martha!«, rief Mr Wilson.

Das Wilson'sche Mädchen für alles erschien sichtlich erschöpft im Türrahmen, nachdem sie die ganze Nacht am Bett ihrer verheirateten Schwester in Golder's Green ausgeharrt hatte.

»Ja, Sir?«, sagte Martha.

»Diese Weste fällt ja praktisch auseinander. Der unterste Knopf fehlt. Und der zweitunterste ebenso, wie ich soeben feststelle. Und der ganz oben. Vielen Dank. Und würden Sie mir bitte das Telefonbuch bringen?«

»Ich versuche es«, sagte Martha.

»Wie meinen Sie das – Sie versuchen es?«, wollte Mr Wilson wissen.

»Wenn Sie eine Nacht gehabt hätten wie ich, Sir, wüssten Sie auch nicht genau, ob Sie dazu in der Lage wären.«

»Na, so etwas«, sagte Mr Wilson. »Auf Sauftour gewesen?«

»Möge der Barmherzige im Himmel Ihnen vergeben«, sagte Martha. »Und das, nachdem ich von neun Uhr gestern Abend bis Viertel nach fünf heute früh an Jessies Bett gesessen habe, bis sie ihren letzten Atemzug getan hat, Sir …«

»Was war es denn? Leberzirrhose?«

»Nein, Sir. Asthma. Chronisch.«

»Verstehe«, sagte Mr Wilson. »Nun, die Weste und das Telefonbuch, wenn es Ihnen denn zuzumuten ist, Martha.«

»Wieso Zirrhose?«, fragte Derek.

»Die bekommt man, wenn einem der Gin allzu sehr zuspricht«, sagte Mr Wilson. »Und Marthas verheiratete Schwester schien nicht nur spirituellen, sondern auch spirituösen Beistand zu benötigen.

Nur zu deiner Information, das war ein Scherz. Ihr Atem heute Morgen hat einen schneller umgehauen als Boxweltmeister Primo Carnera. Ah … das Telefonbuch. Danke, Martha.«

»Ich habe mich gefragt, Sir …«, begann Martha.

»Ein freier Nachmittag?«, sagte Mr Wilson. »Aber natürlich. Ich kenne das Gefühl. Am Nachmittag nach dem Morgen nach der Nacht davor ist es immer am schlimmsten. Ja, ist schon in Ordnung, Martha. Richten Sie Jessie meine lieben Grüße aus.«

»Danke sehr, Sir«, sagte Martha, das Mädchen für alles, und verschwand.

»Wozu brauchst du das Telefonbuch?«, fragte Derek.

»Ich will nach Crailes schauen. Ich gehe davon aus, dass es sich um einen Namen handelt. Ich frage mich, ob Douglas B. Douglas oder jemand anders aus dem Theater uns da weiterhelfen könnte? Vielleicht ist es ein Mann, mit dem sie ausgegangen ist … Craile … Craile … Craik. Craig. Craile. Aha!«

»Gibt es ihn?«

»Ja. Nur einen einzigen. Craile, Sir Arthur, Generalmajor, Townsend Avenue 13, W drei-null-acht-sieben. Derek, ruf den Generalmajor an.«

»Okay«, sagte Derek.

»Und?«, fragte Mr Wilson, als sein einziger Sohn und Erbe zurückkehrte.

»Kein durchschlagender Erfolg. Ein Butler oder Sekretär oder dergleichen hat abgenommen und mir mitgeteilt, dass Sir Arthur gerade im Bad sei. Als ich eine gedämpfte Stimme rufen hörte: ›Zum Teufel, fragen Sie, wer dran ist, Sie Holzkopf‹, bestand ich darauf, mit dem Generalmajor persönlich zu sprechen. Ich sagte, es sei (a) eine Angelegenheit von nationaler Wichtigkeit, (b) eine Sache mit weitreichenden Konsequenzen und (c) eine Frage von Leben und Tod. Das imponierte dem Holzkopf, also hat er dem Generalmajor den Telefonhörer überreicht. Doch obwohl ich mein ganzes Taktgefühl, meine Persönlichkeit und meinen allseits bekannten Charme spielen ließ, ist es mir nicht gelungen, bei Sir Arthur hinreichend Eindruck zu machen. Im Gegenteil, mir wurde sogar auf recht generalmajorige Weise befohlen, ich solle mich zum Teufel scheren und dort auch bleiben.«

»Was hast du ihn denn gefragt?«

»Ich habe ihn gefragt, ob die Musikkomödien-Darstellerin Gwen Astle die Nacht mit ihm verbracht hat. Antworten Sie mit Ja oder Nein, sagte ich, und schreiben Sie gut lesbar in Druckbuchstaben.«

»Esel!«, sagte Mr Wilson. »Du geschwätziger, reinrassiger Esel. Trotzdem glaube ich nicht, dass er etwas mit der Sache zu tun hatte.«

»Er klang nicht so, als hätte er auch nur das geringste Interesse an der Affäre«, sagte Derek. »Ja, Martha, was gibt es denn?«

»Ein Herr ist hier, um mit dem Herrn zu sprechen«, sagte Martha.

»Wie ist sein Name?«, fragte Mr Wilson.

»Der Herr heißt Jenkinson.«

»Jenkinson?«

»Das hat er mir so gesagt, Sir.« Martha blieb standhaft.

»Ich kannte jemanden auf der Schule«, sagte Derek, »der am letzten Schultag immer Regenwürmer ins Bett unseres Hauslehrers gelegt hat, aber der hieß Jackson. Er …«

»Halt den Mund!«, sagte Mr Wilson. »Gut, Martha, bitten sie ihn herein.«

Nachdem Mr Jenkinson hereingebeten worden war, stellte sich heraus, dass es sich um keinen Geringeren als Herbert handelte.

»Du lieber Herrgott!«, sagte Mr Wilson. »Ich hatte ganz

vergessen, dass ich nach Ihnen geschickt habe, Herbert. Anhand der Beschreibung meiner Haushälterin habe ich Sie nicht erkannt. Sie hat behauptet, Sie hießen Jenkinson oder so ähnlich.«

»So heiße ich auch, Sir«, sagte Herbert, der sich respektvoll auf der vordersten Kante eines Stuhls niederließ. »Herbert Jenkinson, Sir. Sie dachten doch nicht etwa, dass ich einfach bloß Herbert getauft worden bin?«

»Nein«, sagte Mr Wilson. »Aber wenn Sie sich Martha gegenüber als Herbert vorgestellt hätten, hätte ich sofort gewusst, wer Sie sind. Ich dachte schon, es gäbe vielleicht eine neue Entwicklung in dem Fall.«

»Das habe ich getan, Sir«, sagte Herbert entschuldigend. »Als Ihr Hausmädchen nach meinem Namen fragte, sagte ich zu ihr: ›Nennen Sie mich einfach Herbert‹, und da hat sie geantwortet: ›Ich bin heute Morgen nicht in der Stimmung für solche Frechheiten, Bursche.‹ Ziemlich schroff war sie, Sir. Weswegen wollten Sie mich sehen?«

»Wegen Hilary Fosters Revolver«, sagte Mr Wilson. Zum ersten Mal, seit die Wilsons Herberts Bekanntschaft gemacht hatten, wirkte dieser ein wenig verlegen.

»Revolver, Sir?«, fragte er.

»Ja. Warum haben Sie Hilary Fosters Revolver ausgetauscht, kurz bevor er im zweiten Akt auf die Bühne musste?«

»Also … Mr Wilson – worauf wollen Sie denn damit hinaus, Sir?«

»Nicht so wichtig«, sagte Mr Wilson. »Warum haben Sie es getan?«

»Weil es mir aufgetragen wurde«, sagte Herbert.

»Wem?«, fragte Mr Wilson und vergaß im Eifer des Gefechts die Präposition.

»Von Mr Douglas, Sir.«

»Aber ich war gestern in Mr Douglas' Büro und habe ihn gefragt, ob er Anweisung gegeben hatte, den Revolver auszuwechseln. Er hat dies verneint. Was sagen Sie dazu?«

»Das ist ... da irrt er sich, Sir. Ehrlich. Er muss es vergessen haben. Die Anweisungen wurden mir am Ende der Generalprobe hinter die Bühne geschickt.«

»Wie meinen Sie das – hinter die Bühne geschickt? Mr Douglas ist nicht persönlich zu Ihnen gekommen?«

»Nein, Sir. Der Chef sitzt während der Generalprobe immer im Parkett, Sir. Er hat eine Sekretärin neben sich, Sir, und die schreibt alles auf, was er geändert haben möchte, und lässt es mir dann nach Ende der Probe bringen.

Es gab etwa fünfzehn bis zwanzig Änderungswünsche, und dieser ver... dieser verflixte Revolver war einer davon.

Ich kann mich noch genau daran erinnern, was auf dem Zettel stand – so als wäre es gestern gewesen, Sir.

›Wechseln Sie Fosters Revolver gegen etwas aus, das auch wie ein Revolver aussieht‹, stand darauf, Sir. Nicht mehr und nicht weniger habe ich gemacht.«

»Verstehe«, sagte Mr Wilson. »Eine etwas unangenehme Situation, was?«

»Das will ich wohl meinen, Sir. Seltsam – vor gestern Abend habe ich das gar nicht so betrachtet. Aber dann hat mich der Gedanke doch ins Schwitzen gebracht ... dass ich einen anderen Revolver bereitgelegt habe, kurz bevor Mr

Baker erschossen wurde. ›Ein Glück, dass es beim Verfahren nicht rausgekommen ist‹, habe ich bei mir gedacht.«

»Es hätte aber beim Verfahren rauskommen müssen, Herbert«, sagte Mr Wilson.

»Ich weiß, Sir. Aber irgendwie habe ich nie die Verbindung …«

»Wo hatten Sie den neuen Revolver her?«

»Von Hamilton & Innes, Waffenschmiede in der Upper Kent Street. Sie liefern alle Schusswaffen und ähnliches Zubehör für unsere Aufführungen.«

»Und … die Munition?«

»Munition, Sir? Es gab keine Munition, Sir. Großer Gott, Sir, Sie versuchen doch nicht etwa, mir die Sache anzuhängen?«

»Nein«, sagte Mr Wilson. »Gewiss nicht. Neunundneunzig von hundert Männern in meiner Position würden es aber tun. Sie tauschen eine Attrappe gegen einen echten Revolver aus, und fünfzehn Minuten später wird ein Mann erschossen – scheinbar mit dem Revolver, den Sie kurz zuvor ausgetauscht haben. Sie sagen, Sie hätten auf Anweisung von Mr Douglas gehandelt, aber Mr Douglas leugnet dies. Ihr Wort gegen seins, Herbert.«

»Was gedenken Sie jetzt zu tun, Mr Wilson?«, sagte Herbert.

»Gar nichts. Ich denke, ich würde Sie auf der Stelle verhaften, wenn ich nicht so verdammt sicher wäre, dass Brandon Baker nicht mit dem Revolver erschossen wurde, den Hilary Foster in der Hand hielt.«

»Wie bitte, Sir?«

»Ich glaube nicht, dass Hilary Foster etwas mit der Sache zu tun hatte. Ich glaube, er sollte nur denken, er hätte Baker getötet. Genau wie Sie aufgrund dessen, was ich Ihnen eben gesagt habe, nun denken, dass Sie für den Tod von Brandon Baker verantwortlich sind. Aber ich hänge zu sehr an einer meiner anderen kleinen Theorien, um Zeit mit der Frage zu verschwenden, wer von Ihnen beiden lügt, Douglas B. Douglas oder Sie. Übrigens, waren während dieser Probe noch weitere Personen im Theater anwesend?«

»Ja, Sir. Mehrere. Reporter und eine Menge Freunde vom Chef und Mr Watcyns und Mr Carlsson, die Autoren des Stücks, und noch eine Menge andere Leute mehr.«

»Wer hat Ihnen den Zettel mit den Änderungen von Mr Douglas gegeben?«

»Einer der Laufburschen aus dem Theater, Sir.«

»Und diese Sekretärin, die Mr Douglas' Änderungen aufgeschrieben hat? Kann ich die irgendwo erreichen?«

»Ja, Sir. Wenn er nicht im Theater ist, arbeitet sie in Mr Douglas' Büro.«

»Ich kümmere mich darum«, sagte Mr Wilson.

»Ich auch«, sagte Derek. »Wenn D. B. D. seine Sekretärinnen nach derselben Formel aussucht wie seine Tanztruppe, könnte das lohnenswert sein.«

»Also, Herbert«, sagte Mr Wilson. »Das wäre dann für den Moment alles. Und machen Sie nicht so ein Gesicht. Schließlich habe ich Sie nicht verhaftet.«

»Nein, Sir«, sagte Herbert. »Haben Sie vielen Dank, Sir.«

»Ach … Herbert!«, sagte Mr Wilson.

»Ja, Sir?«

»Sie kennen nicht zufällig jemanden namens Craile, oder?«

»Craile, Sir?«

»Ja. C-r-a-i-l-e. Craile. Er könnte ein Bekannter von Miss Astle sein.«

»Nein, Sir. Habe noch nie von jemandem mit diesem Namen gehört. Wenn ich ehrlich sein soll, bin ich bisher auch nie auf den Gedanken gekommen, dass es der Name einer Person sein könnte.«

»Ist es«, sagte Derek. »Generalmajor Arthur Craile, M. C. Sein Wortschatz …«

»Ruhe«, sagte Mr Wilson knapp. »Wovon sollte es denn sonst der Name sein, Herbert?«

»Nun ja – von einem Ort natürlich, Sir«, antwortete Herbert. »Craile ist der Ort, wo Mr Watcyns hinfährt, wenn er Inspiration braucht, wie er es nennt. Er hat fast das ganze Stück dort geschrieben, Sir. Es ist ein Dorf oben in Buckinghamshire, wenn ich mich nicht irre, Sir. Er steigt in einem Pub ab, wo er seine Ruhe hat und …«

»Herbert«, sagte Mr Wilson, »Gott segne Sie. Ich würde Sie nicht einmal festnehmen, wenn Sie meinem einzigen Kind hier einen Kessel voller Arsen verabreicht oder ihn mit Kugeln durchsiebt hätten. Sie haben uns endlich auf eine Spur gebracht. Habe ich Ihnen nicht eine Erhebung in den Adelsstand in Aussicht gestellt? Machen sie zwei daraus! Und jetzt gehen Sie.«

»Ja, Sir«, sagte Herbert benommen. »Guten Morgen, Sir.«

»Guten Morgen«, sagte Mr Wilson. »Derek, das Ortslexikon. Vergeudet den ganzen Morgen damit, Crailes anzurufen, obwohl Craile in Wahrheit ein Dorf in Buckinghamshire ist! Hast du es gefunden?«

»Immer mit der Ruhe«, sagte Derek. »Craile. Dorf. 6 M von Aylesbury, Bhf, P. A., Eliz.-Ruinen. Bevölkerung: Sechs-sechs-sieben.«

»Was heißt Bhf P. A.?«, wollte Mr Wilson wissen.

»Beliebtes Habitat für perfekte Abscheulichkeiten«, sagte Derek. »Oder aber es ist eine besonders knappe Art zu sagen, dass Craile über sämtliche Annehmlichkeiten der modernen Welt verfügt, einschließlich eines Bahnhofs und eines Postamts.«

»Hussa!«, rief Mr Wilson. »Buch mir eine Fahrkarte nach Craile, Derek. In der ersten Klasse.«

»Warum denn, um alles in der Welt?«

»Weil ich mich dorthin begeben werde. Nicht zum Wohle meiner Gesundheit. Nicht, um die Bevölkerung auf sechs-sechs-acht zu erhöhen. Nicht um die Eliz.-Ruinen zu besichtigen. Sondern um Gwen Astle zu finden – und wenn ich mich nicht sehr irre, auch Ivor Watcyns.«

»Einen Moment«, sagte Derek. »Nicht so schnell, alter Mann. Wenn du einfach so in Craile auftauchst, fangen die Leute an zu reden.«

»Genau das will ich ja«, sagte Mr Wilson. »Ich möchte, dass Gwen Astle anfängt zu reden und gar nicht mehr aufhört, bis ich sie darum bitte.«

»Nein. Nein. Du wirst alles ruinieren. Berühmter Ermittler von Scotland Yard auf rätselhafter Mission in altem Dorf. Du weißt genau, was dann passieren wird. Sie werden dir den roten Teppich ausrollen und zum Empfang eine Blaskapelle bestellen, und noch ehe du überhaupt angekommen bist, werden die Vögel ihre Zelte abbrechen – auch wenn ich da zwei Metaphern vermische – und sich heimlich davonstehlen.«

»Ich hatte daran gedacht, mich als Künstler zu tarnen«, sagte Mr Wilson. »Oder als Autor auf der Suche nach Lokalkolorit.«

»Mit deinen Füßen – unmöglich«, sagte Derek. »Du bist Polizist, und nicht einmal Kostümbildner Willy Clarkson persönlich könnte dich in etwas anderes verwandeln. Aber wenn ich hinfahren würde …«

»Du?«, schnaubte Mr Wilson.

»Warum nicht? Wenn du nach Craile fährst, werden alle im Umkreis von zwanzig Meilen anfangen zu tratschen. Mich hingegen kennt niemand. Ich kann den Ort unauffällig auskundschaften. Getarnt als gemeiner Wanderer.«

»Als Wanderer?«, wiederholte Mr Wilson.

»Genau. Ich mache eine Wandertour durch Buckinghamshire und steige über Nacht in Craile ab, um mir die Eliz.-Ruinen anzuschauen. Ganz einfach.«

»Niemand wird dir abnehmen, dass du ein Wanderer bist«, sagte Mr Wilson. »Wenn ich mich nicht als Maler tarnen kann, hat es auch keinen Sinn, dass du dich als Wanderer ausgibst. Du hast viel zu seriöse Beine.«

»Gib mir eine halbe Stunde Zeit«, sagte Derek. »Ich beweise es dir.«

Mr Wilson junior setzte seinen Hut auf und begab sich mit fünf Pfund in der Brieftasche auf Einkaufstour. Nachdem er eine Zeit lang umhergeschlendert war, stieß er auf ein geeignetes Warenhaus. G. Daniels Radler- und Wandererbedarf. Zelte und Zubehör zum günstigen Preis. Treten Sie ein und schauen Sie sich um. Kein Kaufzwang.

Mr Wilson junior betrat das Warenhaus und schaute sich um. Und er kaufte (wenngleich, wie Mr Daniels ihm versichert hatte, ohne Zwang).

»Guten Morgen«, sagte Mr Wilson junior. »Ein Paar kurze Hosen, bitte.«

»Sehr gern, Sir.«

Es folgte ein kurzes Gespräch zum Thema Taillen- und Gesäßumfang.

»Und ein khakifarbenes Hemd, bitte. Mit Reißverschluss.«

»Gewiss doch, Sir.«

Ihm wurde eine beeindruckende Auswahl an Hemden mit Reißverschluss vorgelegt.

Mr Wilson junior ließ sich mitreißen, lehnte etwas Prosaisches wie Khakihosen ab und entschied sich stattdessen für ein Material mit papierartiger Textur in Königsblau.

»Und einen Rucksack, bitte. Und ich glaube, auch einen Kochtopf.«

»Natürlich, Sir.«

»Und eine Öljacke, würde ich sagen. Genau, die gelbe.«

»Jawohl, Sir.«

»Und eine Baskenmütze.«

»Jawohl, Sir.«

»Wie viel macht das alles zusammen?«, fragte Mr Wilson junior und wedelte mit seiner Fünf-Pfund-Note.

»Also … drei … sieben und sechs … fünfzehn und

sechs … sechzehn zehn … zweiundzwanzig und drei … dreiundzwanzig Shilling, Sir.«

»Grundgütiger«, sagte Derek. »Mehr nicht?«

»Sagen wir zweiundzwanzig Shilling und sechs Pence, weil Sie in bar zahlen«, sagte Mr Daniels.

»In dem Fall«, sagte Derek, einer genialen Eingebung folgend, »nehme ich auch noch ein Fahrrad.«

»Selbstverständlich, Sir«, sagte Mr Daniel, der sich eifrig die Hände rieb, als würde er sie mit einer unsichtbaren Seife waschen.

»Ich würde mich gerne gleich hier umziehen«, sagte Derek, »und die Sachen, die ich jetzt trage, im Rucksack verstauen. Ist das möglich?«

»Selbstverständlich, Sir«, sagte Mr Daniels abermals. »Hier entlang, Sir.«

Mr Wilson junior folgte Mr Daniels und legte innerhalb von zwei Minuten eine Verwandlung hin, die jeden Pantomimen in den Schatten stellte. Die Sonne draußen vor dem Geschäft war heiß, doch Mr Wilson junior ignorierte dies und zog sich auch die Öljacke an. Sie, fand er, verlieh dem Ensemble erst die richtige Authentizität. Mr Daniels wirkte angesichts dessen, was er und sein Warenhaus geleistet hatten, eher zufrieden als beschämt und arrangierte Mr Wilson junior nebst Rucksack mehr oder weniger ordnungsgemäß auf dem Fahrrad.

»Wollen Sie eine Radtour machen, Sir?«, erkundigte sich Mr Daniels freundlich.

»Nein«, sagte Mr Wilson junior. »Ich will im Ärmelkanal schwimmen.«

Er erreichte den Familiensitz der Wilsons eine Minute vor Ablauf der halben Stunde. Mit der Ausnahme, als er und sein Fahrrad sich an einer Ecke kurzzeitig voneinander getrennt hatten, war er überzeugt davon, seine Sache sehr gut gemacht zu haben.

»Mein Gott!«, rief Mr Wilson senior aus.

»Chic, findest du nicht?«, fragte Derek. »Die Baskenmütze ist etwas zu klein, und das Hemd kratzt ein wenig, aber ansonsten ist alles okay. So. Sei so gut und gib mir fünf Pfund, ich muss jetzt los. Die Wanderlust hat mich gepackt. Noch eine Tafel Schokolade und eine Orange, und ich mache mich auf den Weg nach Craile, Buckinghamshire, Bevölkerung sechs-sechs-sieben. Ich gebe dir Bescheid, falls etwas passiert.«

»In dem Aufzug könnte so ziemlich alles passieren«, sagte Mr Wilson. »Auf Wiedersehen!«

»Auf Wiedersehen«, sagte Derek. »In welcher Richtung liegt Buckinghamshire eigentlich?«

Dem Ortslexikon zufolge lag Craile etwa sechs Meilen von Aylesbury entfernt in der Grafschaft Buckinghamshire. Daran ist an sich nichts Schlimmes. Sechs Meilen von Aylesbury entfernt in der Grafschaft Buckinghamshire ist es nicht schlechter als anderswo. Der Haken an der Sache ist nur, dass Aylesbury in der Grafschaft Buckinghamshire recht weit von London entfernt liegt. Vor allem, wenn man mit dem Fahrrad unterwegs ist. Mr Wilson junior machte sich dennoch mit leichtem Herzen und ebenso leichtem Rucksack auf den Weg. In Willesden war sein Herz noch ungefähr genauso leicht wie zu Beginn, was man von seinem Rucksack jedoch nicht sagen konnte. In Edgware stieg Mr Wilson junior ab, kaufte sich eine Orange und stellte einigen Polizisten einige Fragen. Ein Stück weiter des Wegs warf Mr Wilson junior den Rucksack in einen Teich, an dem er gerade vorbeikam, und staunte nicht schlecht, als jener schwamm. Ein oder zwei Meilen später bekam Mr Wilson junior urplötzlich heftige, stechende Schmerzen im Gesäß. Noch eine halbe Meile später hatte er eine kurze, aber heftige Auseinandersetzung mit einem vier Tonnen schweren Laster, der nicht nur mehrere Hundert Schafe zur Schlachtbank, sondern auch einige Schlafzimmermöbel zu ihrer Verkaufsstelle transportierte. Es gibt einen gravierenden Unterschied zwischen einem vier Tonnen schweren Laster und einem Fahrrad, durch den das Aufeinandertreffen der beiden zu einer extrem einseitigen Angelegenheit wird. Mr Wilson junior rappelte sich auf, klopfte sorgfältig den Straßenstaub von seinen Kleidern und beschloss, dass dieser Vorfall das Fass endgültig zum Überlaufen gebracht hatte.

Die amüsante Komponente des Abenteuers, die zu Anfang noch stark ausgeprägt gewesen war, hatte sich mittlerweile vollständig in Luft aufgelöst. Er hob das rechte Bein und ließ sich behutsam auf dem Sattel nieder. Genau wie mit dem Rucksack war auch mit dem Sattel eine Veränderung vorgegangen. Für ein empfindsames Gesäß fühlte er sich mittlerweile eher wie eine Idee der Spanischen Inquisition als wie ein anatomisch geformtes Stück Leder an. Grimmig entschlossen, radelte Mr Wilson junior weiter.

Als er mit einem Seufzer der Erleichterung den Bahnhof Watford erreichte, erwarb er für sich und sein Rad eine einfache Fahrkarte nach Craile und setzte sich auf eine umgedrehte Milchkanne, um auf den nächsten Zug zu warten. Das dauerte eine Stunde. Mr Wilson junior parkte sein infernalisches Gerät im Gepäckwagen und sich selbst auf einem Eckplatz eines Raucherabteils in der dritten Klasse. Dort streckte er die Beine aus, zündete sich eine Zigarette an und war wieder ein wenig mit der Welt versöhnt.

Doch wie es der Zufall wollte, hielt dieser Zustand nicht lange an, denn mehrere kräftig gebaute Vertreterinnen des weiblichen Geschlechts betraten den Wagen, gerade als der Zug anfuhr. Sie setzten sich auf die Bänke gegenüber und begannen spitze Bemerkungen über neumodische Wanderer zu machen, die offenbar Bahnwandern betrieben. Es ist vielleicht nicht weiter verwunderlich, dass Mr Wilson junior nach etwa zehn Minuten dieses Gespräch auf sich zu beziehen begann, und am nächsten Bahnhof wechselte er in einen anderen Wagen. Er erreichte Craile um Viertel vor fünf nach einem der schlimmsten Tage seines noch jungen Lebens.

Craile war ein irreführend winziger Ort. Das Ortslexikon, Sie erinnern sich, hatte die Bevölkerung auf 667 beziffert. Das mag durchaus stimmen, doch wenn man zum ersten Mal nach Craile kommt, denkt man unweigerlich, dass es sich um einen Fehler handeln muss und versehentlich eine 6 zu viel gedruckt wurde. Oder dass, falls die Zahl korrekt ist, schleunigst etwas gegen die Überbevölkerung auf dem Lande unternommen werden muss. Oder dass es seit der letzten Zählung eine überraschende Auswanderungswelle junger Dorfbewohner in die Kolonien gegeben hat. Man nehme zum Beispiel die gewundene und von Löchern übersäte

Hauptstraße des Ortes (welche zugleich seine einzige Straße war). Dort standen nicht mehr als ein Dutzend Häuser zu beiden Seiten. Nehmen wir einmal an, dass man in Craile Kinder sehr gernhat, und sagen wir ferner, dass in jedem der drolligen kleinen Häuschen sechs Personen leben. Dann wäre man erst bei einhundertvierundvierzig. Man könnte überlegen, ob sich der ganze Rest womöglich in dem großen Haus ganz am Ende des Dorfes drängt, aber dem ist nicht so; dort residieren einzig die alte Lady Bunsen, ihre Zofe Sarah und ihr Spaniel Agnes. Vielleicht befinden sich die fehlenden Dorfbewohner auch im Craile Arms in der Mitte der Hauptstraße gegenüber der Pumpe (Wasser, nicht Benzin, Gott sei Dank). Aber wäre es nicht ein wenig unfair, die Gäste eines Pubs als Einwohner zu zählen? Und ohnehin: Es konnten unmöglich vierhundert Gäste in dem kleinen Gasthof Platz finden, der bloß einen Eingang für die Bar sowie einen weiteren für die Fremdenzimmer hatte, dessen Fenster mit Geranien und Spitze geschmückt waren und aus dessen Dach alle paar Fuß seltsame kleine Luken hervorragten. Mr Wilson junior hoffte jedenfalls, dass es unmöglich war, denn er sehnte sich sehr nach einem Bett für die Nacht.

Er lehnte das Fahrrad gegen die Fassade des Craile Arms und stellte mit einer gewissen Genugtuung fest, dass es sich im Gepäckwaggon ein kleines Loch im Reifen zugezogen hatte. Er hoffte, dass es wehtat. Nachdem er dem kaputten Reifen zusätzlich noch einen gehässigen Tritt verpasst hatte, betrat er das Gebäude durch den Bareingang, bestellte beim ansässigen Dorftrottel eine Flasche Bier, trank sie in einem Zug aus, trat wieder auf die Straße, versetzte seinem Fahrrad noch einen zweiten Tritt und betrat das Craile Arms sodann durch den Hoteleingang.

Im Innern regte sich kein Lebenszeichen, es sei denn, man zählte die Hirschköpfe, die mit glasigem Blick von ihren hölzernen Plaketten an den Wänden der Eingangshalle auf ihn herabschauten, oder den ausgestopften Lachs in seinem Glaskasten. Derek zog sich die Öljacke aus und hängte sie über den Lachs. Dann entdeckte er auf dem Tisch in der Halle ein in Leder gebundenes Gästebuch. Da er sich auf einmal wieder darauf besann, weshalb er eigentlich nach Craile gekommen war, schlug er es auf und warf einen Blick auf die letzte Seite. *Mr und Mrs Smith* lautete der letzte Eintrag in adretter, gut leserlicher Handschrift. Vielleicht, vielleicht auch nicht. Als ihm auffiel, dass das Ehepaar Smith am 15. Mai 1927 im Craile Arms genächtigt hatte, kam Derek zu dem Schluss, dass es sich höchstwahrscheinlich nicht um die gesuchten Personen handelte. Als er dann auch noch sah, dass Mr Smith *Mager und müde traten wir ein, satt und zufrieden fuhren wir heim* in die Kommentarspalte geschrieben hatte, waren die letzten Zweifel ausgeräumt. Und noch immer kein Lebenszeichen, abgesehen von Rotwild und Lachs. Derek entdeckte eine Glocke und läutete sie.

»Warten Sie auf was, Sir?«, sagte ein kleines Zimmermädchen mit Überbiss, das plötzlich hinter einer Tür aufgetaucht war.

»Ja«, sagte Derek. »Das tue ich.«

»Nachmittagstee oder einfach nur Tee, Sir?«, fragte das Zimmermädchen.

»Eigentlich hätte ich gerne ein Zimmer für die Nacht.«

Dies schien außerhalb des Zuständigkeitsbereichs des kleinen Zimmermädchens zu liegen, denn es beäugte Derek einen Moment lang, als hätte dieser verlangt, einen Zeppelin zu mieten. Dann sagte es: »Ich hole mal besser die Missus, Sir.«

Das kleine Zimmermädchen verschwand und rief in schrillem Sopran »Missus!« durchs ganze Haus. Solange die Suche andauerte, ging Mr Wilson junior nach nebenan und genehmigte sich noch ein Bier. Als er ins Hotel zurückkehrte, traf er eine Frau an, bei der es sich offenbar um die Besitzerin handelte und die mit einer Teekanne in der einen und einem sauberen Handtuch in der anderen Hand auf ihn wartete.

»Ist es nur für eine Nacht, Sir?«, fragte sie.

»Ja … ich denke schon. Ich bin auf der Durchreise … Ach, na so was! …«

»Ja, Sir?«

Mr Wilson junior stellte zu seiner Verblüffung fest, dass er niemand anderem gegenüberstand als der zierlichen Frau, die er im Gerichtssaal angesprochen hatte. Brandon Bakers Ehefrau.

Kapitel neun

Lernen wir, zu diesem relativ späten Zeitpunkt in der Geschichte, Miss Prune kennen. Man verlässt das Craile Arms entweder durch den feuchten oder den trockenen Ausgang, wendet sich nach links, geht dann etwa hundert Meter die Haupt- (und einzige) Straße hinunter, an der Pumpe vorbei und bleibt vor einem winzigen Lädchen mit einem Schaufenster aus kleinen Butzenscheiben stehen. Für den Fall, dass man Zweifel hegt, richtet man den Blick nach oben und liest das grüne hölzerne Schild über dem Eingang.

»Poststelle, Ethel Prune, Postamtsvorsteherin, öffentlicher Fernsprecher, Postanweisungen, lizenzierte Tabakverkäuferin, Zimmer frei, Mineralwasser, Picknicks zum Mitnehmen.« Ja, all das steht auf dem Schild; jedes einzelne Wort davon. Im Innern des Lädchens gibt es noch zahlreiche weitere Schilder: »Ausgewählte Bonbons, 4d pro Quart«, »Lokale Panoramen 1d pro Stück« oder »Reinigung und Färben von Anzügen und Kostümen zu moderaten Preisen, in vier Tagen so gut wie neu« sowie Hinweise zu den Ladenöffnungsgesetzen von 1923, die es Miss Prune verbieten, nach vierzehn Uhr am Donnerstag noch Postanweisungen anzunehmen. (Der

Verkauf ausgewählter Bonbons bleibt jedoch weiterhin erlaubt.)

War es nicht Lord Dunsany, der eine kuriose Kurzgeschichte über einen kleinen Laden schrieb, in dem die Kunden mit ihren privaten Sorgen handeln? Einer kommt, reicht seine Zahnschmerzen über den Tresen und erhält dafür die nörgelnde Ehefrau eines anderen? Nun, Miss Prunes Etablissement wurde nach ähnlichen Prinzipien geführt. Morgens um fünf vor zehn kam Miss Twigg, um eine Schachtel Lux zu kaufen und eine Postanweisung für zwei Shilling aufzugeben. Miss Twigg zahlte in Form von zwei Shilling und sieben Pence sowie den neuesten Nachrichten über Matilda Mowitt und diesen neuen Polizisten aus Aylesbury. Um zehn nach zehn kam Mrs Haliburton auf der Suche nach einem Briefmarkenheftchen für zwei Shilling, einem Stück Seife und einem frischen Salatkopf in den Laden. All das wurde über den Tresen gereicht, dazu gab es den Matilda-Polizisten-Klatsch als Gratisbeigabe. Mrs Haliburton wiederum revanchierte sich mit drei Shilling und zwei Pence und den neuesten Nachrichten über diesen Maler, der den Winter in Hawthorn Cottage verbrachte. Sie steckte ihre Einkäufe in ihre Netztasche und verließ das Postamt, wobei sie Mühe hatte, sich in der schmalen Tür an der Schwester des Vikars vorbeizuzwängen. Für die Schwester des Vikars gab es Schreibpapier, den *Christian Herald* und eine Schachtel Haarnadeln. Sie erhielt sowohl den Matilda-Polizisten-Klatsch als auch die Hawthorn-Cottage-Geschichte als Dreingabe und gab (als ihren eigenen kleinen Beitrag zum Büfett) den Text der Predigt ihres Bruders für den kommenden Sonntag her. Und so weiter und so fort. *Bureau d'Echange* … das war der Titel von Dunsanys Geschichte. Nun, Miss Prune führte ihr eigenes kleines *bureau d'echange* im Dorfe Craile.

Mr Wilson senior war in einem Dorf nicht viel größer als Craile geboren und aufgewachsen. Daher war das Letzte, was er seinem Öljacke tragenden einzigen Sohn und Erben mit auf den Weg gab, ehe dieser das Bein über den Sattel seines Fahrrades schwang:

»Bestimmt gibt es im Postamt irgendein neugieriges Frauenzimmer. Ruf nur an, wenn es unbedingt sein muss, schick keine Postkarten, es sei denn, du hast nichts zu berichten, und wenn du mir telegrafierst, weil du etwas herausgefunden hast, verwende auf jeden Fall fiktive Namen.« Diese Ratschläge sind mehr oder weniger für die nachfolgenden und (in Miss Prunes Empfinden) höchst provokanten Telegramme verantwortlich, die kurz nach Derek Wilsons Ankunft in rascher Folge zwischen dem oben genannten Dörfchen und der Stadt London hin- und hergeschickt wurden:

(I) Überreicht an Miss Prune um 9:10 h am Morgen nach Dereks Ankunft:

> *Wohlbehalten angekommen jedoch Schmerzen*
> *in allen Gliedern Hotelmatratze vollständig*
> *Stacheldraht außerdem keine Pampelmusen*
> *Besitzerin herausgestellt Nebukadnezars Gattin*
> *aus Gericht Derek.*

(II) Eine Stunde später in London aufgegeben:

Bedaure zu hören Schmerzen Matratze Pampelmuse. Ausquetsche Besitzerin irgendein Lebenszeichen Belsazar Salome Vater.

(III) Aufgegeben bei Miss Prune kurz vor Mittag am selben Tag:

Besitzerin viel Erhellendes Nebukadnezars Privatleben. Heinrich VIII. Familienmann dagegen. Belsazar Salome hier aber Salome diesen Nachmittag zurückkehren will London schick zehn Pfund zusätzliche Ausgaben Bier schmackhaft Derek.

(IV) Aufgegeben bei der jüngeren Schwester von Miss Prune, während diese beim wöchentlichen Treffen der Wohltätigkeitsgesellschaft war:

Belsazar Salome Riesenstreit Hotel Salome doch nicht zurückkehrt London ganz sicher Belsazar involviert Nebukadnezars Tod Vorschlag Durchsuchung seiner Wohnung Derek.

(V) In London früh am nächsten Morgen aufgegeben:

Durchsuchung Belsazars Wohnung verhindert da Belsazar nicht Craile sondern London Vorschlag häufigere Besuche Optiker seltener Hotelbar Vater.

(VI) An Miss Prune sofort nach Erhalt obiger Nachricht:

Bedanke zehn Pfund verstehe letztes Telegramm nicht Belsazar definitiv ganze Nacht hier abwarten weitere Entwicklungen unverzüglich Derek.

(VII) Eine halbe Stunde später an die Prune:

Absolute Sensation sofort kommen Derek.

(VIII) Aufgegeben in London:

Entschuldige Kommen unmöglich Chief Konferenz Vorstellung neue Helmentwürfe für Constables versuche morgen was geschehen Vater.

Und (IX) diktiert an die mittlerweile beinahe hysterische Miss Prune, um 11:30 am selben Vormittag:

Deine Anwesenheit dringend erforderlich von schwachsinnigem Polizisten festgenommen unterwegs zum örtlichen Gefängnis Derek.

Wenn man in einem kleinen Ort wie Craile eine Reihe solcher Telegramme aufgibt, muss man mit lebhaften Spekulationen und manch einer hochgezogenen Braue rechnen. Selbst im geschäftigen, weltgewandten London sorgten Telegramme (IV), (VII) und (IX) für eine gewisse Unruhe unter den Angestellten des Generalpostamts, die mit ihrem Empfang beziehungsweise ihrer Sendung betraut waren. In Craile jedoch löste der Verkehr einen regelrechten Aufruhr aus.

Zum einen war die Idee, Mr Bakers, Mr Watcyns' und Miss Astles Namen durch Personen aus dem Alten Testament zu ersetzen, in der Durchführung längst nicht so einfach, wie es vor Derek Wilsons Aufbruch aus London den Anschein gehabt hatte. Dies hing in erster Linie damit zusammen, dass Miss Ethel Prune an dem einen Tag in der Woche, an dem sie die Bewohner Crailes nicht mit Postanweisungen, Salatköpfen und Lux versorgte, ab acht Uhr in gewissen Abständen die heilige Messe in der örtlichen Kirche besuchte und darüber hinaus den Nachmittag damit verbrachte, die Jüngsten in der Sonntagsschule zu unterrichten.

Folglich verfügte Miss Prune über ein recht umfangreiches Wissen in biblischen Angelegenheiten.

Zum Beispiel wusste sie, dass Nebukadnezar einer ganz anderen Generation angehörte als Belsazar oder Salome, dass die drei gewiss keine Busenfreunde gewesen waren und daher auch nichts in ein und demselben Telegramm verloren hatten.

»Nebukadnezar?«, fragte Miss Prune, während sie sich gradweise vom Tresen aufrichtete.

»Nebukadnezar«, sagte Derek bestimmt. »N wie Neuropathie, E wie Eukalyptus, B wie bisurierte Magnesia, U wie …«

»Das genügt, Sir«, sagte Miss Prune streng. »Ich weiß, wie man den Namen schreibt. Es ist nur ein recht ungewöhnlicher Name für ein Telegramm, finden Sie nicht, Sir?«

»Ganz und gar nicht«, sagte Derek. »Nebukadnezar? Enger Freund von mir. Der gute alte Nebby.«

»Wenn Sie meinen, Sir«, sagte Miss Prune. »… Nebukadnezars Gattin aus Gericht – Derek. Zwei Shilling und acht Pence, Sir.«

»Guten Morgen, Sir«, sagte die Prune und wunderte sich über dieses außergewöhnliche Telegramm, von dem sie nicht recht wusste, ob es sich um einen Fall von Gotteslästerung oder lediglich um den Übermut der Jugend handelte. Seltsam war es in jedem Fall. »Besitzerin herausgestellt Nebukadnezars Gattin …« Damit war vermutlich die Besitzerin des Craile Arms gemeint, denn Miss Twigg hatte erwähnt, dass der junge Wanderer dort gestern spätabends abgestiegen sei. Aber die Besitzerin des Craile Arms lebte seit zwölf Jahren als ehrbare alleinstehende Frau im Ort, nicht wahr? Und ausgerechnet Nebukadnezar! Mit dem unguten Gefühl, sich zur Komplizin einer nicht ganz anständigen Sache gemacht zu haben, schickte Miss Prune Telegramm (I) auf die erste Etappe seiner Reise zu Mr Wilson in London. Draußen vor dem Postamt inspizierte Derek derweil die Wasserpumpe.

Und auf einmal erlebte er einen Moment der Gedankenübertragung, als ihm bewusst wurde, dass, wenn man den Schwengel nur weit genug nach unten drückte, tatsächlich ein dünnes Rinnsal Wasser aus dem Hahn tröpfelte und in der Abflussrinne verschwand. »Ausquetsche Besitzerin«, würde Mr Wilson senior in Telegramm (II) schreiben. Mr Wilson junior bewegte den Pumpenschwengel ein letztes Mal beherzt auf und ab, ehe er sich auf den Weg machte, um den Vorschlag seines Vaters vorauseilend in die Tat umzusetzen.

Er traf die Besitzerin des Craile Arms an, als diese gerade den Teppich in Zimmer Nummer 7 mit einem Kleenkwik-Staubsauger reinigte. Er konnte nicht umhin zu bemerken, dass sie, als sie mit Nummer 7 fertig war, Zimmer Nummer 8 ausließ und sich stattdessen daranmachte, den Teppichboden im Raum für die Handlungsreisenden zu bearbeiten. Auf der Fußmatte vor Zimmer Nummer 8 standen ein Paar Herrenschuhe und ein Paar Damenschuhe. Derek folgte der Dame des Hauses in den Raum für die Handlungsreisenden und meinte höflich, dass es doch ein für die Jahreszeit schöner Morgen sei.

»Ich habe mich schon gefragt, wann Sie loslegen«, sagte die Besitzerin.

»Wie bitte?«, sagte Derek.

»Sie sind Reporter, stimmt's? Sie sind doch der junge Mann, der mich im Gerichtssaal angesprochen hat. Tja, jetzt haben Sie mich gefunden, also legen Sie los. Auch wenn ich mir nicht erklären kann, weshalb Leute wie Sie unbescholtene Bürger belästigen müssen, nur weil jemand Berühmtes gestorben ist.«

»Hören Sie mal«, sagte Derek. »Sie verstehen das ganz falsch. Wirklich. Ja, ich bin Journalist – eine schreckliche Sache, ich weiß, derer ich mich freimütig bekenne. Aber ich bin nicht aus beruflichen Gründen hier. Ich mache Urlaub. Schauen Sie sich nur diese Hosen an – Sie glauben doch nicht etwa, dass ich so etwas während der Arbeit trage?«

Die Besitzerin hielt im Staubsaugen inne und musterte einen Moment lang gründlich seine kurzen Beinkleider.

»Warum haben Sie mich an dem Tag im Gericht angesprochen?«, wollte sie wissen. »Das habe ich mich noch oft gefragt.«

»Nun – Sie schienen mir die einzige Person in der Menge zu sein, der die Angelegenheit wirklich naheging.«

»Das war ich wohl auch«, sagte die Besitzerin und ließ sich in einen der Sessel fallen, als wäre Sitzen für sie sowohl ein Luxus als auch eine echte Seltenheit.

»Ich nehme an, Sie möchten mir nicht mehr darüber erzählen?«, sagte Derek.

»Fehlt noch was für die Titelseite?«, fragte die Besitzerin.

»Ich wünschte wirklich, Sie würden das vergessen. Ich bin nicht auf Schlagzeilen aus. Ich habe nur den Eindruck, dass Sie sich etwas von der Seele reden wollen. Auch damit lag ich falsch, wie mir scheint. Ich bitte um Verzeihung.«

»Nein«, sagte die sehr müde aussehende Frau. »Sie liegen nicht falsch damit. Ich würde wirklich gerne mit jemandem sprechen. Niemand hier weiß etwas darüber …«

»Und?«, sagte Derek, dem der Erfolg seiner Ausquetschversuche durchaus etwas unangenehm war.

»Ich habe Brandon Baker im Jahr 1909 kennengelernt. Wir standen damals beide auf der Bühne. Obwohl – ich weiß nicht recht, ob man es so nennen kann. Wir sind hauptsächlich als Wanderschauspieler in den Seebädern aufgetreten. Ich war eine Soubrette und habe in einer Gruppe getanzt … Die Merry Monarchs hießen wir. Brandon ist zu Beginn der Saison zu uns gestoßen. Er war Bariton und Tänzer – ein ziemlich schlechter. Wahrscheinlich war ich auch ziemlich schlecht, aber damals habe ich das noch anders gesehen …«

»Ja …?«, sagte Derek, dem bewusst wurde, dass er mit Fingerspitzengefühl vorgehen musste, um die Besitzerin weiterhin von ihrem Staubsauger fernzuhalten.

»Wir heirateten im August in Eastbourne. Sie veranstalteten einen Benefizabend für uns. Wir haben acht Pfund und zehn Shilling eingenommen, daran kann ich mich noch erinnern. Wir waren arm, aber überglücklich. Kurz vor Weihnachten haben wir dann einen Vertrag bei einer Wandertruppe unterzeichnet, die eine Musikkomödie aufführte. Den Titel habe ich vergessen … *The Girl from Somewhere-or-other*. Wir waren beide in der Tanzgruppe und im Chor, aber Brandon war darüber hinaus auch noch die Zweitbesetzung für die männliche Hauptrolle. Der Darsteller hing an der Flasche – zu Brandons Glück. Wir waren gerade in irgendeinem finsteren Kaff in den Midlands, als er deutlich mehr trank, als er vertragen konnte, und sich beim Versuch, aus einer Droschke zu steigen, das Bein brach. Brandon bekam die Rolle, und er hat seine Sache recht gut gemacht – wenigstens im Vergleich zu dem anderen Kerl. Nach Ende der Tournee bot man ihm die Hauptrolle in einer anderen Musikrevue an, danach bekam er eine Hauptrolle in London. Zwölf Pfund pro Woche. Wir waren sprachlos vor Glück. Wir nahmen uns eine Wohnung in London, Brandon ging zu den Proben, und ich hängte das Showgeschäft an den Nagel und lernte stattdessen, wie man Eier kocht und Babys bekommt und so weiter. Und dann fingen die Probleme an.«

Die Blicke der zierlichen, erschöpften Frau wanderten

zurück in Richtung ihres Staubsaugers, und Derek schob ein weiteres »Ja?« ein, um sie zum Weitersprechen zu ermuntern.

»In dem Stück spielte eine Frau mit – Doris Fraser. Brandon verliebte sich in sie. Ich wusste Bescheid, sagte aber nichts, bis ich eines Abends hörte, dass er ihr ein bisschen zu nahegekommen war. Wir hatten einen ziemlich heftigen Streit deswegen, und Brandon versprach mir, sie nie wiederzusehen. Eine Woche später eröffnete er mir, dass er mich verlassen wolle.«

Da er das Gefühl hatte, sein »Ja?« inzwischen überstrapaziert zu haben, machte Derek eine Reihe von Schnalzgeräuschen mit den Zähnen.

»Sie lebten etwa ein Jahr zusammen, dann verließ sie ihn. Ich glaube, das hat ihn bitter gemacht. Jedenfalls war er danach verändert. Nach dem Krieg, als er wieder mit der Musikkomödie angefangen und es ganz nach oben geschafft hatte, führte er ein ziemlich unstetes Leben. Ich fürchte, bis zum Zeitpunkt seines Todes hatte er keinen besonders guten Ruf. Nicht, dass es mich noch etwas anginge. Oder Sie, Mr …?«

»Hopkinson«, sagte Derek.

»Ach, Hopkinson? Im Gästebuch sah es aus wie Hepplewaite.«

»Vielen Dank«, sagte Derek. »Und haben Sie Brandon Baker noch einmal gesehen, nachdem Sie – nachdem er Sie verlassen hatte?«

»O ja, natürlich. Oft. Wir wurden sogar sehr gute Freunde. Das klingt vielleicht seltsam, aber so war es. Wir sind in vielen Stücken zusammen aufgetreten – er in der Hauptrolle, ich in der Tanzgruppe oder im Chor. Irgendwann wurde ich älter und kurzatmiger und ging ein wenig aus dem Leim, daher beschloss ich, die Bühne aufzugeben und sesshaft zu werden. Ich hatte über die Zeit hinweg ein bisschen Geld angespart und habe das Haus hier billig bekommen. Ich wollte ein einfaches Leben führen. Brandon war sehr großzügig. Als das Hotel anfangs nicht so gut lief, hat er versucht, mir Geld zu geben, aber ich habe es immer ohne seine Hilfe geschafft. Brandon Baker hatte sehr viel Gutes in sich, Mr Hopkinson, auch wenn man das vielleicht nicht glaubt. Seltsam, oder? Dass auch schlechte Menschen oft so viele gute Seiten haben?«

»Ganz recht«, sagte Derek. »Äh – haben Sie kürzlich von ihm gehört? Vor seinem Tod, meine ich?«

»Als ich in der Zeitung las, dass er tot ist, hatte ich ihn drei Jahre nicht mehr gesehen. Aber ich habe viel über ihn gehört. Früher erfuhr ich es immer von ein oder zwei Freunden, die noch auf der Bühne stehen, obwohl sie es eigentlich nicht sollten, die Armen. Ich fürchte, er schlug oft über die Stränge. Der Alkohol – und die Frauen. So, jetzt habe ich Ihnen aber genug Zeit gestohlen, Mr Hopkinson. Außerdem finde ich es nicht richtig, schlecht über die Toten zu sprechen.«

»Nur noch eins«, sagte der hartnäckige Mr Wilson junior. »Haben Sie je Brandon Bakers Namen im Zusammenhang mit Gwen Astle gehört?«

Die Besitzerin erhob sich aus dem Sessel und machte sich erneut über den Teppich her. »Brandon hat zum Zeitpunkt seines Todes mit Gwen Astle zusammengelebt«, warf sie ihm über die Schulter zu.

»Dann …«, sagte Derek und brach ab.

Die Tür zum Raum öffnete sich. Ein Kopf mit unglaublich roten Haaren erschien im Spalt, gefolgt von großen Augen mit kunstvoll geschwungenen Wimpern, einer kleinen Nase und leuchtend rot geschminkten Lippen. Miss Gwen Astle, gefeierter Star der Musikkomödie und ehemalige Hauptdarstellerin in Douglas B. Douglas' Produktion *Blue Music*.

»Hi!«, sagte Miss Astle über das Keuchen des Staubsaugers hinweg. »Sind hier alle tot? Ich klingle seit zehn nach neun die Glocke in meinem Zimmer, und niemand kommt. Was ist denn los heute? Sind alle zur Blumenausstellung gegangen, oder was?«

»Es tut mir leid, Mrs Wright«, sagte die Besitzerin und bereitete dem Keuchen des Staubsaugers ein Ende. »Ich glaube, die Klingel in Zimmer Nummer 8 ist kaputt. Haben Sie einen Wunsch?«

»Ob ich einen Wunsch habe?«, sagte Mrs Wright alias Astle. »Was zum Teufel glauben Sie denn, weshalb ich die ganze Zeit geläutet habe? Weil es so schön klingt? Ich will ein Taxi für ein Uhr und einen doppelten Gin mit Ingwer, jetzt sofort.«

»Ja, Madam«, sagte die Besitzerin. »Ich sage Willie, er soll Ihnen das Getränk aufs Zimmer bringen.«

»Ach, lassen Sie nur.« Die Schauspielerin hatte es sich anders überlegt, so wie Hauptdarstellerinnen und andere Damen es gelegentlich zu tun pflegen. »Ich gehe selbst nach unten. Aber vergessen Sie ja nicht das Taxi. Punkt ein Uhr. Und bitte eins mit Kissen. Es muss mich den ganzen Weg zurück nach London bringen.«

»Mr Wright und Sie reisen ab, Madame?«, fragte die Besitzerin.

»Ich reise ab«, sagte die Dame in der Tür. »Mr Wright kann von mir aus hier verschimmeln. Ich fahre zurück nach London, sobald ich das Notdürftigste gepackt habe, das steht fest.«

Es schien wirklich festzustehen, denn Haare, Augen, Nase und Lippen verschwanden gleich darauf aus dem Spalt, und die Tür des Raumes wurde mit einem solchen Knall zugeschlagen, dass um ein Haar Tölpel Willie unten in der Bar davon aufgewacht wäre, um Miss Astle ihren Drink zu machen, noch ehe sie ihn darum bitten konnte.

»Nicht die Art von Gästen, die wir hier sonst begrüßen, Mr Hopkinson«, sagte die Besitzerin entschuldigend.

»Wissen Sie, wer das war?«, fragte Derek.

»Ja, Sir. Eine Mrs Wright. Ihr Mann kommt öfter, aber sie ist zum ersten Mal hier. Dabei ist er so ein netter, stiller …«

»Mrs Wright, dass ich nicht lache«, sagte Derek. »Dieses rothaarige Flittchen war Gwen Astle, der Musical-Star.«

»O nein, Sir«, sagte die Besitzerin. »Da müssen Sie sich irren, Sir. Ich habe Gwen Astle nie auf der Bühne erlebt, aber schon oft ihr Foto in den Zeitungen gesehen, und sie sieht ganz anders aus. Sie ist nämlich sehr hübsch – Gwen Astle, meine ich, Sir.«

»Haben Sie jemals ein Foto einer Schauspielerin gesehen, das dem Original in irgendeiner Weise ähnlich sah? Wenn das nicht Gwendoline Astle ist, bin ich der Kaiser von China und Sie sind mein oberster Berater.«

»Sie müssen sich irren, Sir. Diese Frau ist kein bisschen …«

»Wie sieht der Mann aus, der sie begleitet?«, wollte Derek wissen.

»Mr Wright, Sir?«

»Ja, Mr Wright, wenn Sie denn darauf bestehen.«

»Noch sehr jung, Sir. Groß und dünn. Nicht unattraktiv, Sir. Und weit gereist, Sir, wenn man den Etiketten auf seinem Koffer glauben kann. Ein schöner grauer Zweireiher …«

»Hellgrauer Mantel und schwarzer Filzhut?«

»Ja, Sir, ich glaube schon, Sir. Woher wussten Sie das?«

»Habe sie unten in der Halle hängen sehen«, sagte Derek. »Gut, Mrs Baker, ich darf Sie nicht länger aufhalten. Vielen herzlichen Dank für alles, was Sie mir erzählt haben.«

»Ich glaube, das war das erste Mal seit zehn Jahren, dass mich jemand Mrs Baker genannt hat«, sagte die Besitzerin. »Du liebe Zeit, wie seltsam das klingt. Aber Sie schreiben davon doch nichts in der Zeitung, Sir, oder?«

»Mein Ehrenwort«, sagte Derek. »Sie sind die erste Schauspielerin oder ehemalige Schauspielerin, die jemals etwas so Bemerkenswertes gesagt hat, aber ich versichere Ihnen, ich werde kein Wort davon schreiben. Auf Wiedersehen.«

»Guten Morgen, Sir«, sagte die Besitzerin und erweckte abermals den Staubsauger zum Leben.

Draußen vor der Tür stieß Derek mit Willie dem Dorftrottel zusammen.

»Noch 'n Telligramm, Sir«, sagte Willie.

Bedaure zu hören Schmerzen Matratze Pampelmuse Ausquetsche Besitzerin irgendein Lebenszeichen Belsazar Salome Vater.

»Bist du das, Willie?«, rief die Besitzerin und steckte den Kopf durch die Tür.

»Ja, Mum. Telligramm für den Herrn, Mum«, sagte Willie.

»Geh zu Thompson und bestell ein Taxi für ein Uhr. Es soll Mrs Wright zurück nach London fahren.«

»Geht nicht, Mum. Sie ist unten im Pub und trinkt ihre Gläser schneller aus, als ich ihr nachschenken kann. Ich schicke Jackie, Mum.«

Der Tölpel schlurfte zurück nach unten. Derek steckte Telegramm (II) in seine Tasche, sodass niemand die Möglichkeit hatte, die Worte *ausquetsche Besitzerin* zu lesen. Er hielt nichts davon, Menschen auszuquetschen, erst recht nicht, wenn das Ausquetschen so einfach und erfolgreich war wie in diesem Fall. *Irgendein Lebenszeichen Belsazar Salome?* Nun, von Salome auf jeden Fall. Und wenn er nicht so schnell wie möglich Telegramm (III) aufgab, würde sie sich in Richtung London verziehen. Die Wetten standen zehn zu eins, dass Belsazar ihrem Beispiel folgen würde.

Derek machte sich auf den Weg nach unten. Er hatte die Treppe bereits zur Hälfte zurückgelegt, als er plötzlich kehrtmachte, zurück nach oben rannte und die Tür zu Zimmer Nummer 8 aufriss.

»Was zum Teufel wollen Sie?«, fragte Ivor Watcyns, der auf der Bettkante saß und dabei war, sich eine sehr graue Seidensocke anzuziehen.

»Verzeihen Sie vielmals«, sagte Derek mit einem, wie er hoffte, für Wanderer üblichen Akzent. »Ist das denn nicht Nummer … o nein, ist es nicht … Na, so was, das tut mir aber leid … Ich hatte ja keine Ahnung … Meins ist genau gegenüber … Verzeihen Sie, bitte … guten Tag.«

»Guten Tag«, entgegnete Mr Watcyns giftig.

Ausgezeichnet.

Sowohl Belsazar als auch Salome hielten sich im Gebäude auf. Salome würde um ein Uhr gen London aufbrechen. Belsazar hingegen würde voraussichtlich noch länger bleiben. Genug Material für Telegramm (III).

Miss Prune erkannte ihn mit einem leicht nervösen Lächeln. »Besitzerin viel Erhellendes«, las sie. »Nebukadnezars Privatleben … Nebukadnezars Privatleben, Sir?«

»Ganz genau«, sagte Derek. »Derselbe Kerl wie eben. Nebukadnezar. Für Sie Neb. Lesen Sie nur weiter, meine Liebe.«

»Heinrich VIII.«, fuhr Miss Prune fort. »Als Zahl oder ausgeschrieben, Sir?«

»Als Zahl, würde ich sagen«, sagte Derek. »Das hätte ihm sicher gefallen, meinen Sie nicht?«

»Wie bitte?«, sagte Miss Prune.

»Bei so vielen Frauen muss man doch ein Faible für Zahlen haben, oder nicht?«

»Wie bitte?«, sagte Miss Prune.

»Nicht so wichtig«, sagte Derek.

»Machen Sie sich keine Gedanken, es spielt keine Rolle. Schreiben Sie es aus.«

»Sehr wohl, Sir«, sagte Miss Prune. »Heinrich der Achte Familienmensch dagegen Belsazar Salome hier aber Salome diesen Nachmittag zurückkehren will London schick zehn Pfund zusätzliche Ausgaben Bier schmackhaft … Drei Shilling und einen Penny, wenn's recht ist, Sir.«

»Drei Shilling und einen Penny? Hier haben sie drei Shilling und sechs Penny. Geben Sie mir auch noch die *Daily Gazette*, ja?«

»Gewiss doch, Sir. Vier Pence zurück. Einen schönen Tag noch.«

»Einen schönen Tag«, erwiderte Derek und schlängelte sich an einem Fass Äpfeln und dem Ständer mit lokalen Panoramen vorbei hinaus auf die Straße.

Wieder allein, beschloss Miss Prune, dass es weder Gotteslästerung noch jugendlicher Übermut war, sondern lediglich ganz normaler Wahnsinn. In jedem Fall sehr gut fürs Geschäft. Im Postamt von Craile waren seit dem Tag, als der Diener des Colonels dem Colonel geschrieben hatte, dass dessen Vieh an Milzbrand erkrankt sei, keine zwei Telegramme im Wert von über einem Shilling an einem Tag mehr aufgegeben worden.

Derek schlenderte zurück zum Craile Arms und bestellte sich bei William ein Bier. Nachdem er gesagt hatte, dass es doch recht stickig sei und er es vorziehe, sein Getränk draußen einzunehmen, wenn William nichts dagegen habe, verließ Derek den Pub und suchte für sich selbst und seinen Bierkrug einen Platz auf der hölzernen Bank vor dem Hotel. Dort wurde er von zwei Einheimischen flankiert, bei denen es sich offenbar um Rivalen für den Ehrentitel des ältesten Einwohners von Craile handelte. Derek hatte kein großes Interesse an der Unterhaltung der beiden, die sich ausschließlich um zwei Themen zu drehen schien: darum, dass (a) London doch wirklich ein Ort sei wie kein zweiter, daran gebe es nichts zu rütteln, und dass man (b) von diesen Automobilen doch das kalte Grausen bekäme, da bisse die Maus kein' Faden ab. Es bereitete Derek auch kein großes Vergnügen, mit seinem Bier vor dem Craile Arms zu sitzen, denn der Wind war kalt und die Holzbank unverhältnismäßig hart.

Der wahre Grund, weshalb er auf der unbequemen Bank saß und in Gegenwart zweier Hundertjähriger sein Bier trank, war, dass er die Abreise von Miss Astle alias Mrs Wright aus der ersten Reihe verfolgen wollte. Um dreizehn Uhr fünfundvierzig, wie die Leute im Radio gerne sagen, dämmerte ihm, dass etwas mit der anvisierten Abfahrt schiefgelaufen sein musste. Entweder Miss Astle hatte es sich erneut anders überlegt, oder Mr Watcyns hatte es für sie getan. Oder das Taxi hatte vor Erreichen des Hotels Probleme mit dem Vergaser bekommen. Oder sie hatte den Hinterausgang benutzt. Oder etwas anderes war dazwischengekommen. Derek stand auf, versicherte den beiden Hundertjährigen, dass London eine der tristesten Städte auf der Welt sei und das Automobil zu den großartigsten Erfindungen der modernen Zivilisation zähle, wünschte ihnen höflich einen guten Tag und machte sich sodann auf die Suche nach der Besitzerin. Er fand sie in der Küche, eingehüllt in eine Wolke stark nach Tomatensuppe und Steak mit Zwiebeln riechenden Dunstes.

»Was ist mit Gwe- mit der Dame aus Nummer acht?«, fragte er. »Sie scheint nicht wie angekündigt abgereist zu sein.«

»Nein, Sir«, sagte die Besitzerin. »Sie fährt jetzt doch nicht ab, Sir. Mr Wright kam herunter und hat sie aus der Bar geholt und zurück nach oben gebracht. Eine schreckliche

Szene haben die beiden gemacht, Sir. Er hat sie im Schlafzimmer eingesperrt, und ihr Geschrei hätte Tote aufwecken können, Sir, das sagt zumindest Matilda.«

»Es hätte Tote aufwecken können«, bestätigte Matilda, die allmählich durch den Suppendunst sichtbar wurde. »Er schlägt sie, Sir, da bin ich mir ganz sicher. Mir ist das Blut in den Adern gefroren, Sir. Gott hilf mir, wenn es nicht so war.«

Derek, der so viel wie möglich der dichten Wolke mit der Hand beiseitegewedelt hatte, kam, als er Matildas ansichtig wurde, zu dem Schluss, dass sie ohnehin eher ein Kaltblut war und zwar eine gute Geschichtenerzählerin, aber eine miserable Übermittlerin von Fakten abgab.

Er begab sich ins Speisezimmer und aß zu Mittag. Tomatensuppe (aus der Dose). Steak mit Zwiebeln oder kalter Braten mit Roter Bete. Birnen (aus der Dose) und Sahne (aus der Dose). Nach einer etwas unangenehmen Situation, weil er nach Kaffee gefragt hatte (ein unerhörtes Gut im Dorfe Craile), kehrte er aufs Postamt zurück, um bei Miss Prune Telegramm (IV) aufzugeben. Wie Sie bereits wissen, war Miss Prune nicht da, weil sie sich beim Treffen der Wohltätigkeitsgesellschaft im Gemeindehaus befand und gerade ein Gummiband in den Bund eines Schlüpfers zog, der irgendwann einmal gewisse Körperteile einer jungen Dame im Missionsgebiet Fuzhou bedecken sollte.

Anscheinend hatte Miss Prune keine Zeit mehr gehabt, ihre jüngere Schwester über das seltsame Gebaren des jungen Mannes aufzuklären, der wiederholt biblische Telegramme an eine Person in London schickte, denn Derek musste noch einmal ganz von vorne anfangen und der jüngeren Miss Prune den Namen Nebukadnezar buchstabieren.

»Mit einem z«, sagte Derek geduldig. »Z wie Zebra. Danach wird es wieder einfacher. Z-a-r. Nebukadnezar. Sehen Sie?«

»… Nebukadnezars Tod Vorschlag Durchsuchung seiner Wohnung Derek«, las die jüngere Prune vor. »Zwei Shilling und sieben Pence, bitte, Sir. Herzlichen Dank. Einen guten Nachmittag Ihnen noch, Sir.«

»Einen guten Nachmittag«, sagte Derek und fragte sich, ob die Möglichkeit bestand, dass Postminister Sir Kingsley Wood infolge dieser unerwarteten Umsatzsteigerung den Brief für einen Penny wieder einführen würde.

Von jenem Moment an verhielt sich Derek mehr wie der Wanderer, der zu sein er vorgab, als der Reporter und Sohn eines Polizisten, der er tatsächlich war. Grob gesagt, verlief sein restlicher Tag wie folgt: 15:00 Miss Prunes Laden verlassen und Eliz.-Ruinen besichtigen; 15:30 sich in Eliz.-Ruinen niederlassen und ein Schläfchen halten; 17:15 Rückkehr ins Craile Arms zum Tee (geräucherter Schellfisch); 18:30 Gespräch mit William und den zwei Hundertjährigen in der Bar über die Schlacht von Waterloo und den Zustand der Kartoffelernte; 20:45 Abendessen; 21:00 Abfahrt von Mr Watcyns und Miss Astle (beziehungsweise Mr und Mrs Wright) in einem leistungsstarken Automobil, vorgeblich mit Ziel London; 21:20 überraschende Rückkehr von Mr Watcyns; aus einer Unterhaltung in der Bar schnappte er auf, dass Mr Watcyns Miss Astle in den Zug nach London gesetzt habe, selbst jedoch noch ein paar Tage in Craile zu bleiben gedenke; 21:30 langweiliges Symphoniekonzert im Radio in der Hotelhalle; 22:50 Spaziergang durchs Dorf vor dem Zubettgehen; Erstaunen angesichts der Tatsache, dass Mr Watcyns' Auto verlassen etwa eine Meile vom Dorf entfernt am Waldrand parkte; 23:45 zweite Begegnung mit der Stacheldrahtmatratze.

Ein recht trister Nachmittag und Abend, mögen Sie sagen, und das stimmte gewiss auch – jedenfalls im Vergleich zu dem Abend, den Zimmermädchen Matilda und ihr Liebhaber, Constable Lightfood aus Aylesbury, miteinander genossen. Zunächst einmal musste Matilda sich aus dem Haus schleichen, da heute nicht ihr freier Abend war und die Missus in solchen Dingen kein Pardon kannte. Das Fenster der Toilette und die Mithilfe von William waren nötig, damit die Flucht gelang. Dann das heimliche Treffen. Dieses fand gemäß Verabredung hinter dem größeren der beiden Kuhställe des Colonels statt und dauerte etwa eine und eine Viertelstunde. Constable Lightfoot war in vielen Dingen des Lebens eher behäbig. Dann überlegten sie, wohin sie gehen sollten. Matilda bevorzugte Craile Woods. Constable Lightfood hingegen plädierte für die Eliz.-Ruinen, da der Waldboden doch recht feucht sei. An diesem Abend bekam Matilda ihren Willen, denn sie merkte an, dass die Ruinen gänzlich ungeschützt seien und man nie wisse, wer plötzlich auftauchen könne, und überhaupt sei ihr an diesem Abend eher nach Wald zumute. Also gingen sie in den Wald. Was die beiden jungen Leute taten, dachten oder sagten, soll unsere Angelegenheit nicht sein. Mehr noch: Wenn es unsere Angelegenheit wäre, würden wir feststellen, dass es überaus langweilig war. Doch die Hauptsache ist, dass sie Spaß hatten.

Um zehn vor zwölf sagte Constable Lightfoot: »Es wird Zeit aufzubrechen, Liebling.« Er sagte dies seit Viertel vor elf in regelmäßigen Abständen, doch diesmal schien es ihm wirklich ernst zu sein. Er schob Matildas Kopf von seinem Platz in der Nähe des zweiten und dritten Knopfes seiner Uniformjacke, schloss die oberen Knöpfe, richtete seine Haare, suchte seinen Helm und entfernte eine Nacktschnecke aus dem Innenfutter desselben, ehe er mit steifen Gliedern aufstand, sich schüttelte und Matilda aufhalf. Matilda schüttelte sich ebenfalls, suchte ihren Hut und setzte ihn auf, puderte sich die Nase, zog ihren Rock herunter, legte den Arm um Constable Lightfoods beträchtlichen Leib, und gemeinsam machten sich die Turteltauben auf den Heimweg, wobei sie beschlossen, die Abkürzung entlang des kleinen Bächleins zu nehmen, das Wasser für das Vieh des Colonels lieferte. Das Glitzern von Mondlicht auf dem Wasser hatte einfach etwas ganz Besonderes (obschon der Bach derzeit gänzlich ausgetrocknet war), außerdem dauerte es eine Viertelstunde länger, wenn man statt des normalen Wegs die Abkürzung zurück ins Dorf nahm.

So gingen sie in zufriedenem Schweigen dahin.

Sie waren etwa fünf Minuten unterwegs, als Constable Lightfoots alles andere als leichte Füße über etwas am Ufer des Baches stolperten und er zur Erde stürzte wie eine Tonne Kohlen, die eine Schütte hinabfallen. Er zog Matilda mit sich, und die beiden albernen Jungspunde lagen eine Zeit lang zusammen im hohen Gras und kicherten vergnügt. Dann rappelte sich Constable Lightfoot auf, half der zukünftigen Mrs Lightfood auf die Füße, tastete nach seiner Laterne und schaltete sie ein, um zu sehen, ob er über eine Wurzel oder einen Baumstamm gestolpert war. Und auf einmal veränderte sich Matildas Gekicher und wurde zu einem spitzen Schrei, der über ihnen in den Bäumen eine Familie Krähen aufschreckte, die verärgert zu krächzen begann. Es war nämlich keine Wurzel. Es war auch kein Baumstamm. Es war der Körper einer toten Frau.

Kapitel zehn

Mr Wilson senior kam am nächsten Morgen um elf Uhr fünfzehn mit dem Auto in Craile an. Da es Juli war, war seitdem nur herzlich wenig Wasser unter der baufälligen kleinen Brücke hindurchgeflossen, die über den Bach am Anfang des Dorfes führte. Im Dorf selbst allerdings war eine ganze Menge passiert. Um elf Uhr fünfzehn befand sich Miss Prune in einem Zustand völliger geistiger und körperlicher Auflösung und hatte im Hinterzimmer ihres Ladens mit Riechsalz wiederbelebt werden müssen. Nachdem sie die vergangenen achtundfünfzig Jahre ein ruhiges, beschauliches Leben geführt hatte, waren die Ereignisse zu viel für sie gewesen. Zuerst die Nachricht über den Mord. Miss Twigg hatte sich zunächst nur vage dazu geäußert, als sie um Viertel nach neun einen Salatkopf kaufen kam. Es habe sich letzte Nacht in Craile Woods ein Mord ereignet. »Oh, großer Gott!«, sagte Miss Prune – das erste Mal, dass sie den Namen des Herrn außerhalb ihrer Arbeit als Mitglied des Kirchenchors und Lehrerin der Kinderklasse der Sonntagsschule in den Mund nahm. Aber wer? Oder wen? Oder wie auch immer man es ausdrücken sollte? Eine unbekannte Frau, meinte Miss Twigg und eilte davon, um weitere Einzelheiten in Erfahrung zu bringen, wobei sie im Eifer des Gefechts ihren Salatkopf vergaß. Dann war die Schwester des Vikars gekommen. Aber die Schwester des Vikars hatte sich als herbe Enttäuschung herausgestellt. Sie wusste nichts über den Mord. Sie wusste nicht einmal, dass es einen Mord gegeben hatte, und äußerte, nachdem Miss Prune ihr die Neuigkeit mitgeteilt hatte, lediglich die Hoffnung, dass es sich um ein unwahres Gerücht handeln möge, denn genau solche Vorkommnisse seien es, die den Ruf eines Dorfes ruinieren konnten.

Miss Prune, pikiert über das mangelnde Interesse der Schwester des Vikars, verkaufte dieser ein halbes Dutzend der unansehnlichen Eier, die sie eigentlich Mr Mitchell von der Molkerei hatte zurückbringen wollen, gab ihr einen Penny zu wenig Wechselgeld, und komplimentierte sie hinaus. Und dann, nur zehn Minuten später, kam wieder der seltsame junge Mann, der im Hotel abgestiegen war und all die merkwürdigen Telegramme voller alttestamentarischer Namen aufgegeben hatte. Der seltsame junge Mann hatte ebenfalls noch nichts von dem Mord gehört. Dies war für Miss Prune ein Rückschlag, aber zugleich auch befriedigend, da sie somit die Erste sein konnte, die ihn darüber informierte. Aus unerfindlichen Gründen war sie ganz sicher gewesen, dass der seltsame junge Mann in die Angelegenheit verwickelt war. Umso mehr staunte sie, als er in ihren Laden spaziert kam, als wäre nichts gewesen. Insgeheim hatte Miss Prune ihn bereits als den Täter ausgemacht und sich vorgestellt, dass er Craile hinter sich gelassen hatte, um sich an Bord eines Schiffes nach dem Kontinent zu begeben.

Wahrscheinlich würde sie beim Verfahren zur Feststellung der Todesursache vor Gericht aussagen müssen. »Ja, Euer Ehren oder Euer Würden oder wie auch immer, er ist wiederholt in meinen Laden gekommen und hat seltsame Telegramme an eine Adresse in London aufgegeben. In Geheimsprache waren sie geschrieben, glaube ich. Jawohl, Sir, ich war gleich von Beginn an misstrauisch. Er war gekleidet wie ein Wanderer, aber er redete überhaupt nicht so. Ich habe in den letzten Jahren eine ganze Menge Erfahrung mit Wanderern gesammelt, mich kann man nicht so leicht täuschen.« Und ja, beim Prozess würde sie ihr dunkelblaues Velourskostüm tragen. Falls sie ihn denn schnappten ... Doch dann kam der seltsame junge Mann um zwanzig vor zehn in ihren Laden und sah sehr nett, sauber und attraktiv und kein bisschen wie ein Mörder aus. Also gab Miss Prune die Neuigkeit an ihn weiter – zum einen, weil Neuigkeiten dazu da waren, um weitergegeben zu werden, zum anderen, weil sie beobachten wollte, wie er darauf reagierte. (War das das richtige Wort?) Er habe doch bestimmt von der schrecklichen Sache letzte Nacht gehört? Nicht?

Nun, man habe auf der Lichtung hinten in Craile Woods die Leiche einer unbekannten Frau gefunden.

Und wie reagierte der seltsame junge Mann darauf? Er hörte auf, den Ständer mit Ansichtskarten zu je einem Penny zu drehen, starrte Miss Prune an und stieß das Wort »Mord?« hervor. Ja, Mord, wiederholte Miss Prune. Und dann kam eine ganze Salve von Fragen, mit denen er Miss Prune über den Tresen hinweg bombardierte. Sie wusste zwar nur auf sehr wenige eine Antwort, dennoch gelang es ihr, zu jeder irgendetwas zu sagen.

Wer das Opfer sei? Eine unbekannte Frau, das habe zumindest Miss Twigg behauptet. Und wer sie gefunden habe? Nun, Miss Prune sei sich nicht ganz sicher, aber sie vermute, dass es Matilda Mowitt gewesen sei, das Zimmermädchen im Hotel.

Und wann? Oh, das könne Miss Prune wirklich nicht sagen, aber es müsse schon recht spät gewesen sein, denn aus dem, was Miss Twigg ihr erzählt hatte, könne man schlussfolgern, dass die junge Matilda … nun … einen Abend mit ihrem Verlobten verbracht habe, der Polizist in Aylesbury sei. Auf dem Nachhauseweg seien sie zufällig über die Leiche gestolpert, es müsse also entweder kurz vor oder kurz nach Mitternacht gewesen sein, denn Matilda sei eins dieser modernen Mädchen, und sie hatte schon oft ihre Tante im Laden gehabt, die sich darüber beklagte, dass ihre Nichte sich so spät noch mit Männern herumtreibe.

Und wo befinde sich die Leiche jetzt?, wollte der seltsame junge Mann als Nächstes wissen. Nun, das wisse Miss Prune wirklich nicht, aber vermutlich auf der Polizeiwache – sei das nicht der Ort, wo man die … die Verstorbenen normalerweise hinbrachte? Richtig, und wo befinde sich besagte Polizeiwache?, fragte der junge Mann sehr ungehalten, als hinge sein Leben davon ab. Miss Prunes Argwohn wuchs erneut. Sie musste sich jede Einzelheit dieses Gesprächs für ihre Aussage vor Gericht einprägen. »Er wirkte ein wenig aufgewühlt, Sir, und als ich ihm den Weg zur Polizeiwache erklärte, stürzte er sofort aus dem Laden und lief mit hoher Geschwindigkeit in die entgegengesetzte Richtung.«

In Wahrheit jedoch spielte es sich etwas anders ab. Der seltsame junge Mann sagte: »Haben Sie vielen Dank«, und: »Hier – geben Sie dieses Telegramm auf, der Empfänger ist derselbe wie immer.« Daraufhin verließ er den Laden, querte die Straße und überwand das kleine Tor zu P. C. Roots Garten, ohne es zu öffnen. Er eilte den Weg entlang, drückte auf die Klingel und betätigte gleichzeitig den Türklopfer, noch ehe Miss Prune ihre Fernsichtbrille gefunden hatte. Kurz darauf verschwand er in P. C. Roots Haus alias der Polizeiwache.

Miss Prune blieb mit dem Text für Telegramm (VI) in der Hand ratlos zurück:

Danke zehn Pfund verstehe letztes Telegramm nicht Belsazar definitiv ganze Nacht hier abwarte weitere Entwicklungen unverzüglich Derek.

Nicht dass man recht schlau daraus geworden wäre. Aber »weitere Entwicklungen unverzüglich« – das hörte sich doch vielversprechend an. Und tatsächlich, keine zehn Minuten später kam der seltsame junge Mann aus P. C. Roots Haus geschossen, setzte mit einem Sprung über das Gartentor hinweg und rannte über die Straße zurück in ihren Laden, während Constable Root in der Tür seines Hauses stand und immer und immer wieder »Na, na, na, na, na!« rief.

»Noch ein Telegramm«, sagte der junge Mann. »Kommen Sie, machen Sie schnell!«

Miss Prune machte schnell.

Absolute Sensation sofort kommen Derek

Finanziell betrachtet, das bisher am wenigsten ergiebige Telegramm, inhaltlich allerdings das aufregendste. »Absolute Sensation«, las Miss Prune, deren Hand nur ein klein wenig zitterte. »Ist etwas vorgefallen, Sir?«

»Nichts«, sagte der junge Mann mit einem hübschen Lächeln. »Rein gar nichts. Einen Shilling und einen Penny? Ich danke Ihnen vielmals.« Wieder eilte er, so schnell ihn seine Beine trugen, zur Tür hinaus, diesmal die Hauptstraße entlang in Richtung des Hotels.

»Millicent!«, rief Miss Prune –, »Millicent, komm und pass auf den Laden auf!«, und folgte dem jungen Mann nach draußen.

(Soweit sie sich erinnern konnte, war dies das erste Mal in ihrem Leben, dass man sie im Dorf ohne Hut sah.) Sie ging über die Straße zu Constable Roots Haus und bemühte sich nach Kräften, dem riesigen Trampel von Gesetzeshüter weitere Informationen zu entlocken. Leider ohne Erfolg: Constable Root gab sich unnahbar und ließ nichts durchblicken. Im Gegenteil, er erfuhr wesentlich mehr von Miss Prune als diese von ihm.

»Ob Sie wohl zufällig eine Ahnung haben, wer der Mann, der gerade Ihren Laden besucht hat, ist?«, fragte Constable Root etwas umständlich.

»Nein«, antwortete Miss Prune. »Doch. Nun, er ist ein junger Mann, der, soweit ich weiß, im Craile Arms abgestiegen ist. Was ist denn passiert? Hat er etwas mit dieser schrecklichen Sache zu tun, Constable?«

»Ich kann nicht mit Gewissheit sagen, dass es sich womöglich nicht so verhält«, gab Constable Root zurück.

»Aber sagen Sie – stimmt es wirklich? Haben Sie denn gar keine Ahnung, Constable, wer die arme Frau sein könnte?«

»Vielleicht ja, vielleicht nein«, sagte Constable Root.

»Ist sie … ist sie dort drin?«

»Ich sage weder das eine noch das andere«, sagte Constable Root.

»Nun«, meinte Miss Prune verärgert. »Warum um alles in der Welt verfolgen Sie diesen jungen Mann denn nicht? Sie stehen einfach nur da und rufen ›Na, na, na‹ … Tun Sie doch etwas. Männer!«

»Schon gut, schon gut«, sagte Constable Root. »Wenn es losgeht, dann geht es hier richtig los, das können Sie mir getrost glauben. Constable Lightfoot ist mit dem Fahrrad nach Aylesbury gefahren, um den Inspector zu holen. Wahrscheinlich wird sich auch Scotland Yard einschalten. Heute Abend werden wir alle in der Zeitung stehen, das sage ich Ihnen, Miss Prune.«

»Wissen Sie zufällig, wie die Person … also … ermordet wurde?«, fragte Miss Prune.

»Kann schon sein. Kann aber auch nicht sein. Geht Sie nichts an, wenn ich mir die Bemerkung gestatten darf. Was wollte der junge Mann in Ihrem Laden, Miss Prune?«

»Er hat ein Telegramm aufgegeben.«

»Ein Telligramm, ja? Und wie war der Wortlaut desselben, wenn ich fragen darf?«

»Es steht mir wirklich nicht zu, Ihnen das zu sagen, Constable …«

»Kommen Sie, kommen Sie, kommen Sie!«

»Absolute Sensation sofort kommen Derek.«

»Und an wen war das Telegramm adressiert, Miss Prune?«

»An – oje, das verstößt aber gegen die Vorschriften, Constable … An einen Wilson, Park Terrace 58, London. Er hat schon mehrere Telegramme geschickt, seit er gestern angekommen ist, alle an dieselbe Person. Ich bin felsenfest davon überzeugt, dass er bei der Sache seine Finger im …«

»Vielleicht, vielleicht«, sagte Constable Root und zog sich in sein Haus zurück. »Vielleicht auch nicht. Wahrscheinlich werde ich Sie noch mal zur Vernehmung einbestellen müssen, Miss Prune, sobald ich das Haus verlassen kann …«

»Verstehe«, sagte Miss Prune und wurde bleich. »Sie müssen hierbleiben, um … die Leiche zu bewachen, das ist der Grund, nicht wahr?«

»Vielleicht«, sagte Constable Root schwerfällig. »In der Zwischenzeit seien Sie doch so freundlich und geben mir Bescheid, falls sich neue Ereignisse … nun … ereignen«, schloss er etwas ungeschickt. Erst die ganze Aufregung, und dann – Grundgütiger, Miss Prune wurde ganz schwindlig, wenn sie nur daran dachte – war der junge Mann ein weiteres Mal aufgetaucht.

Es musste etwa anderthalb Stunden später gewesen sein. Die Zeit war förmlich verflogen, denn die Prune hatte ohne Pause Kunden bedient und jedem einzelnen die Geschichte erzählen müssen, denn die meisten hatten gesehen, wie sie mit Constable Root gesprochen hatte, und kamen nur, um mehr von ihr zu erfahren. Und dann der junge Mann. Miss Prune fand, dass er sehr verändert aussah, ganz besorgt und streng, und er lächelte auch nicht mehr. Ob noch keine Antwort auf sein letztes Telegramm gekommen sei? Nein, bisher noch nicht. Doch genau in dem Moment klingelte das Telefon, und die Antwort ging ein. Sie lautete:

Entschuldige Kommen unmöglich Chief Konferenz vorstellt neue Helmentwürfe für Constables versuche morgen was geschehen Vater.

Miss Prune wurde aus der Nachricht überhaupt nicht schlau, doch auf den jungen Mann hatte sie eine geradezu fatale Wirkung. »Verdammt!«, schimpfte er. »Hölle und Verdammnis und zum Teufel mit dieser verfluchten Konferenz!« Und dann: »Es tut mir sehr leid. Ich bitte vielmals um Entschuldigung. Dürfte ich unter Umständen das Telefon benutzen?«, fragte der junge Mann höflich, als ließe sich eine derart unflätige Ausdrucksweise durch ein Lächeln und eine Entschuldigung ungeschehen machen. Er verschwand in der Telefonkabine und meldete ein Inlandsferngespräch nach London an. Miss Prune konnte deutlich hören, was er sagte, weil die Tür der Telefonkabine nur dann richtig schloss, wenn man sie sehr fest zuzog. Miss Prune hatte sich nie die Mühe gemacht, sie reparieren zu lassen, zumal es ganz interessant sein konnte, die …

»Whitehall eins-zwei-eins-zwei. Privatgespräch für Detective Inspector Wilson von Scotland Yard …« Miss Prune staubte geschäftig die Pyramide aus Seifenschachteln ab, während sie ihr bestes Ohr nach der Telefonkabine ausrichtete. »Bist du es, Dad?« … Dann sah der junge Mann sie bitterböse durch die Scheibe an und knallte die Tür zu. Das war das Ende – allerdings nicht das Ende der Aufregung. Du liebe Zeit, keineswegs!

Während der junge Mann noch in der Telefonkabine beschäftigt war, betrat Constable Root den Laden. Bei ihm waren Constable Lightfoot von der Polizei in Aylesbury und ein weiterer Constable, den Miss Prune noch nie gesehen hatte.

»Guten Morgen«, sagte Miss Prune mit matter Stimme. »Und … äh … womit kann ich Ihnen dienen, meine Herren?« Sie tat so, als wären Briefmarken oder sogar ausgewählte Bonbons der Grund für die Invasion dreier Gesetzeshüter in ihrem Laden, auch wenn sie wusste, dass es um etwas anderes ging, noch bevor Constable Root mit Nachdruck sagte: »Ist schon gut, Miss Prune. Wir brauchen Sie im Moment nicht. Wir sind hinter diesem jungen Mann dort her.« Und dann … ojemine. Mehr Riechsalz, rasch, Millicent, bitte.

Denn gleich darauf trat der junge Mann aus der Telefonkabine. Er sah deutlich zufriedener aus als zuvor.

Dann sagte Constable Root: »Ich würde mich gerne mit Ihnen unterhalten.«

»Ausgezeichnet!«, sagte der junge Mann. »Zunächst einmal möchte *ich* mich mit *Ihnen* unterhalten. Mein Name ist Wilson. Mein Vater ist Inspector Wilson von Scotland Yard. Er hat mich hergeschickt, damit ich inoffiziell in einer sehr brisanten Angelegenheit ermittle. Nun, am Ende ist ja alles ganz anders gekommen, als wir vermutet hätten, nicht wahr? Und Sie wissen derzeit noch nicht, um wen es sich bei der ermordeten Person handelt, richtig? Und Sie wissen auch nicht, wer der Mörder ist, ebenfalls richtig?«

»Na, na, na …«, sagte Constable Root.

»Ich muss Sie warnen, dass alles …«, sagte Constable Lightfoot.

»So etwas habe ich noch nie gehört«, sagte das anonyme Mitglied des Trios.

»Seien Sie still!«, sagte Derek. »Und bleiben Sie es. Ich habe Neuigkeiten für Sie.

Ich weiß, wer die Frau war, die gestern Nacht tot in Craile Woods aufgefunden wurde. Und ich kenne auch den Mann, der sie getötet hat.«

»Na, na …«

»Genau. Schön, dass Sie mir zustimmen.«

»Na, dann mal heraus mit der Sprache, Bürschchen«, sagte Constable Lightfoot, der beschlossen hatte, die Führung zu übernehmen. »Wer zur Hölle sind die beiden – wenn Sie doch alles wissen?«

»Unter den gegebenen Umständen werde ich Ihnen das nicht verraten.«

»Oh«, sagte Constable Lightfood. »Oho. Er weigert sich, auf Geheiß der Polizei hin Informationen preiszugeben, so ist das also? Kommen Sie schon, heraus damit.«

»Es gibt nur eine Möglichkeit, jemandem diesen Mord nachzuweisen, und die besteht darin, gar nichts zu tun. Machen Sie also einfach weiter wie gehabt. Tun Sie so, als wüssten Sie von nichts. Bei der Sache geht es um mehr als darum, einfach nur den Mörder der Frau zu finden. Um sehr viel mehr.«

»Ist Ihnen klar, dass Scotland Yard bald hier eintreffen wird?«, fragte Constable Root boshaft. »Nichts tun, dass ich nicht lache!«

»Nein, Scotland Yard wird nicht eintreffen«, sagte Derek. »Ich habe mich gerade mit Inspector Wilson von Scotland Yard unterhalten. Sie haben nicht die Absicht herzukommen.«

»Wollen Sie etwa behaupten, dass Sie Inspector Wilsons Sohn sind?«

»Es besteht kein Anlass, irgendetwas zu behaupten, guter Mann. So etwas pflegen wir in unserer Familie nicht zu tun. Ich *bin* Inspector Wilsons Sohn.«

»Warum sind Sie dann im Craile Arms unter dem Namen J. Hopkinson abgestiegen?«, fragte Constable Root.

»Aus sehr guten Gründen, die nur mich etwas angehen.«

»Ist das so? Miss Prune ...«

»Ja, Constable?« Miss Prune tauchte mit rotem Kopf hinter der Pyramide aus Seifen-Schachteln auf.

»Wissen Sie etwas über diesen jungen Mann hier?«

»Ich habe Ihnen bereits alles gesagt, Constable. Er schickt immer wieder merkwürdige Telegramme an einen Mr Wilson in London.«

»Wie meinen Sie das – merkwürdige Telegramme?«

»Äh ... Telegramme mit seltsamen Namen. Biblische Anspielungen, wenn Sie es genau wissen wollen.«

»Ahhh! ...«, sagte Constable Root, dem es nun wie Schuppen von den Augen fiel. »Und er hat zu keinem Zeitpunkt, während er sich in Ihrem Laden aufhielt, eine Neigung zur Gewalt erkennen lassen, Miss Prune?«

»Äh ... nein. Aber er hat sich einer sehr unflätigen Sprache bedient, als er vor einer halben Stunde in den Laden kam.«

»So wie ein religiöser Fanatiker, meinen Sie, Miss Prune?«

»Das kann ich wirklich nicht sagen ... Es war jedenfalls nicht die Ausdrucksweise eines normalen Menschen, so viel steht fest ...«

»Ahhh!«, machte Constable Root erneut zufrieden.

»M-hm«, sagte Constable Lightfoot zustimmend.

Der anonyme Constable begnügte sich damit, mit dem Zeigefinger gegen seinen Helm zu tippen, und zwar auf eine Weise, die Derek ganz und gar nicht gutheißen konnte.

»Wir müssen Sie bitten, uns auf die Wache zu begleiten, junger Mann«, sagte Constable Root.

»Alles, was Sie sagen, kann …«, sagte Constable Lightfoot.

»Kein Grund zur Gewaltanwendung«, sagte der anonyme Arm des Gesetzes.

»Versucht ihr drei Vögel etwa, mich festzunehmen?«, fragte Derek.

»Kommen Sie, kommen Sie, kommen Sie.«

»Das kann doch nicht …«

»Na, na, na, na! …«

Mr Wilson junior wurde ruhig, aber bestimmt zur Tür des Postamts geführt.

»Miss Prune!«, rief er.

»Äh … ja?«

»Seien Sie so gut und schicken Sie folgendes Telegramm:

Deine Anwesenheit dringend erforderlich von schwachsinnigem Polizisten festgenommen unterwegs zum örtlichen Gefängnis Derek.«

»Na, na«, sagte der schwachsinnige Polizist.

»An dieselbe Adresse wie immer«, sagte Derek.

»Ein Shilling und acht Pence, Sir«, sagte Miss Prune, die

geistesgegenwärtig genug war, um zu erkennen, dass man ein Geschäft niemals ausschlagen sollte, und seien die Begleitumstände, unter denen es abgewickelt wurde, auch noch so sonderbar.

»Hier haben Sie eine halbe Krone«, sagte Derek. Er wurde nach draußen, den Gartenweg entlang und in Constable Roots Haus eskortiert. Zum ersten Mal bemerkte er mitten zwischen den Kletterpflanzen über der Tür ein kleines beleuchtetes Schild mit der Aufschrift »Polizei«.

Das war vielleicht eine Aufregung. Miss Prune zögerte lange. Sollte sie das Telegramm abschicken? Oder wäre es besser, erst Constable Root um Rat zu fragen? Aber sie hatte den Auftrag erhalten und war dafür bezahlt worden, also brachte sie es auf den Weg nach London, mit dem Ergebnis, dass keine zwei Stunden später Detective Inspector Wilson von Scotland Yard höchstpersönlich in einem Austin sieben, der deutlich zu klein für ihn war, in Craile vorfuhr.

»Polizeiwache«, sagte Mr Wilson senior brüsk.

»Verzeihung, Sir?«, sagte Miss Prune.

»Die Polizeiwache, Frau. Wo finde ich die?«

»Direkt gegenüber, Sir. Das Haus mit den Kletterpflanzen, Sir.«

»Nein, nein – Sie verstehen mich nicht. Ich suche das Polizeirevier.«

»Das ist es, Sir. Gehen Sie einfach nach gegenüber.«

»Großer Gott!«, sagte Mr Wilson senior und ging einfach nach gegenüber.

Nach dieser Begegnung musste Miss Prune Halt am Tresen suchen, ehe sie mit ersterbender Stimme nach Riechsalz und ihrer jüngeren Schwester rief. Und so endete ihre kurze, aber aufregende Verstrickung in den Fall. Nicht, dass die Angelegenheit damit für sie erledigt gewesen wäre. Mitnichten. Wenig später berichteten sämtliche Zeitungen darüber, und für die sechs Monate danach blieb der Fall Miss Prunes wichtigstes Gesprächsthema. Doch ihre persönliche Beteiligung am Geschehen endete in dem Moment, als Mr Wilson senior aus ihrem Laden und über die Straße stürzte. Es gab keine weiteren Besuche des seltsamen jungen Mannes und auch keine rätselhaften Telegramme, die einem Herrn in London mitteilten, dass Nebukadnezars Frau sich als Belsazars Schwester Salome entpuppt habe – oder so ähnlich. Von diesem Augenblick an musste Miss Prune zurück in ihre alte Rolle als *proprietrix du bureau d'echange* schlüpfen. Zehn vor zehn – Miss Twigg, eine Gurke und *Home Chat* und ob es irgendwelche Neuigkeiten über den Mord gebe? Zehn nach zehn – die Schwester des Vikars, Schreibpapier und fotografische Paste und ob sie in der Zeitung gelesen habe, wie merkwürdig dieser Mord gewesen sei? Und so weiter und so fort …

Zur gleichen Zeit hielt sich Mr Wilson senior auf der Polizeiwache von Craile (ursprünglich Laburnum Cottage) auf und ließ mit recht überzeugendem Resultat seine Autorität spielen. Die Constables Root, Lightfoot und Anonym schienen an diesem Morgen in argwöhnischer Grundstimmung zu sein, und Mr Wilson konnte sie erst nach einer hitzigen Diskussion sowie der Präsentation einiger über jeden Zweifel erhabener Ausweisdokumente davon überzeugen, dass er in der Tat Inspector Wilson von Scotland Yard war. Danach katzbuckelten die Constables Root, Lightfoot und Anonym, murmelten verschämte Entschuldigungen, nahmen ihre Helme ab und waren darüber hinaus offenbar mit Stummheit geschlagen.

»Nun?«, sagte Mr Wilson senior. »Macht einer von Ihnen vielleicht mal den Mund auf? Ist mein Sohn hier?«

»Wir haben da einen jungen Herrn, Sir …«, begann Constable Root vorsichtig.

»In Gewahrsam?«

»Nein, Sir«, sagte Constable Lightfood entsetzt. »Wir hielten es angesichts des verdächtigen Verhaltens des Herrn nur für besser …«

»Trottel!«, sagte Mr Wilson. »Bringen Sie ihn her.«

Trottel Lightfoot verschwand in den Tiefen der Polizeiwache und kehrte mit Mr Wilson junior im Schlepptau zurück.

»Guten Morgen«, sagte Derek. »Schön, dich zu sehen. Wie geht es der Neuritis von Marthas Schwester?«

»Ich pfeife auf die Neuritis von Marthas Schwester«, sagte Mr Wilson senior. »Was zum Henker machst du hier?«

»Frag den Stolz der Polizei«, sagte Derek. »Sie scheinen zu denken, ich sei in irgendetwas verwickelt.«

»Und was ist nun passiert? Was ist die ›absolute Sensation‹, von der du in deinen Telegrammen gefaselt hast?«

»Gwen Astle wurde gestern Nacht im Wald außerhalb des Dorfs ermordet aufgefunden.«

»Großer Gott!«

»Sie ist dadrinnen, wenn du einen Blick auf sie werfen möchtest. Bauchschuss. Watcyns hat sie um kurz nach zehn gestern Abend aus dem Hotel gebracht – sagte, sie wolle zurück nach London fahren und er würde sie zum Bahnhof bringen. Er kam gegen elf Uhr alleine zurück. Ich habe danach noch einen Spaziergang gemacht und sein Auto verlassen am Waldrand stehen sehen. Sie wurde gegen Mitternacht von Ausstellungsstück B hier gefunden, der zur Abendzeit zusammen mit einem Dorfmädchen Vögel beobachten wollte.«

»Eine etwas riskante Methode, sie zum Schweigen zu bringen, findest du nicht?«, sagte Mr Wilson senior.

»Wie meinst du das?«

»Es deutet doch alles darauf hin, als hätte Gwen Astle die Wahrheit über Brandon Bakers Tod gewusst. Sie ruft mich an und wird wenig später, ehe ich Gelegenheit habe, mit ihr zu sprechen, an einen abgelegenen Ort verschleppt. Sie weigert sich weiterhin, den Mund zu halten – also löst jemand das Problem auf seine Weise. Hast du nicht auch den Eindruck, dass es so war?«

»Ja, ich schätze, so ist es gewesen.«

»Hält sich Ivor Watcyns noch im Hotel auf?«

»Ja. Wenigstens war er heute Morgen da. Deshalb bin ich auch mit diesen Plattfüßen hier aneinandergeraten – ich habe versucht, ihnen klarzumachen, dass ich eine recht gute Ahnung davon habe, wer den Mord begangen hat, und dass unsere Chancen, ihn zu erwischen, besser stehen, wenn wir uns bedeckt halten und die Nachricht nicht überall im Dorf verbreiten. Ich hätte ihn ansprechen können – er hat ja keine Ahnung, wer ich bin. Hält mich für einen deprimierenden Vertreter der Spezies wanderndes Genie. Leider wollten diese

Vögel nicht auf mich hören. Ein Blick auf den Reißverschluss an meinem Hemd, und sie haben mich als Tunichtgut abgestempelt. Und dann fing diese Prune aus dem Postamt an, etwas von den Telegrammen zu erzählen, die ich dir geschickt habe, und dass ich mich in ihrer Gegenwart immer äußerst dubios verhalten hätte. Damit war mein Schicksal besiegelt. Ich kam zwar nicht hinter Gitter, aber sie haben mich in Mrs Roots Küche eingesperrt, das ist das Äquivalent einer Gefängniszelle hier in Craile.«

»Verstehe«, sagte Mr Wilson senior.

»Es tut uns gewiss leid, Sir«, sagte Constable Root, der die Sprache wiedergefunden hatte und sie nun nach Maßgabe seiner Möglichkeiten einsetzte.

»Man könnte sagen, wir haben nur unsere Pflicht getan, Sir«, meinte Constable Lightfoot.

»Sie können uns nichts vorwerfen, Sir«, sagte Constable Anonym.

»Schon gut«, sagte Mr Wilson. »Ich denke, wir werden unserem Freund Watcyns im Hotel einen Besuch abstatten, Derek. Sie beide kommen mit, vielleicht gibt es diesmal etwas Sinnvolles für Sie zu tun. Sie bleiben hier und bewachen die Leiche der Frau. Ich rufe im Hauptquartier an und sage, sie sollen ein paar Männer herschicken.«

»Jawohl, Sir.«

»Na also, dann kommen Sie.«

Die zwei Hundertjährigen auf der Bank vor dem Craile Arms unterbrachen ihre Debatte über den Zustand der Landwirtschaft im England vor dem Krieg mitten im Satz, als Mr Wilson senior, Mr Wilson junior, Constable Root und Constable Lightfoot leise das Hotel betraten. Hundertjähriger A äußerte die Meinung, dass etwas sehr Verdächtiges im Gange sei, da bisse die Maus kein' Faden ab. Dem stimmte Hundertjähriger B zu und ergänzte, dass ihm der junge Kerl in seinen komischen Hosen von Anfang an nicht geheuer gewesen sei. Im Hotel betätigten die Wilsons und die Hüter des Gesetzes jede verfügbare Klingel und klopften an diverse Türen und Fenster. Endlich erschien das klügere der beiden Zimmermädchen mit einem Bündel Bettwäsche im Arm.

»Könnte ich die Besitzerin sprechen?«, fragte Derek.

»Tut mir leid, Sir. Sie ist nicht da, Sir.«

»Nicht da?«

»Ja, Sir. Sie ist für ein paar Tage in den Urlaub gefahren, Sir. Hat heute früh den ersten Zug genommen. Sie fühlte sich ein bisschen erschöpft, Sir, und wollte sich ein paar Tage Erholung gönnen, weil ja gerade nicht so viel los ist, Sir.«

»Verstehe«, sagte Derek. »Weilt Mr Wright zurzeit im Hotel?«

»Der Herr aus Nummer acht, meinen Sie, Sir?«

»Selbiger.«

»Nein, Sir. Er ist abgereist, Sir.«

»Abgereist!«

»Ja, Sir. Er ist heute Morgen gleich nach dem Frühstück aufgebrochen. Ich glaube, ursprünglich wollte er die ganze Woche bleiben, Sir, aber er hat mir gesagt, er habe einen Brief bekommen und müsse so schnell wie möglich zurück nach London. Er hat sich um zehn den Wagen bringen lassen und seine Rechnung beglichen – für die ganze Woche, Sir –, und dann ist er abgefahren, Sir.«

»Verdammt noch mal!«, sagte Derek. »In Ordnung. Haben Sie vielen Dank. Das wäre alles.«

»Wright?«, fragte Mr Wilson. »Was hat Wright damit zu tun?«

»Watcyns und Gwen Astle waren als Mr und Mrs Wright eingetragen. Doppelzimmer. Zwei Paar Schuhe vor der Tür. Frühstück im Bett. Alle modernen Annehmlichkeiten.«

»Verstehe«, sagte Mr Wilson. »Tja, verflucht noch mal, der Vogel ist wohl ausgeflogen.«

»Stimmt was nicht, Sir?«, fragte Constable Lightfoot aus der Entfernung.

»Aber nein – nur dass der Mann, der die Frau ermordet hat, die Sie gestern Nacht gefunden haben, abgehauen ist«, sagte Mr. Wilson. »Nun, weit wird er nicht kommen. Derek, wo ist das Telefon?«

»Dadrin – durch die Tür.«

»Gut. Lass dich mit Scotland Yard verbinden. Ich übernehme, sobald du sie an der Strippe hast. Und jetzt zu Ihnen beiden: Ich will, dass so wenig wie möglich von dieser Angelegenheit an die Öffentlichkeit dringt, verstanden? Dass hier letzte Nacht eine Frau ermordet wurde, wird natürlich in den Zeitungen stehen, aber es besteht keine Notwendigkeit, dass weitere Details nach außen dringen, ist das klar? Nichts von wegen ›Die Polizei rechnet mit einer baldigen Festnahme‹ oder ›Scotland Yard ist bereits am Tatort eingetroffen‹, verstanden? Die Reporter werden scharenweise in diesen Ort einfallen, aber Sie dürfen ihnen nichts sagen. Der Mann, der unter dem Namen Mr Wright hier abgestiegen ist, hat die Frau ermordet, deren Leiche gestern aufgefunden wurde.

Noch haben wir keine Beweise dafür, aber ich wette tausend zu eins, dass er der Täter ist. Allerdings geht es mir bei meinen Ermittlungen in erster Linie um Ereignisse, die davor passiert sind. An Ihrem Mord hier bin ich nicht sonderlich interessiert, dafür interessiere ich mich umso mehr für einen anderen – und ein und derselbe Mann ist für beide Taten verantwortlich. Wie es der Zufall will, hat mein Sohn richtig gehandelt, als er versuchte, Sie zum Stillschweigen zu bewegen – dieser Mann, Mr Wright, weiß nicht, dass jemand hier war und ihn beobachtet hat; wir wollen, dass er glaubt, er sei davongekommen. Also: Halten Sie den Mund, dann sorge ich dafür, dass man sich Ihnen auf angemessene Art und Weise erkenntlich zeigt, verstanden?«

Constable Root und Constable Lightfoot hatten bei jedem von Mr Wilsons »verstanden« eifrig genickt, mit dem Ergebnis, dass ihre Helme nun ernsthaft ihre Sicht behinderten.

»Leitung steht, Dad«, meldete Derek, der aus dem Büro des Hotels auftauchte.

»Gut«, sagte Mr Wilson. »Wenn Sie draußen warten, bis ich fertig bin, komme ich später mit und schaue mir die Stelle an, wo Sie die Leiche gefunden haben, Lightfoot. Wo ist dieses Telefon? … Großer Gott, ich dachte, solche Apparate wären zusammen mit dem Reifrock ausgestorben … Hallo, Scotland Yard? … Inspector Wilson hier … Stellen Sie mich zu Mr Herries durch, sind Sie so gut? … Ja … Herries? … Wilson hier aus Craile … Craile … C-r-a– ach, das ist jetzt nicht so wichtig – Wilson hier aus Llandudno … hören Sie zu, John … Gwen Astle, dieses Mädchen aus der Musikkomödie, wurde gestern Nacht hier unten ermordet … Ja … und was noch viel wichtiger ist: Ich weiß, wer sie auf dem Gewissen hat … Ivor Watcyns … Genau, der Autor … Hören Sie – wissen Sie noch, wie ich Ihnen gesagt habe, dass mehr hinter dem Brandon-Baker-Mord steckt, als es auf den ersten Blick den Anschein hat? … Genau … Nun, ich wette tausend Pfund und meinen Wintermantel, dass Ivor Watcyns Brandon Baker ermordet und es dem anderen Kerl – Foster, so hieß er – in die Schuhe geschoben hat … Woher ich das weiß? Das ist zu lang und zu kompliziert, um es Ihnen jetzt zu erklären, aber ich bin felsenfest davon überzeugt, dass Watcyns für beide Leichen verantwortlich ist … Ja … Also, hören Sie zu … Er ist getürmt … Er hat hier unten in einem Hotel übernachtet, und um kurz nach zehn ist er abgehauen … Er wird sicher als Erstes nach London fahren … Ich will, dass Sie jeden verfügbaren Mann auf ihn ansetzen … Fahren Sie unverzüglich zu seiner Wohnung – Cluny Terrace 318 … Es besteht auch die Möglichkeit, dass er zu Gwen Astles Wohnung fährt, falls es dort noch etwas gibt, wovon er nicht will, dass es gefunden wird. Chalmers Street 318, wenn ich mich nicht irre … Sie finden die Adresse im Telefonbuch … Sie müssen dafür sorgen, dass er auf keinen Fall das Land verlässt … Überwachen Sie heute Nachmittag sämtliche Züge zum Hafen … Schicken Sie jemanden nach Southampton und Tilbury … und setzen Sie sich unverzüglich mit Croydon in Verbindung – wenn er flieht, dann vermutlich per Flugzeug … Ich weiß, in einer halben Stunde geht eine Maschine nach Berlin. Vergewissern Sie sich, dass er nicht an Bord ist … Genau … Ich bleibe hier und sehe mich noch ein wenig um. Heute Abend fahre ich zurück in die Stadt … Ja, ich komme dann zu Ihnen … Oh, und rufen Sie mich unter dieser Nummer an, sobald Sie ihn haben … Ja – nehmen Sie ihn auf der Stelle fest … Was? Für den Mord an Brandon Baker und Gwen Astle natürlich … Ob ich mir sicher bin? … Ich bin so sicher wie eine Henne, die ein Ei mit zwei Dottern gelegt hat … In Ordnung … Haben Sie vielen Dank … Auf Wiedersehen.«

»Das Netz der Polizei zieht sich unaufhaltsam zusammen«, sagte Derek, der dem Gespräch gelauscht hatte.

»Ja … wenn wir es irgendwie verhindern können, wird er das Land nicht verlassen.«

»Ich denke nicht, dass er es überhaupt versuchen wird«, sagte Derek.

»Warum nicht?«

»Das ist so ziemlich das Dümmste, was ein Mörder tun kann. Daran denkt die Polizei doch als Erstes – die Häfen und Flughäfen zu überwachen. Meines Erachtens wäre es viel sicherer, sich einfach ein Zimmer im Strand Palace zu nehmen.«

»Das ist vielleicht der Fall bei einem Mann, der weiß, dass er gejagt wird. Aber Watcyns weiß dies nicht. Das ist unser großer Vorteil. Die Frau, die gestern Nacht tot aufgefunden wurde, ist noch nicht als seine Begleiterin identifiziert worden, die hier mit ihm im Hotel war. Und das wird auch nicht passieren. ›Neuer ungelöster Mordfall‹ wird die Schlagzeile im *Daily Record* lauten. So ist es das Beste. Ivor Watcyns hat keinen Anlass zu glauben, dass irgendjemand ihn mit dem Mord an Gwen Astle in Verbindung bringt – und erst recht mit dem Mord an Brandon Baker. Eingedenk all dieser Faktoren würde es mich doch sehr wundern, wenn er heute im Laufe des Tages nicht versuchen würde, heimlich, still und leise unser schönes grünes England zu verlassen.«

»Er wird nicht weit kommen«, sagte Derek. »Es sei denn, er ist bereits an Bord eines Schiffes gegangen.«

»Das will ich nicht hoffen … Wobei – wie wäre es, Douglas B. Douglas anzurufen? Vielleicht weiß er etwas über ihn?«

»Vielleicht. Ich stelle die Verbindung für dich her.«

»Gut.«

Derek entwirrte die verschiedenen Einzelteile des uralten Telefons und bat die Vermittlung um eine Verbindung zu Mr Douglas B. Douglas' Büro in London. Ob Mr Douglas im Haus sei? Nein, das sei er nicht. Oh … wo er Mr Douglas denn um diese Uhrzeit erreichen könne? Mr Douglas halte sich derzeit im Grosvenor Theatre auf, wo er die Proben für die Wiederaufnahme von *Blue Music* leite. Recht vielen Dank … Grosvenor Theatre? Sehr gut. Ob Mr Douglas B. Douglas im Theater sei? Ja, das sei er. Ob man ihn bitte sprechen könne? Verzeihung, aber Mr Douglas habe strikte Anweisungen gegeben, ihn während der Proben nicht zu stören. Eventuell könne man ihm etwas ausrichten? Nun … es handle sich wirklich um eine überaus wichtige Angelegenheit – eine persönliche Nachricht. Hier spricht Inspector Wilson vom Scotland Yard. Scotland Yard? Ja, Scotland Yard. Oh, in dem Fall hole ich Mr Douglas sofort an den Apparat. Bitte, warten Sie kurz. Es dauert nur eine Minute, Sir.

»Hier – sprich du mit ihm«, sagte Derek und reichte Mr

Wilson senior den Hörer. »Ich habe mich als du ausgegeben. Hat mehr Eindruck gemacht.«

»Verstehe … wie viel Uhr haben wir?«, fragte Mr Wilson, während er, den Hörer am Ohr, wartete.

»Viertel nach zwei. Und ich hatte noch nichts zu Mittag.«

»Watcyns ist um zehn Uhr abgefahren. Das sind vier Stunden. Verdammt – inzwischen könnte er überall sein. Wenn wir die Leute vom Yard doch nur früher verständigt hätten.«

»Vielleicht hat Douglas eine Idee, wo er hingegangen sein könnte.«

»Ja, aber … Hallo? Sind Sie das, Douglas? … Wilson am Apparat. Genau – entschuldigen Sie, dass ich die Probe unterbreche … Sie wissen nicht zufällig etwas über Ivor Watcyns?«

»Doch«, sagte Mr Douglas B. Douglas in seinem tiefen Bariton. »Das tue ich. Er ist einer der begnadetsten Autoren der jüngeren Schule. Er hat schon oft für mich gearbeitet, und ich hoffe, dass er noch viele weitere Stücke für mich schreiben wird. Schade nur, dass er in letzter Zeit ein bisschen übers Ziel hinausschießt, was seine Honorarforderungen betrifft. Angesichts der Depression und des Wetters, die das Theatergeschäft so schwer getroffen haben, bezweifle ich stark, ob …«

»Nein, nein«, unterbrach ihn Mr Wilson. »Ich möchte keine Biografie hören, vielen Dank.

Ich müsste ihn nur wirklich sehr dringend finden. Sie wissen nicht zufällig, wo er sich gerade aufhält? Ich habe die

Vermutung, dass er … sich ins Ausland oder aufs Land begeben hat oder dergleichen. Sie könnten wohl nicht …«

»Warten Sie«, kam Mr Douglas' Stimme aus der Leitung.

»Was hat er gesagt?«, wollte Derek wissen.

»Bisher noch nichts Wichtiges. Nur ›Warten Sie‹. Ich schätze, er will eine seiner verfluchten Sekretärinnen fragen oder was weiß ich. Viertel nach zwei – ich fürchte, der Zug ist abgefahren, Derek. Inzwischen könnte er schon in Paris sein. Es gibt einen Flug um … Hallo?«

»Ja?«

»Wer spricht da, bitte?«, sagte Mr Wilson senior. Ihm lagen bereits ein paar ausgewählte Bemerkungen zum Thema unfähige Telefonistinnen auf der Zunge, die mitten im Gespräch die Verbindung trennten.

»Hier spricht Ivor Watcyns«, ertönte Ivor Watcyns' sonore Stimme in Mr Wilsons rechtem Ohr. »Ich bin mitten in einer Probe. Womit kann ich Ihnen helfen?«

Mr Wilson senior legte den antiken Hörer zurück auf seine prähistorische Gabel.

Kapitel elf

Wurde bei unserer Schilderung von Douglas B. Douglas' Aufstieg nicht erwähnt, dass er ein Meister der Reklame war? Sollte es jemanden geben, der zu jenem Zeitpunkt noch am Wahrheitsgehalt der Behauptung zweifelte (und es ist relativ sicher, dass es niemanden gab), wurden diese Zweifel endgültig durch die Art und Weise ausgeräumt, mit der Mr Douglas die Wiederaufnahme seiner Show *Blue Music* in Angriff nahm. Von dem Augenblick an, als der schwere rote Vorhang sich vor den toten Körper von Brandon Baker geschoben hatte, war Mr Douglas klar gewesen, dass die Sache auch etwas Gutes hatte. Sicher, kurzfristig betrachtet, überwogen die Nachteile: das vorübergehende Absetzen des Stücks, die Nutzlosigkeit aller bisherigen Werbemaßnahmen, die Rückerstattung der Eintrittsgelder, die Suche nach einem neuen Schauspieler, der Brandon Bakers Rolle übernehmen konnte, die Wiederaufnahmeproben und die zusätzliche Arbeit, die nötig war, um die Öffentlichkeit ein zweites Mal ins Delirium zu versetzen, damit sie fünf Guineen für Plätze bei der Premiere ausgaben und nicht darüber nachdachten, ob ein solcher Preis nicht doch ein wenig überzogen war.

Ja, es gab diese Nachteile, keine Frage. Doch davon abgesehen, war das Ganze (um es mit Mr Douglas' eigenen Worten zu sagen) ein noch nie dagewesenes Spektakel. Schließlich bekam nicht jeder Theatermacher gewissermaßen auf dem Silbertablett einen erstklassigen Mord serviert, den er als kostenlose Werbung nutzen konnte. Es war eine Gelegenheit, die sich einem nur selten bot, und Mr Douglas B. Douglas zögerte nicht, sie mit seinen fähigen Händen zu ergreifen.

Mr Douglas B. Douglas (so schrieb der *Daily Record*) verhandelte derzeit mit einem weltberühmten amerikanischen Bühnen- und Filmstar, der die Hauptrolle in seiner Musikkomödie übernehmen sollte, welche durch den unglücklichen Tod von Brandon Baker frei geworden war.

Mr Douglas B. Douglas (so berichtete das *Daily Echo*) war mit dem Flugzeug von Croydon nach Berlin aufgebrochen, wo er einen Vertrag mit einem berühmten europäischen Schauspieler zu finalisieren hoffte, der die Hauptrolle in *Blue Music* spielen würde, wenn die Komödie am Dreizehnten wieder aufgenommen wurde.

Der berühmte Theatermacher Mr Douglas B. Douglas (so hieß es im *News-Courier*) hatte Berlin verlassen, um nach Budapest weiterzureisen, wo er einen bekannten europäischen Kabarett-Star für den Part des verstorbenen Brandon Baker gewinnen wollte. Und so weiter und so fort. In Wahrheit hatte Douglas B. Douglas einen jungen englischen Schauspieler verpflichtet, dem er in Paris begegnet war, wo er zwischen den Damen im Folies Bergère sehr elegant das Tanzbein geschwungen hatte. Er hatte ihn überredet, die Rolle für eine Gage zu übernehmen, die etwa ein Zwanzigstel von dem betrug, was er dem verstorbenen Brandon Baker gezahlt hatte. Einzige Bedingung war, dass er unverzüglich mit den Proben begann und die Rolle mit einem hörbaren französischen Akzent spielte.

Der junge Tanzbeinschwinger sagte zu, änderte seinen Namen von Milton in Miltonne, sah sich sieben Maurice-Chevalier-Filme im Kino an, um sich die nötige Authentizität anzueignen, die Mr Douglas von ihm verlangte, kehrte über den Ärmelkanal in heimische Gestade zurück und wurde dort als »Star aus Paris« angekündigt.

Nachdem diese Kleinigkeit erledigt war, besorgte Mr Douglas eine englische Schauspielerin, die die letzten acht Monate über »pausiert« hatte (diesmal für ein Dreißigstel der Gage von Gwen Astle), kündigte die Dame als »von ihren triumphalen Auftritten in Amerika« zurückkommend an und nahm die Proben wieder auf. Er fand ein großes ungenutztes Theater in Glasgow, und das komplette Ensemble von *Blue Music* reiste mit Sack und Pack und Drehbühne in den Norden – wo es für deutlich mehr als tausendfünfhundert Pfund pro Woche vor Publikum spielte, während die beiden Neulinge ihre Rollen einstudierten. Falls es Ihnen noch nicht aufgefallen ist: So macht man Geschäfte.

Dann war da natürlich noch die Sache mit dem Mord. Daraus ließ sich einiges machen. Und es wurde einiges daraus gemacht. In einem Exklusiv-Interview mit dem Theaterredakteur des *Evening Herald* gestand Mr Douglas, dass die Produktion seit Beginn der Proben vom Pech verfolgt gewesen sei. Man erinnere sich nur daran, wie Miss Astles unbezahlbares Smaragdarmband gestohlen worden sei, während das Stück in Manchester gastiert hatte. Kurz danach sei es zu den traurigen Todesfällen von Mr Baker und Miss Astle gekommen. Dennoch biete Mr Douglas dem Aberglauben die Stirn und plane die Premiere für Freitag, den Dreizehnten. Zwar sei zu befürchten, dass aufgrund der Kette von Unglücksfällen ein großer Teil der Öffentlichkeit dem Stück fernbleibe, doch er glaube seit jeher daran, Kunst um der Kunst willen zu machen, und niemand könne ihm vorwerfen, sich jemals der Meinung der Massen gebeugt zu haben. (Ein geschickter Zug. Als die Theaterkasse öffnete, war die Schlange der Wartenden anderthalb Meilen lang und sechs Personen breit und sorgte an drei Straßenecken für massive Verkehrsbehinderungen.)

Die elektrisch beleuchteten Schilder, die zuvor in ganz London verkündet hatten, dass *Blue Music* eine Douglas-B.-Douglas-Produktion sei, proklamierten nun die Neuigkeit, dass es sich bei *Blue Music* um eine Musikkomödie mit Mord handle. Die Plakate vor dem Royalty Theatre hatten einen geschmackvollen schwarzen Rahmen um die knallbunten Bilder und großen Lettern. Vorgeblich war dies im Gedenken an die verstorbenen Ensemblemitglieder Baker und Astle, doch in Wahrheit diente es als zusätzlicher Werbegag. Das Ergebnis dieser Bemühungen war, dass die Schlange für Plätze auf der Galerie sich bereits fünf Tage vor der zweiten Premiere formte (statt erst drei Tage vorher wie bei der ersten), und die Sitzplatzverkäufe der Bibliotheken stellten für eine in Großbritannien produzierte Musikkomödie einen neuen Rekord auf. Noch ehe sich der Vorhang am Abend des Dreizehnten hob, waren die Vorstellungen für die ersten sieben Wochen bis auf den letzten Platz ausverkauft.

Auf die Rückseite der Eintrittskarten, die schneller weggingen als sprichwörtliche warme Semmeln, hatte man folgende Warnung gedruckt: »Diese Karte wird erworben im ausdrücklichen Verständnis, dass im Falle eines Vorstellungsausfalls aufgrund unvorhersehbarer Ereignisse ähnlich denen bei der vorherigen Premiere von *Blue Music* der Kaufpreis nicht zurückerstattet wird.« Das sorgte natürlich dafür, dass die Plätze nur noch schneller ausverkauft waren.

Um achtzehn Uhr am Premierenabend kämpfte Mr Wilson senior vor dem Spiegel seiner Frisierkommode mit einer weißen Fliege.

»Ja«, sagte Mr Wilson senior, »es war ein bisschen unangenehm, das gebe ich zu. Ich hatte ganz sicher nicht damit gerechnet, am Telefon ausgerechnet mit dem Mörder zu sprechen.«

»Und doch«, sagte Filius Wilson, der sich gerade im Todeskampf mit einer weißen Weste befand, »war es bei genauerem Nachdenken für einen Mann in seiner Lage eigentlich naheliegend.«

»Was war naheliegend?«, fragte Mr Wilson senior.

»Dass er blufft. Eine bekannte Persönlichkeit wie Ivor Watcyns hätte nicht einfach untertauchen können, ohne dass jemand Fragen stellt. Wäre er ein Niemand gewesen so wie du oder ich, hätte er eine ganz ordentliche Chance gehabt, unerkannt das Land zu verlassen. Aber jemand wie Ivor Watcyns – D. B. D. würde wissen wollen, wo er abgeblieben ist, und dann würden die Zeitungen darüber schreiben, und die Allgemeinheit würde sich fragen, weshalb er so plötzlich verschwunden ist.«

»Das stimmt«, sagte Mr Wilson senior. »Diese verfluchte Fliege!«

»Warte, ich richte sie, sonst hast du sie gleich zu Hackfleisch verarbeitet. Nein, so weiterzumachen, als wäre nichts passiert, war das Beste, was er tun konnte. In gewisser Weise bewundere ich den Mann. Es muss hart gewesen sein, dazusitzen, sich nichts anmerken zu lassen, während um ihn herum alle über den Astle-Mord sprechen.«

»Wenn ein Mann die Nerven hat, um einen Mord wie den an Brandon Baker zu planen, hat er die Nerven für alles … Obacht mit meinem *Pomum Adami,* wenn es dir nichts ausmacht.«

»Deinem was?«

»Meinem Adamsapfel. Du erwürgst mich ja fast.«

»Verzeihung. Und du bist ganz sicher, dass Ivor Watcyns auch im Brandon-Baker-Fall der Schuldige ist?«

»Ohne jeden Zweifel. Es mag seltsam erscheinen, dass ein Mann, der einen Mord mit so großer Sorgfalt plant, am Ende eine Kleinigkeit übersieht. Und dennoch kommt es immer so. In diesem Fall war es die Flugrichtung des Projektils. Sie beweist eindeutig, dass der Mörder von der Seitenbühne aus geschossen hat. Keine vier Fuß von der Stelle entfernt, an der er gestanden haben muss, gibt es eine Tür, die über die Logen in den Saal führt. Hätten wir an jenem Abend sämtliche Zuschauer in ihren Logen festgehalten, wäre uns viel Mühe erspart geblieben. Watcyns saß in Loge C, von der Bühne aus gesehen auf der linken Seite. Er hätte nicht mal eine Minute gebraucht, um unbemerkt hinauszuschlüpfen, genau in dem Moment, als Foster mit seinem Revolver auf Brandon Baker zielte, den Mord zu begehen, und im darauffolgenden Durcheinander durch die Verbindungstür wieder in seine Loge zurückzuschleichen.«

»Ein sehr hohes Risiko.«

»Ein Risiko, ohne Frage. Jeder Mörder ist gezwungen, ein gewisses Risiko einzugehen. Aber hoch war es nicht, Derek. Ich weiß nicht, ob dir aufgefallen ist, dass der Vorhang – ich meine den großen Bühnenvorhang – ein gutes Stück in die Seitenbühne hineinreicht. Fast bis zu besagter Tür. Unser Freund konnte sie öffnen, rasch hinter dem Vorhang – genauer: zwischen Vorhang und Wand – in Deckung gehen und unbehelligt seinen Mord begehen. Wo hat Martha nur meine Weste hingelegt?«

»Dort drüben. Trotzdem hätte er sehr schnell sein müssen, um nicht gesehen zu werden. Auf der Seitenbühne herrscht doch normalerweise ein Gewimmel wie im schwarzen Loch von Kalkutta.«

»Wie es der Zufall will, war dies am fraglichen Abend anders. Du erinnerst dich noch, dass die große Nummer am Anfang des zweiten Akts gerade zu Ende war? Die gesamte Tanztruppe hatte die Bühne verlassen und war in den Garderoben verschwunden, um dort die Unterhosen zu wechseln. Ich habe Herbert gefragt, wo die Bühnenarbeiter und Beleuchter und so weiter zu dem Zeitpunkt waren. Angeblich hielten sie sich auf der Hinterbühne auf, um für den Kulissenwechsel bereit zu sein.«

»Aber gibt es dort in der Ecke nicht ein Schaltpult oder

dergleichen? Und was ist mit dem Kerl an den Suchscheinwerfern – hätte der nicht gesehen, wenn jemand neben dem Vorhang gestanden hätte?«

»Nein, ich denke nicht. Die Bedienung der Drehbühne erfolgt zwar von der Seite aus, aber im fraglichen Moment war niemand dort. Und die Lichtschalter befinden sich auf der anderen Seite der Bühne. Der Mann, der oberhalb der Stelle, wo Watcyns gestanden hat, auf der Beleuchterbrücke die Scheinwerfer bediente, konnte ihn logischerweise nicht sehen. Der Kollege auf der gegenüberliegenden Seite hätte ihn theoretisch sehen können. Ich habe ihn ausfindig gemacht und befragt. Ihm ist nichts aufgefallen, wahrscheinlich war er zu sehr darauf konzentriert, das Profil des armen Brandon vorteilhaft auszuleuchten. Und wie gesagt: Unser Mörder hätte sich zwischen den Falten des Vorhangs verstecken können.«

»Das muss er wohl auch getan haben – da der Schuss ja durch den Vorhang abgefeuert wurde und nicht daran vorbei.«

»Wahr, o König«, sagte Mr Wilson senior, der endlich seinen Frack angezogen hatte und nun das vollendete Werk im Spiegel des Kleiderschranks begutachtete. »Wie sehe ich aus?«

»Eine echte Schönheit und Augenweide«, sagte Derek. »Abgesehen von dem Stückchen Watte, wo du dich beim Rasieren geschnitten hast.«

»Ja«, sagte Mr Wilson. »Legt eure Narrenkleider an, und Vorhang auf. Heut wagen wir uns in des Löwen Höhle und in des Douglas' Hallen.«

»Wie bitte?«

»Sir Walter Scott«, klärte Mr Wilson seinen Filius auf. »*Marmion*, um genau zu sein – irgendwo in der Mitte von Canto 6.«

»Was hat D. B. D. getan, dass wir uns in seine Höhle wagen müssen?«, wollte Derek wissen.

»Nicht unser Mr Douglas, du Banause. Ein früheres Mitglied des Clans. Ich habe nur deshalb die ganze Passage zitiert, um dir zu zeigen, dass ich nicht nur den Vers kenne, den jeder kennt. Ersetze Douglas durch Watcyns und die Halle oder Höhle oder was auch immer durch seine Loge – und dann erhältst du den ungefähren Verlauf des bevorstehenden Abends.«

»Danke. Mir ist das alles ungefähr so klar wie der Schiffskanal in Manchester. Würde es dir etwas ausmachen, mir genauer zu erläutern, was du geplant hast?«

»Etwas sehr Dramatisches«, sagte Mr Wilson senior, während er eine lose Haarsträhne zurück an ihren rechtmäßigen Platz strich. »Da wir nun schon so tief gesunken sind, uns mit dem Showgeschäft zu befassen, lass uns die Angelegenheit in der rechten Tradition zu Ende bringen. Man muss sich den örtlichen Gepflogenheiten anpassen. Ivor Watcyns wird heute Abend bei der Vorstellung anwesend sein – ich habe mit dem alten Douglas besprochen, dass er in derselben Loge sitzen soll wie an dem Abend, als Brandon Baker ermordet wurde.«

»Und dann?«

»Und dann Folgendes: Du wirst, so fürchte ich, von der Aufführung leider herzlich wenig mitbekommen, denn du wirst in Loge D sitzen – direkt neben der von Watcyns. Es gibt ein loses Paneel in der Wand zwischen den beiden Logen, das wir zu deiner Bequemlichkeit noch etwas weiter gelockert haben. Ich möchte, dass du deinen Nachbarn die ganze Zeit über im Auge behältst. Sollte er irgendetwas Merkwürdiges tun, gib mir Bescheid. Wenn er während der Vorstellung versucht, sich davonzustehlen, halte ihn auf, indem du ihn bittest, dir die Toiletten zu zeigen.«

»Klingt nach einer überaus angenehmen Art, den Abend zu verbringen.«

»Murr nicht. Es wird vermutlich das einzige Mal sein, dass du in einer Loge sitzen darfst. Und wann hat man schon mal das Vergnügen, weniger als drei Fuß entfernt von einem Mörder zu sitzen? Es sei denn, ich werde deiner eines Tages überdrüssig.«

»In Ordnung – und was dann?«, fragte Derek.

»Nach der Pause am Ende von Akt eins lasse ich im Gang draußen vor den Logen das Licht löschen. Beim Applaus nach diesem grauenhaften Lied am Beginn des zweiten Akts – so es denn welchen gibt – werde ich die Tür zu Ivor Watcyns' Loge öffnen und mich auf leisen Sohlen von hinten anschleichen ...«

»Scherz beiseite«, sagte Derek. »Und dann?«

»Dann werde ich ihn leise, höflich und mit allem gebotenen Charme und Taktgefühl des Mordes an Brandon Baker und Gwen Astle bezichtigen. Und da ich es just in dem Augenblick tun werde, da auf der Bühne der Schuss fällt und der neue Schauspieler mit einem dumpfen Aufprall zu Boden stürzt, genau wie seinerzeit der arme Brandon, wird das meiner Ansicht nach seine Wirkung auf Mr Watcyns nicht verfehlen. Mehr noch: Falls er danach nicht auf die Knie sinkt und ein umfassendes Geständnis ablegt, fresse ich einen Besen.«

»Viel zu dramatisch«, sagte Derek. »So etwas passiert nur im Kino.«

»In unserem Fall passiert es eben im Theater. Wo ist der Unterschied? Wie viel Uhr haben wir überhaupt?«

»Zehn vor sieben.«

»Aha. Dann komm, lass uns eine Kleinigkeit essen. Ich möchte vor acht im Theater sein, um noch die eine oder andere Vorkehrung zu treffen.«

Die Wilsons zurrten ein letztes Mal an ihren weißen Fliegen, ohne sie dabei in Unordnung zu bringen, dann winkten sie erst ein Taxi und danach den Oberkellner herbei, ehe sie sich in einem Restaurant im West End an einen Ecktisch niederließen, um eine traurige Portion Kaviar zu verspeisen. In ganz London machten die etwa tausend glücklichen Damen und Herren, denen es gelungen war, Karten für die Premiere von Mr Douglas' neuer Musikkomödie zu ergattern, und die selbige Karten auf die zweite Premiere hatten umschreiben lassen, dasselbe. Beim einen Geschlecht: das Richten von Krawatten, das Kämmen von Haaren, das Auffüllen von Zigarettenetuis, das Verstauen sauberer Taschentücher in Ärmeln oder Brusttaschen. Und beim anderen: das Anlegen von Stolen, das Betasten von Frisuren, das Pudern von Nasen und das Verstauen deutlich kleinerer Taschentücher an – nun ja … an anderen Stellen. »Bist du auch sicher, dass du die Billetts hast, John?«, kam es vom einen Geschlecht. »Nein, verflucht, ich habe doch genau gesehen, wie du sie letzten

Mittwoch auf den Kaminsims gelegt hast!« vom anderen. Ein Durcheinander aus Taxis und privaten Automobilen, die von verschiedenen Privathäusern zu verschiedenen Restaurants aufbrachen; Anweisungen an Taxifahrer oder Chauffeure, um Viertel vor zwölf wieder am Theater zu sein, und Tische in allen möglichen Restaurants, vom Dorchester bis zum Corner House, die sich rasch mit den Gruppen der Seligen füllten, die hernach in den Genuss von *Blue Music* kommen würden. »Nein, du hast keine Zeit für Tournedos, John – es geht um acht Uhr dreißig los. Douglas' Vorstellungen fangen immer pünktlich an.« Grummeln bei Kaffee und Likör, das Begleichen von Rechnungen, das Aushändigen von Trinkgeldern, eine weitere Taxifahrt, und endlich war man im Gedränge vor dem Parkett-Eingang des Grosvenor Theatre angekommen. Nur sehr wenige in diesem Gedränge glaubten, dass ihnen etwas anderes als eine ganz normale Premiere bevorstand. Wohl wahr, eine oder zwei Frauen sagten: »Ich frage mich, ob heute Abend wieder etwas Schreckliches passieren wird – so wie beim letzten Mal, meine ich«, nur um barsch von ihren Gatten zurechtgewiesen zu werden, doch bitte nicht so töricht zu sein. Erwarteten sie etwa, dass es jedes Mal einen Mord gab, wenn sie ins Theater gingen? Der Zuschauerraum füllte sich …

Herbert, der in Hemdsärmeln hinter der Bühne stand, gefiel das alles gar nicht. Es lag etwas in der Luft, auch wenn er nicht genau sagen konnte, was. Zum einen lief D. B. D. die ganze Zeit hektisch umher. Normalerweise war er am Premierenabend immer die Ruhe selbst. Während alle anderen mit Lampenfieber und zu hohem Blutdruck kämpften, kam D. B. D. in kompletter Abendgarderobe inklusive roter Nelke im Knopfloch ins Theater geschwebt und sagte: »Alles in Ordnung? Sehr gut. Nur keine Bange, geht einfach da raus und gebt euer Bestes. Herbert, sorgen Sie dafür, dass die vordere Zugstange in Akt zwei, Szene vier die ganze Zeit oben ist – das stimmte bei der Generalprobe nicht ganz. Und Mädchen, denkt daran, während der Duell-Szene stillzustehen. So ist es gut. Und nun macht euch keine Sorgen. Bis später.« Dann verschwand er. Zurück blieben Chaos und Verwirrung, die mit Herberts Hilfe mühsam gebändigt werden mussten. An diesem Abend jedoch sprang D. B. D. ruhelos auf der Bühne herum wie ein Kater auf dem Dach. Und dann noch der Herr von Scotland Yard und sein Sohn – die beiden waren wegen des Brandon-Baker-Falls gerufen worden. Nein – irgendetwas war im Busch, und das gefiel Herbert kein bisschen.

In seiner Garderobe saß M. Paul Miltonne aus dem Folies Bergère (ehemals Peter Milton aus einem Repertoiretheater, das durch die drittgrößten Städte Schottlands tourte), und ihm gefiel auch so einiges nicht. Von jetzt auf gleich aus der zweitletzten Reihe der Tanzgruppe gerissen zu werden und eine Hauptrolle spielen zu müssen … Ganz abgesehen von dem ganzen Rummel. M. Miltonne war einer der wenigen, die wussten, dass er als Schauspieler, Sänger und Tänzer im Wesentlichen ein Versager war. Ach, verflucht, was spielt das schon für eine Rolle?, dachte M. Miltonne, ehe er sich zur Stärkung einen weiteren Gin mit Ingwer genehmigte. War Brandon Baker nicht auch ein Versager gewesen? Ja, aber mit einem erstklassigen Profil. Nun, war sein eigenes Profil nicht mindestens genauso gut wie das von Baker? M. Miltonne betrachtete sich kritisch im Garderobenspiegel und leerte seinen Gin in einem Zug. Und dann erst diese Mordgeschichte. Er trat in die Fußstapfen eines Toten. Wenn die Szene zu Beginn des zweiten Akts erst vorbei war, würde ihm ein Stein vom Herzen fallen. Die Art, wie die anderen in Glasgow gesagt hatten: »Das ist die Szene, in der er erschossen wurde« – M. Miltonne war dabei ganz anders zumute geworden. Sobald er das hinter sich hatte … Aber bis zu Akt zwei, Szene eins war es noch ein langer Weg. Vielleicht würde das Publikum ihn lange vorher auspfeifen. Wenigstens hatte er zum ersten Mal eine Garderobe für sich allein. M. Miltonne goss sich noch einen Gin mit Ingwer ein.

Tief in den Eingeweiden des Theaters, in Garderobe Nummer achtzehn, um genau zu sein, saß Miss Eve Turner, ein weiteres Mitglied des Ensembles, dem nicht wohl zumute war. Miss Turner war mit ihren Nerven am Ende. »Aber du musst weitermachen«, hatten andere Ensemblemitglieder immer wieder zu ihr gesagt. »Du musst, meine Liebe.« »Für euch sagt sich das leicht«, hatte Miss Turner dann jedes Mal in schrillem Ton entgegnet. »Ihr habt ja nicht das durchgemacht, was ich durchmachen musste. Ich stand direkt neben ihm. Er ist am Boden zusammengebrochen, und der Ausdruck in seinem Gesicht und das viele Blut … Oben in Glasgow ging es ja noch, aber hier, in dem Theater, wo es passiert ist …«

Auch Miss Turner trank Gin mit Ingwer. Auf der anderen Seite des Vorhangs unterhielten sich derweil leise murmelnd die Zuschauer, es wurde mit Programmheften geraschelt, Pralinen wurden von ihren Zellophanumhüllungen befreit, Füße traten auf andere Füße, während ein Teil des Publikums sich an einem anderen Teil vorbei zu seinen Plätzen durchschlug. Hoch oben im Olymp unterhielten sich die Mitglieder des Brandon Baker Gallery Clubs (derzeit in einem Prozess der Neuausrichtung und Umbenennung in Brandon-Baker-Gedächtniskreis) lautstark über mehrere Sitzreihen hinweg und kamen einstimmig zu dem Schluss, dass es, wie gut dieser Miltonne auch immer sein mochte, ohne Brandon einfach nicht mehr dasselbe sei. Bekannte, derzeit »pausierende« Schauspielerinnen ernteten Entzücken oder giftige Blicke, je nachdem, ob sie beim Eintreten erkannt wurden oder nicht. Das Kabinett war auch diesmal *en bloc* erschienen, da es nicht aus Männern bestand, die ohne Not ihre Eintrittskarten verfallen ließen. Außerdem waren sie mehr oder weniger von den Sorgen der Nation befreit – es stand lediglich die zweite Lesung des Arbeitslosengesetzes an, und die würde auch ohne sie über die Bühne gehen. Mr Ivor Watcyns, Autor und Komponist des Stücks, erschien wie üblich allein und lächelte traurig über die Begrüßung, die ihm zuteilwurde. Sein Programmheft, sein Opernglas sowie eine große Pralinenschachtel lagen bereits ordentlich bereit, als der große Mann seine Loge betrat und hinter dem Vorhang an der Seite aus den Augen der Öffentlichkeit verschwand. Gegenüber kam Mr Douglas B. Douglas nebst Begleitern, die eine erstaunliche Anzahl von Goldzähnen zeigten, als sie den Applaus bei ihrem Eintreten vernahmen … Es handelte sich um Mr Douglas, Mrs Douglas, einen amerikanischen Filmproduzenten und einen großen, distinguierten Herrn, den niemand kannte, den aber jeder für den neuen belgischen Botschafter hielt. (In Wahrheit war es Mr Wilson senior.)

Die Loge neben der von Mr Watcyns blieb unbesetzt – der einzige freie Platz im ansonsten ausverkauften Haus. Im ersten Rang ging das Gerücht um, dass ein Mitglied des Königshauses nach einem Empfang in der Guildhall kommen wolle und die freie Loge für es reserviert war. (Ganz hinten in der Ecke der scheinbar leeren Loge saß Mr Wilson junior und kaute energisch auf einem Karamellbonbon.) Um acht Uhr zweiunddreißig … tauchte M. René Gasniers kahler Schädel über der Brüstung des Orchestergrabens auf. M. Gasnier schenkte den wildfremden Menschen im Parkett wie immer ein Lächeln, zog seine Ärmelmanschetten herunter, schlug die Partitur auf, tippte mit dem Taktstock gegen sein Notenpult, ermahnte die Bläser, unter keinen Umständen so zu spielen wie am vergangenen Samstag in Glasgow, und stimmte sodann die Ouvertüre und Einleitung zum ersten Akt an. Mr Amethyst, der Theaterkritiker des *Morning Herald*, war natürlich wie so oft spät dran. Als er ankam, hatten die einhundertzehn Damen und Herren der Tanzgruppe bereits den halben Globus bereist. Sie hatten im Blue Music Café in Budapest einen Stepptanz aufgeführt, halb nackt den Swimmingpool von Whittakers Landhaus in Florida belagert, über die Cocktails und den Eistee in der Palm Beach Lounge im Londoner Grand Hotel die Nase gerümpft, weite Gewänder übergeworfen und in einer Straße in Algier verschiedene Bauchtänze dargeboten, um sich am Ende des ersten Akts in Tennishosen und weißen Baretts noch einmal richtig ins

Zeug zu legen. Der Perlenschmuck, um den sich die Handlung des Stücks drehte, hatte bereits dreimal den Besitzer gewechselt, und M. Miltonne war fälschlicherweise des Diebstahls bezichtigt worden, als der Vorhang nach einer energiegeladenen Choreografie des gesamten Ensembles fiel. Mr Amethyst hatte einen sehr anstrengenden Abend; es gab noch eine andere Premiere im Aldwych, und sein Ressortleiter hatte ihm vorgeschlagen, doch über beide Aufführungen zu berichten. Nach einer kleinen Auseinandersetzung über das Honorar hatte Mr Amethyst eingewilligt – schließlich kannte er den ersten Akt von *Blue Music* bereits, und wie es in dem Stück in Aldwych weitergehen würde, konnte man sich denken. Insofern hatte er keinerlei Gewissensbisse, zwei Kritiken über zwei Stücke zu schreiben, von denen er keins zur Gänze gesehen hatte. Seine Ankunft war perfekt, denn so hatte er einen gewissen Vorsprung vor der Horde aus dem Parkett, die in der Pause ihren Durst löschen wollte. Er führte den Sturm auf die Bar an und bestellte bei Ruth, dem Fräulein hinter der Theke, einen doppelten Whisky.

Mr Duncan, Kritiker beim *Daily Observer*, erschien gerade noch rechtzeitig, um ihn zu bezahlen.

»Und, wie läuft es bisher?«, fragte Mr Amethyst. »Wurde schon jemand ermordet?«

»Bis Redaktionsschluss noch nicht«, sagte Mr Duncan.

»Schade. Ich wünschte, dieser Foster hätte keinen Selbstmord begangen. Im Aldwych hätte man ihn heute Abend dringend gebraucht. Wie macht sich der neue Franzose?«

»Recht ordentlich«, sagte Mr Duncan.

»Nicht, wenn es nach mir geht«, sagte Mr Amethyst und

nahm seinen zweiten Whisky entgegen. »Mir ist ein wundervolles Epigramm über die Notwendigkeit höherer Zölle für Auslandsimporte eingefallen, und ich habe fest vor, es in meine Kritik einzubauen.«

»Mildred ist wundervoll«, sagte Mr Duncan. Er bezog sich auf die Dame, die den Part der verstorbenen Miss Astle übernommen hatte.

»Nicht kann sie Alter hinwelken«, zitierte Mr Amethyst. »Täglich sehn an ihr nicht stumpfen die immer neue Reizung. Ich weiß noch, das habe ich über sie geschrieben, als *The Belle of New York* uraufgeführt wurde, und es ist heute noch genauso wahr wie damals. Ich höre, ihr Enkelsohn hat seine blaue Jacke in Cambridge erhalten.«

»Die Glocke«, sagte Mr Duncan. »Die nächste Szene dürfen wir auf keinen Fall versäumen – das ist die Stelle, an der beim letzten Mal alles den Bach runterging, wissen Sie noch? Kommen Sie – der Neuimport ist wahrscheinlich schon tot …«

Die Zuschauer des Parketts strömten zurück an ihre Plätze. M. Gasnier tauchte wieder auf und erweckte seine Rhythmusabteilung zum Leben. Er sah ein wenig blass aus …

Er erinnerte sich noch sehr lebhaft an den Moment, als er das letzte Mal diese Stelle der Partitur im Grosvenor dirigiert hatte. Wie der arme Mr Baker vor seinen Augen zu Boden gestürzt war und sich dieser unschöne dunkle Fleck über die Flutlichter hinweg in seine Richtung ausgebreitet hatte. Auch das Publikum erinnerte sich. Der Applaus am Ende des Riff Ruffian Rag kam recht verhalten, und die Zugabe, die weniger gegeben als vom Publikum genommen wurde, sorgte lediglich für eine noch größere Anspannung.

»Oje«, sagte die ältere Dame rechts neben Mr Amethyst. »Ich denke die ganze Zeit, dass wieder etwas Grauenhaftes geschehen wird.«

»Keine Sorge, Madam«, sagte Mr Amethyst. »Ich fürchte, die Hoffnung ist vergebens. Die Vorsehung wird uns nicht zweimal so großzügig segnen.«

M. Miltonne stimmte das Lied »Say My Heart Is In Your Hands« an.

Er klang ein wenig zittrig und wurde nicht um eine Zugabe gebeten, erhielt jedoch bei den langen Tönen reichlich Unterstützung von den Blechbläsern. Irgendwann war der Song zum Glück vorbei, und aus dem Augenwinkel sah M. Miltonne, wie der Mann, der die Rolle des Rebellenführers vom mordlüsternen Mr Foster übernommen hatte, langsam die Leitersprossen emporstieg, ehe er oben zwischen den Berggipfeln erschien. Er hatte den Revolver im Gürtel und einen besonders finsteren Ausdruck im Gesicht. Selbstverständlich alles nur Einbildung. Es lag am Bart und an der Schminke. Trotzdem wurde M. Miltonnes Kehle auf einmal trocken, sein Magen machte einen eigenartigen kleinen Satz, und die Souffleuse musste ihm aushelfen, damit er sich an die letzte Zeile des Songs erinnerte.

Auch Miss Turner, die sich in seine Arme schmiegte und, soweit ihr dies möglich war, arabische Sinnlichkeit verströmte, erinnerte sich noch sehr genau an jene andere Premiere. Daran, wie sie geschrien hatte … heute Abend würde sie auf keinen Fall schreien können, das ahnte sie bereits, obwohl sie M. Miltonne gebeten hatte, mit dem Rücken zum Publikum hinzufallen und ihr zuzuzwinkern, damit sie wusste, dass alles in Ordnung war … Nein, das mit dem Schrei würde sie ganz sicher nicht hinbekommen.

Oben auf den Leinwand-Gipfeln zog Rebellenführer Phillipo seinen Revolver und lieferte seine große Textzeile des Abends ab: »So … Du machst Liebe mit meine Frau, eh?« Miss Turner versuchte ihren Geliebten mit ihrem eigenen Körper vor dem Rebellen-Revolver zu schützen, und M. Miltonne schob sie heldenhaft hinter sich, während er sich die ganze Zeit fragte, was es mit der verdammten Pistole in Phillipos Hand auf sich hatte … Der Rebellenführer feuerte seinen Schuss ab. M. Miltonne sank mit einem leisen Stöhnen elegant zu Boden. Miss Turner wartete, bis sie ihn zwinkern sah, dann stieß sie – aus purer Erleichterung und Freude – einen wahrhaft prächtigen Schrei aus. M. Miltonne richtete sich schwankend auf, zog seinen eigenen Revolver und gab Phillipo das, was er verdiente. Phillipo fiel, und der Vorhang tat es ihm nach.

M. Gasnier betupfte sich dankbar die Stirn mit seinem Taschentuch und hob den Taktstock für das kurze Intermezzo zwischen den Szenen eins und zwei. Nach dem dramatischen Moment atmete das gesamte Haus hörbar auf. Mr Amethyst lehnte sich auf seinem Platz zurück. »Da!«, sagte er zu der Dame neben ihm. »Was habe ich Ihnen gesagt? Man kann nicht verlangen, dass jedes Mal Gerechtigkeit geschieht.« Die Szene war vorbei. Nichts war passiert.

Doch in Wirklichkeit war, im Verborgenen und exakt nach Plan, während dieser ersten Szene im zweiten Akt eine ganze Menge passiert. Zu Beginn des Akts war die Loge, die laut Mutmaßungen des ersten Ranges für eine Person aus dem Königshaus reserviert war, von Mr Wilson senior, Mr Douglas B. Douglas sowie zwei Polizisten in Zivil in Beschlag genommen worden. Sie waren durch Vorhänge vor den Blicken des Publikums geschützt, auch wenn einige der einhundertzehn Damen und Herren der Tanzgruppe während ihres Riff Ruffian Rag nach oben blickten und einander leise fragten, was zum Teufel denn die vielen Leute dort oben zu suchen hatte. Mr Wilson junior leistete derweil durch das lose Paneel zwischen den beiden Logen nützliche Kommunikationsarbeit.

»Er wird langsam nervös«, kommentierte er. »Bisher war er die Gelassenheit in Person, aber jetzt sieht er doch ein bisschen aufgewühlt aus. Er beugt sich nach vorn – hat den Kopf in den Händen vergraben … Ich glaube, das mit deiner dramatischen Idee könnte hinhauen, Dad.«

Mr Wilson senior gab keine Antwort. Stattdessen trat er aus Loge B hinaus in den dunklen Korridor. Die beiden Polizisten in Zivil folgten ihm. Mr Wilson legte die Hand um die Türklinke von Loge C, öffnete sie geräuschlos Zoll für Zoll und schlüpfte durch den Spalt. Mr Watcyns saß vornübergebeugt mit dem Rücken zur Tür und wurde von den Bühnenscheinwerfern beleuchtet. Unten war soeben M. Miltonnes Lied zu Ende gegangen, und der kurze Dialog vor dem Schuss folgte. Mr Wilson legte Mr Watcyns just in dem Moment, als der Schuss krachte, eine Hand auf die Schulter und flüsterte: »In dem Moment haben Sie ihn getötet, nicht wahr?«

Mr Watcyns' Kopf schnellte herum. Er blickte Mr Wilson

mit panischen, starrenden Augen an. Auf der Bühne hallte der zweite Schuss, und der Vorhang fiel, begleitet vom rauschenden Beifall des Publikums.

»Was meinen Sie?«, fragte Mr Watcyns langsam.

»Ich verhafte Sie wegen der Morde an Brandon Baker und Gwen Astle«, verkündete Mr Wilson, dessen Hand immer noch auf Ivor Watcyns' Schulter ruhte. »Kommen Sie freiwillig mit – so leise und unauffällig wie möglich?«

Mr Watcyns schien sich wieder halbwegs gefangen zu haben. Er lächelte. Ja, tatsächlich – er lächelte. Teufelskerl, dachte Mr Wilson.

»Wie außerordentlich!«, sagte Mr Watcyns leise. »Ja, selbstverständlich komme ich mit.«

Mr Watcyns erhob sich langsam von seinem Platz, nahm das Programmheft, das Opernglas und die große Schachtel mit den teuren Pralinen. Er warf noch einen letzten Blick auf das Geschehen auf der Bühne, dann wandte er sich dem Ausgang der Loge zu. Er lächelte immer noch.

»Hier entlang, bitte«, sagte Mr Wilson.

»Das wird eine großartige Geschichte für die Zeitungen abgeben, nicht wahr?«, fragte Mr Watcyns leise. Er wählte eine Praline aus der Schachtel und führte sie mit einer, wie Mr Wilson fand, verdächtig hastigen Bewegung zum Mund.

Beherzt schlug Mr Wilson ihm die Praline aus der Hand. Doch er war nicht schnell genug, und so landete nur eine Hälfte der Praline – noch dazu eine zerdrückte, sehr klebrige Hälfte – auf dem Teppich der Loge. Die andere war in Mr Watcyns Mund verschwunden, der sie lächelnd kaute. Im nächsten Moment sank er lautlos am Boden zusammen.

»Kommen Sie rein«, sagte Mr Wilson zu den zwei Männern vor der Tür. »Bringen Sie ihn sofort auf die Wache. Ich glaube, er hat Gift genommen. Na, los doch – beeilen Sie sich. Ich komme gleich nach.«

Mr Watcyns' regloser Körper wurde fortgeschafft. Mr Wilson hob die große und teuer aussehende Pralinenschachtel auf, die Watcyns fallen gelassen hatte. Hersteller war eine bekannte Firma. Die Pralinen waren gefüllt und bis auf eine Reihe in Silberpapier eingewickelt – die Reihe, aus der Mr Watcyns sich eine Praline ausgesucht hatte. Mr Wilson sammelte das zur Hälfte aufgegessene Exemplar vom Teppich auf und roch daran. Ein Hauch von Bittermandel – höchstwahrscheinlich Zyankali. Das würde sich bald herausstellen.

Auf der Bühne machte der Komiker vor einem Zwischenvorhang mit einem Bild des Canal Grande in Venedig einen Witz über Yorkshire-Pudding …

Kapitel zwölf

Eine der größten Attraktionen einer Douglas-B.-Douglas-Premiere war die Party, die hinterher auf der Bühne stattfand. Mr Amethyst (der stets eingeladen war für den Fall, dass er am nächsten Tag in der Zeitung etwas besonders Überschwängliches schrieb) dachte oft bei sich, dass es besser wäre, wenn Mr Douglas die Party öffentlich und die eigentliche Vorstellung *in camera* abhalten würde. Unverständliche Reden wurden gehalten, jeder küsste jeden, Champagner floss in Strömen und hatte geschmacklich oft eine frappierende Ähnlichkeit mit Wasser. Die Hauptdarstellerinnen verschenkten in schwesterlicher Großmut ihre Blumensträuße an Mitglieder der Tanzgruppe und stellten (falls das überhaupt nötig war) damit endgültig unter Beweis, dass man eine einzige große glückliche Familie war. Mit leicht schleppenden Stimmen wurden Auszüge aus dem Stück rezitiert, und die Ensemblemitglieder hingen gebannt an den Lippen der Vortragenden, so als hätten sie in den vergangenen fünf Wochen auf den Proben nicht immer und immer wieder dieselben Textzeilen gehört.

Der Herr aus Yorkshire, der die Produktion finanziert

hatte, ging gegen ein Uhr nachts mit einer der Balletttänzerinnen nach Hause, und einige Monate später tauchte sein Name in einem Fall vor dem Scheidungsrichter auf. Um Mitternacht wurden sämtliche Trümmer menschlicher wie dinglicher Natur in einer Ecke der Bühne zusammengekehrt, und M. Gasnier und seine Mannen wankten zurück in den Orchestergraben, wo sie bis um vier Tanzmusik spielten. Um sieben kamen die Putzfrauen und brachten ihre Meinung über das wilde Treiben unmissverständlich zum Ausdruck. Das Ergebnis der Exzesse war, dass das Ensemble am darauffolgenden Nachmittag eine unglaublich schlechte Matinee spielte und die armen Provinzler, die drei Shilling und sechs Pence für einen Platz im Parkett hingeblättert hatten, sich auf dem Nachhauseweg fragten, warum in Gottes Namen die Zeitungen so viel Aufhebens um das Stück machten.

Folglich kam es wie ein Paukenschlag, als sich Mr Douglas B. Douglas nach der letzten Verbeugung und der letzten Rede auf der Bühne an sein Ensemble wandte, um kurz angebunden zu verkünden: »Ich danke euch allen sehr. Ihr wart wirklich großartig. Herbert hat in meinem Namen eine Ankündigung zu machen. Gute Nacht«, ehe er zwischen zwei Teilen der Kulissen des Blue Music Cafés verschwand. Die nächste Bombe platzte, als Herbert, noch immer in Hemdsärmeln, erklärte, Mr Douglas bedaure, an diesem Abend nicht die übliche Premierenparty abhalten zu können. Er hoffe, anlässlich der fünfzigsten Vorstellung eine wie auch immer geartete Feier zu veranstalten. Sodann begann er, den Tanzsaal des Cafés abzubauen, als wäre es die dreihundertfünfzehnte Vorstellung von *Blue Music* und nicht die erste.

»Keine Party?«, beschwerten sich die einhundertzehn Damen und Herren von der Tanzgruppe. »Aber warum nicht?«, kreischten die vierundzwanzig Ballerinen. Herbert, der selbst nichts wusste und sich fragte, was zum Henker mit seinem Boss los war, schwieg wie ein Grab und begnügte sich damit, mehrmals »Tja!« zu sagen, um zu suggerieren, dass man zweifellos zu gegebener Zeit alles erfahren würde. Die anderen stellte das natürlich nicht zufrieden.

Statt der üblichen großen Premieren-Sause gab es daher eine Reihe kleinerer und geringfügig leiserer Zusammenkünfte in verschiedenen Restaurants, Hotels, Pensionen, Nachtclubs und Privatwohnungen. Dort gingen die wildesten Gerüchte um, während man sich Runde um Runde Whisky, Gin mit Ingwer, Portwein, Bénédictine, Worthington und – in einem Fall – Ovomaltine schmecken ließ. Der Finanzier habe sich zurückgezogen, und D. B. D. sitze in der Tinte, selbst wenn das Stück ein Erfolg werde. Der neue französische Schauspieler wolle Ende der Woche aufhören. Dieser Mann von Scotland Yard mit dem attraktiven Lächeln habe D. B. D. wegen Beihilfe zum Mord an Brandon Baker verhaftet. Und so weiter.

Die wichtigste dieser Zusammenkünfte fand in M. Miltonnes Garderobe im Theater statt. Anwesend waren M. Miltonne (dem es inzwischen wieder ausgezeichnet ging und der unbedingt drei französische Lieder vortragen wollte, die aus seinem letzten Repertoire in Folies Bergère gestrichen worden waren); Mr Douglas B. Douglas mit einem halben Dutzend Flaschen Champagner; Mr Amethyst vom *Morning Herald* als Ehrengast (andernfalls hätte er sich selbst eingeladen, außerdem war es besser, wenn man ihm gleich die Wahrheit sagte, damit er es nicht auf anderem Wege herausfand); ferner Mr Wilson senior sowie Mr Wilson junior.

»Also dann«, sagte Mr Douglas, der Champagner einschenkte, nachdem die anderen es sich gemütlich gemacht hatten. »Dann legen Sie mal los, Wilson. Oh, ich sollte Ihnen wohl erklären, dass Inspector Wilson seit Brandon Bakers Tod in meinem Ensemble ermittelt hat. Unter Mithilfe seines Sohnes hier. Zwei Schwätzer, wie ich sie mein Lebtag noch nie gesehen habe. Obwohl ich gestehen muss, dass sie sehr viel mehr geleistet haben, als nur zu schwätzen.«

»Für diese freundliche Einleitung«, sagte Derek, »meinen wärmsten Dank. Verdammt guter Champagner, übrigens.«

»Aber der Fall Brandon Baker …«, sagte M. Miltonne. »Da waren doch gar keine Fragen mehr offen. Ich meine – hat der Kerl, der ihn getötet hat, nicht gleich danach Selbstmord begangen?«

»Das ist es ja gerade«, sagte Mr Douglas. »Kommen Sie, Wilson, setzen Sie eine neue Nadel ein und werfen Sie den Plattenspieler an.«

»Nun«, sagte Mr Wilson, der es sich auf dem Sofa der Garderobe gemütlich machte und zufrieden das Champagnerglas in seiner Hand schwenkte. »Nun … das Ganze hat große Ähnlichkeit mit dem letzten Kapitel eines Kriminalromans, nicht wahr? Sie wissen schon … Kapitel eins bis siebenundzwanzig: totale Verwirrnis (falls dieses Wort existiert), und dann in Kapitel achtundzwanzig … taucht plötzlich der geniale Detektiv auf und offenbart in wenigen gewählten Sätzen, dass der Täter kein Geringerer ist als Pauline, die Großtante des Verstorbenen, und dass der Fall von dem Augenblick an, als die Perlenkette in Margate unter dem Flügel des Papageien des Butlers gefunden wurde, eigentlich klar war.«

»Red nicht so umständlich daher«, sagte Derek, »sondern komm zum Punkt.«

»Gut«, sagte Mr Wilson. »Beginnen wir damit, dass wir die offensichtliche Lösung widerlegen – die, auf die Sie eben anspielten, M. Miltonne. Brandon Baker wurde nicht von Hilary Foster ermordet. Er wurde von Ivor Watcyns ermordet. Und ich sage Ihnen auch gleich, wie. Watcyns saß am ersten Premierenabend in Loge C. Kurz bevor dieser Riff Ruffian … wie auch immer … zu Ende war, hat er seine Loge verlassen, ist die Treppe hinuntergeschlichen, die vom Gang vor den Logen nach unten führt, hat die kleine Tür zur Seitenbühne geöffnet und sich in den Falten des Vorhangs versteckt.«

»Einspruch Nummer eins«, sagte Mr Douglas. »Wie zum Henker konnte er die Loge verlassen, ohne gesehen zu werden? Ich habe schon oft in diesen Logen gesessen, und wann immer jemand die Tür öffnet, fällt der Person, die gegenübersitzt, das Licht direkt in die Augen. Die Zuschauer in den Logen auf der anderen Seite müssen etwas bemerkt haben. Ich selbst hätte es jedenfalls bemerkt, da bin ich mir absolut sicher.«

»Nein, hätten Sie nicht«, sagte Mr Wilson, »weil er einen Ihrer Mitarbeiter gebeten hatte, zu Beginn des Akts das Licht im Korridor zu löschen. Er sagte, er wolle die Logentür angelehnt lassen, weil die Belüftung des Theaters noch aus den Anfangstagen des Heiligen Römischen Reiches stamme. In Wahrheit hat er es getan, damit er die Loge verlassen konnte, ohne dass die Zuschauer gegenüber etwas davon mitbekamen. Einspruch abgelehnt.«

»Dann Einspruch Nummer zwei«, meldete sich Mr Amethyst zu Wort. »Wie meinen Sie das, er habe sich auf der Seitenbühne hinter dem Vorhang versteckt? Jemand muss ihn doch gesehen haben, als er durch die Tür kam und hinter den Vorhang geschlüpft ist, oder nicht?«

»Nein«, sagte Mr Wilson. »Ich glaube nicht. Wenn Sie sich den Vorhang einmal genauer anschauen, werden Sie feststellen, dass er, wenn er geöffnet ist, ein gutes Stück in die Seitenbühne hineinreicht. Er geht fast bis zu der besagten Tür. Und Sie dürfen nicht vergessen, dass die Seitenbühne zum fraglichen Zeitpunkt nahezu leer war. Die Tanzgruppe war kurz zuvor von der Bühne gekommen und in der Garderobe, um sich für die nächste Szene umzuziehen. Herbert und der Rest der Bühnenarbeiter waren hinten, um die Kulissen vorzubereiten. Natürlich hätte es passieren können, dass ihn jemand sieht … aber es ist nicht passiert. Auch dieser Einspruch wird daher abgelehnt.«

»Ist er nicht großartig?«, sagte Derek. »Noch fünf Minuten, und er nuckelt an einer Pfeife und teilt uns mit, dass das Ganze elementar ist, mein lieber Mr Amethyst – elementar.«

»Halt den Mund«, sagte Mr Wilson gutmütig. »Also … wo war ich? Ach ja … Unser Freund Watcyns steht also hinter dem Vorhang. Auf der Bühne spielen Baker und Miss wie heißt sie noch gleich ihre Liebesszene. Einige Minuten später tritt Foster oben im Gebirge auf, zielt mit dem Revolver auf Baker und schießt. Genau in dem Moment gibt auch Watcyns hinter dem Vorhang einen Schuss ab … durch den Vorhang, um genau zu sein. Aus seiner Sicht der Dinge eine ziemliche Dummheit. Es entsteht ein Tumult. Währenddessen schleicht sich unser Freund zurück durch die Tür und eilt nach oben in seine Loge, um nach ein paar Minuten wieder herauszukommen und einen Mitarbeiter zu fragen, was auf der Bühne vor sich geht. Elem… ganz simpel, nicht wahr?«

»Meine Güte!«, sagte M. Miltonne, dessen Akzent in einem unbedachten Moment den Ärmelkanal überquert hatte.

»Aber wieso? Ich meine – wie sind Sie zu dieser Schlussfolgerung gekommen?«, verlangte Mr Douglas zu wissen.

»Das ist schon etwas komplizierter.

Zunächst einmal war da die Frage: Warum hätte Foster Brandon Baker töten sollen? Es gab nicht den Hauch eines Motivs. Nach allem, was ich in Erfahrung bringen konnte, war der arme Foster so ziemlich der letzte Mann auf Erden, der einen Revolver in die Hand genommen, geschweige denn damit auf einen Mitmenschen gezielt und abgedrückt hätte.«

»So weit gehe ich mit«, sagte Mr Douglas. »Ich kenne Hilary Foster seit rund zwanzig Jahren, und er ist auf keinen Fall ein Mörder. Er ist ein Mann, der nach einer Vorstellung nach Hause geht und den Rest des Abends damit verbringt, die Aufsätze von Lamb zu lesen oder mit der Laubsäge Pfeifenständer auszusägen.«

»Eben«, sagte Mr Wilson. »Der naheliegende Gedanke war also, dass jemand Foster den Mord in die Schuhe schieben wollte. Ich glaube sogar, dass unser Freund Watcyns noch einen Plan B in der Tasche hatte für den Fall, dass mit dem ersten etwas schiefging. Schicken Sie am Ende der Generalprobe nicht immer eine Nachricht herum, falls es Dinge gibt, die noch geändert werden sollen, Mr Douglas?«

»Das ist richtig.«

»Ja … nun, der unerschrockene Herbert hat unmittelbar vor der Premiere Fosters Revolver ausgetauscht. Auf Ihre Anweisung hin.«

»Aber …«

»Genau – Sie haben eine solche Anweisung nie gegeben. Es würde mich nicht wundern, wenn Watcyns eine Ihrer Nachrichten auf ihrem Weg hinter die Bühne abgefangen und die Anweisung mit dem Revolver hinzugefügt hätte. Es hätte sehr düster für den armen Herb ausgesehen, vor allem da er sämtliche Ihrer Nachrichten vernichtet hat. Er hätte geschworen, dass Sie ihn angewiesen hätten, den Revolver auszutauschen, und Sie und Ihre Sekretärin, die diese Nachrichten schreibt, hätten geschworen, niemals eine derartige Anweisung gegeben zu haben. Ein sehr nützlicher Plan B für den Notfall.«

»Er scheint wirklich nichts übersehen zu haben, nicht wahr?«, sagte Mr Amethyst.

»Nur eins. Das Loch im Vorhang. Mein lieber Watson hier hat es in einem seiner seltenen Augenblicke geistiger Wachheit entdeckt. Nicht viel, aber besser als nichts. Es verriet uns, dass irgendjemand zu irgendeinem Zeitpunkt eine Kugel durch den Vorhang gefeuert haben musste, entweder von der Bühne oder vom Zuschauerraum aus. Und das hat uns dazu veranlasst, nach Projektilen zu suchen.«

»Und wie wir nach Projektilen gesucht haben!«, warf Derek ein. »Der alte Herr hat seinen einzigen Sohn dazu gezwungen, auf der Bühne herumzuspringen und imaginäre Kugeln auf imaginäre Hauptdarsteller abzufeuern.«

»Sie verstehen – wäre Brandon Baker tatsächlich von Foster erschossen worden, hätte die Kugel ganz unten in der Wand zur Vorbühne stecken müssen. Oder aber sie hätte die Wand verfehlt und wäre im Fagott im Orchestergraben gelandet. Oder sogar in einem der Zuschauer in der ersten Parkettreihe. Aber so ist es nicht gekommen. Wir haben die Kugel in der Wand gefunden – in etwa viereinhalb Fuß Höhe. Genau an der Stelle, wo sie stecken geblieben wäre, wenn sie von jemandem abgefeuert worden wäre, der auf der gegenüberliegenden Seitenbühne steht.«

»Sind Sie denn sicher, dass es dieselbe Art von Munition war wie die, mit der Watcyns' seinen Revolver geladen hatte?«, fragte M. Miltonne.

»Da ich nicht weiß, was für eine Pistole er am besagten Abend verwendet hat, lässt sich das nicht mit Sicherheit feststellen. Es war aber eine Munition, die für den Revolver geeignet war, den wir heute Abend bei einer Durchsuchung von Ivor Watcyns' Wohnung gefunden haben. Der von Foster benutzte Revolver scheint leider verschwunden zu sein.«

»Und ich sage Ihnen auch, wann er verschwunden ist«, fuhr Derek fort. »Als wir hier waren, um die Tat zu rekonstruieren – am Morgen nach dem Abend davor, Sie erinnern sich? Als jemand in aller Eile aus dem Theater geflohen ist. Ich möchte wetten, dass das unser Freund Watcyns war, der belastendes Material beiseiteschaffen wollte – genauer: den Revolver, mit dem Foster während der Aufführung geschossen hat.«

»Vielleicht. Ich sehe bloß nicht, inwiefern das belastend gewesen wäre. Schließlich hat Watcyns sich extra einen Revolver vom gleichen Typ angeschafft wie der, den er Foster untergeschoben hatte. Aber denkbar wäre es … absolut.«

»Noch Champagner?«, fragte Mr Douglas. »Und was ist dann passiert?«

»Vielen Dank«, sagte Mr Wilson und reichte ihm sein Glas. »Nun, es gilt als schlechte Angewohnheit eines Ermittlers, voreilige Schlüsse zu ziehen. Allerdings kann es sich mitunter auch als nützlich erweisen, und in diesem Fall haben Derek und ich recht früh den Schluss gezogen, dass wir mit der Theorie eines synchronisierten Mordes von hinter dem Vorhang auf der richtigen Spur waren. Als Nächstes galt es daher, jemanden zu finden, der im Gegensatz zu Mr Foster ein Motiv gehabt haben könnte, Brandon Baker zu beseitigen. Mr Baker selbst war uns dabei eine große Hilfe. Ich weiß, man soll nicht schlecht über Tote reden … aber Mr Bakers Lebenswandel in den letzten Jahren vor seinem Tod war nicht unbedingt, äh … besonders tugendhaft. Ich will nicht auf die Details eingehen, aber wir fanden heraus, dass er zum Zeitpunkt seines Todes mit Gwen Astle liiert war. An dieser Stelle überspringe ich noch ein paar weitere Details. Dann stellten wir fest, dass Gwen Astle und Ivor Watcyns seit einem Jahr in einem sehr freundschaftlichen Verhältnis zueinander standen – falls das die richtige Formulierung ist.«

»Das haben wir doch erst später erfahren«, warf Derek ein. »Du bringst die Chronologie durcheinander.«

»Stimmt – ich bitte um Verzeihung. Jedenfalls stellte sich heraus, dass es sich um eine Variante der klassischen Dreiecksbeziehung handelte. Und wenn man eine Dreiecksbeziehung hat, dann hat man automatisch auch ein mögliches Mordmotiv. Das steht irgendwo bei Euklid, ich habe nur vergessen, welcher Satz es ist.«

»Frauen!«, stieß Mr Douglas hitzig hervor und schenkte erneut eine Runde Champagner aus, als könne er das gesamte Geschlecht darin ertränken. »Frauen! Warum man sie nicht direkt erschießt, ohne den Umweg über andere Männer zu gehen, ist mir ein Rätsel. Das würde allen Beteiligten so viel Ärger ersparen.«

»Ein oder zwei Tage nach dem Mord bekam ich eine Einladung von Miss Astle. Ob ich unverzüglich zu ihr kommen könne, sie habe mir etwas sehr Wichtiges über Brandon Bakers Tod mitzuteilen. Ich machte mich auf den Weg – unverzüglich, wie gefordert, allerdings nicht unverzüglich genug. Miss Astle war verschwunden, und dem Zustand ihrer Wohnung nach zu urteilen, war sie unter Anwendung von Gewalt daraus entfernt worden. Der einzige Hinweis auf ihren Verbleib war das Wort ›Craile‹, das in einem der Zimmer an die Tapete gekritzelt worden war.«

»Craile?«, sagte Mr Amethyst. »Was ist das – ein Rindfleisch-Extrakt?«

»Nein. Es ist ein Dorf in Buckinghamshire. Das hatte ich ganz schnell ermittelt.«

»Lügner«, sagte Derek.

»Sehr richtig«, räumte Mr Wilson ein. »Sie müssen wissen, Gwen Astle war wegen des Brandon-Baker-Mordes misstrauisch geworden. Ich denke nicht, dass sie Watcyns für den Mörder hielt, jedoch vermute ich, dass sie ihn im Verdacht hatte, Foster die Tat in die Schuhe geschoben zu haben. Sie hat damit gedroht, aus der Produktion auszusteigen; Watcyns musste sie unbedingt bei der Stange halten – und dafür sorgen, dass sie den Mund hielt.«

»Jetzt, wo Sie es erwähnen«, sagte Mr Douglas, »Watcyns kam in sehr aufgelöstem Zustand in mein Büro, weil Gwen Astle mit dem Gedanken spielte, ihre Rolle hinzuwerfen.«

»Und von dort aus ist er gleich weiter in ihre Wohnung gefahren. Er hat sie komplett verwüstet. Sie glauben doch nicht, dass er sich so viel Mühe machen würde, nur damit die Hauptdarstellerin nicht hinwirft?«

»Vielleicht doch«, sagte D. B. D. »Er hatte eine Schwäche für sie, wissen Sie? Aber ja, es ist wohl eher unwahrscheinlich.«

»Extrem unwahrscheinlich«, sagte Mr Wilson. »Nein, es ging um mehr. Er hat sie in ein kleines Hotel in einem abgelegenen Kuhkaff verschleppt, um sie dort in aller Ruhe von seiner Sicht der Dinge zu überzeugen. Von diesem Punkt der Geschichte an sollte vielleicht der Erbe der Wilson-Millionen das Mikrofon übernehmen, denn ich habe ihn nach Craile geschickt, um dort Nachforschungen anzustellen.«

»Getarnt als Wanderer«, sagte Derek, »und auf einem Fahrrad. Was ich nicht alles für mein Land zu tun bereit bin! … Nun, ich hatte Watcyns und die schöne Gwendoline recht schnell gefunden. Sie waren im einzigen Pub des Ortes abgestiegen – als Mr und Mrs Wright. Komischer Name, aber was will man machen? Das Pikante daran war, dass die Inhaberin besagten Pubs eine Ehefrau – eine echte, keine synthetische – von Brandon Baker war.«

»Großer Gott!«, sagte Mr Douglas. »Welche denn? Soweit ich weiß, hatte er mehrere.«

»Richtig. Dad hat eine von ihnen auf der Trauerfeier kennengelernt, und ich bin einer anderen im Gerichtssaal begegnet. Ich weiß nicht, welche Nummer diese Ehefrau hatte – ein kleines, dünnes Ding. Sah recht müde aus. Aber schöne blonde Haare.«

»Ich kenne sie. Er hat sie in einer Truppe von Wanderschauspielern kennengelernt. Auch diese kleine Romanze hat Gwen Astle zerstört ... Luder!«

»Wem sagen Sie das? Es war eine recht heikle Situation, denn falls der Hotelbesitzerin zu Ohren gekommen wäre, dass die Frau, die sich in ihrem Pub ein Zimmer genommen hatte, dieselbe war, die ihr Leben zerstört hat und für den Tod ihres Mannes verantwortlich war, wäre der Teufel los gewesen. Sie hätte vor nichts haltge... Moment mal! ...«

»Was ist denn?«, fragte Mr Wilson.

»Es ist nicht zufällig denkbar, dass sie davon erfahren hat? Und ...«

»Komm nicht vom Thema ab. Wir wissen, wer Gwen Astle getötet hat. Zurück zum Programm.«

»Gut. Also, bis zu dem Abend nach meiner Ankunft passierte eigentlich nichts Erwähnenswertes.

Tagsüber hatte Gwen einen Versuch unternommen, zurück in die Stadt zu gelangen, aber Ivor Watcyns wusste das zu verhindern. Abends verkündete er, dass seine Frau – Mrs Wright – mit dem letzten Zug in die Stadt fahren wolle und er sie zum Bahnhof zu bringen gedenke. Er hat in der Bar lang und breit davon gesprochen … Ich hätte gleich wissen müssen, dass das Quatsch ist.«

»Wenn mein Sohn ›Quatsch‹ sagt, mein er Unsinn«, warf Mr Wilson ein.

»Genau. Watcyns fuhr also mit Gwen im Auto davon. Allerdings nicht zum Bahnhof – das erfuhren wir am Fahrkartenschalter, nachdem es uns gelungen war, die Schalterbeamten aufzuwecken. Stattdessen ist er mit ihr etwa eine Meile entfernt vom Dorf in den Wald gefahren, hat sie erledigt und in einer Senke liegen lassen.«

»Mon Dieu!«, rief M. Miltonne, der sich wieder an seine Nationalität erinnert hatte.

»Gwen war also für immer zum Schweigen gebracht. Danach kehrte Watcyns ins Hotel zurück und ging ins Bett. Auch darum hat er wieder viel Aufhebens gemacht – er kam in die Bar, um etwas zu trinken, sagte allen Zimmermädchen, dass er am Morgen geweckt werden wolle, und stellte unter lautem Gepolter seine Schuhe vor die Tür. All das war natürlich bloß Teil seines Alibis. Ich nehme an, er kam spät an besagtem Abend zu Ihnen, Mr Douglas?«

»Das ist richtig«, antwortete D. B. D. »Er hat mich im Rialto aufgesucht. Ich führe dort gerade eine Revue auf. Ich hatte ihn gebeten, so früh wie möglich in die Stadt zurückzukehren, um noch einige Änderungen an der Show zu diskutieren, die notwendig waren, weil M. Miltonne nicht – weil M. Miltonne einen anderen Schauspielstil hat als Brandon Baker.«

»Aber es wäre nicht unbedingt notwendig gewesen, Sie an diesem Abend aufzusuchen?«

»Nein, natürlich nicht. Ich war, ehrlich gesagt, verdammt überrascht, ihn zu sehen. Er meinte, er hätte eine neue Idee für den Anfang des dritten Akts und sei direkt aus seiner Wohnung hergefahren, um sie mir zu unterbreiten.«

»Ganz genau. Sie sehen also, er hat sich selbst ein Alibi verschafft, das in zweifacher Weise funktionierte. Er hat sein Auto abfahrbereit in Craile stehen lassen. Ist ins Bett gegangen. Hat sich aus dem Hotel geschlichen, sobald alles ruhig war. Ist in sein Auto gesprungen und nach London gefahren. Dort hat er Sie im Rialto aufgesucht und ist dann in den frühen Morgenstunden zurück nach Craile gefahren. Das Ergebnis: Mr Wright, der im Pub in Craile abgestiegen war, konnte gar nichts mit dem Verbrechen zu tun haben, weil er ja die ganze Nacht in seinem Bett gelegen und geschlafen hatte. Und Mr Watcyns konnte erst recht nicht darin verwickelt sein, da er sich am besagten Abend in London aufgehalten und mit Ihnen gesprochen hatte, Mr Douglas.«

»Aber es war doch klar, dass man die Leiche früher oder später identifizieren würde«, sagte Mr Amethyst.

»Als Gwen Astle, richtig. Aber als Mrs Wright, die Craile am Abend zuvor verlassen hatte? Das stand nicht zu befürchten. Außerdem würde es mich sehr wundern, wenn Gwen Astle nach ihrer Ankunft in Craile von einem halben Dutzend Personen gesehen wurde. Sie war die ganze Zeit im Hotelzimmer eingeschlossen. Also … noch Fragen? … Nein … Dann fahr fort, Dad.«

»Eigentlich gibt es nicht mehr viel hinzuzufügen«, sagte Mr Wilson. »Nein, danke, Mr Douglas, wirklich keinen Tropfen mehr. Ich hätte den Mann an Ort und Stelle festnehmen können. Er hat Craile am nächsten Morgen in aller Frühe verlassen. Natürlich dachte ich, er würde untertauchen – umso erstaunter war ich, als ich feststellte, dass er mit Ihnen, Douglas, hier im Theater saß und arbeitete, als wäre nichts geschehen. Offenbar hatte er beschlossen zu bluffen. Und es gibt nur einen Weg, einen Bluffer zu überführen: Man muss ihn in einem psychologisch kritischen Moment erwischen. Und dieser psychologisch kritische Moment war genau der Augenblick, in dem heute Abend der erste Mord noch einmal aufgeführt wurde. Mithilfe von Mr Douglas konnten wir Mr Watcyns in derselben Loge unterbringen, in der er auch am Abend von Brandon Bakers Tod gesessen hatte. Er war nicht sehr begeistert davon, als es hieß, er solle ins Theater kommen, aber er befürchtete wohl, sich verdächtig zu machen, wenn er der Vorstellung fernblieb. Also kam er, und just in dem Moment, als Sie, M. Miltonne, vom neuen Rebellenführer im Gebirge angeschossen wurden, legte ich meine starke rechte Hand auf seine Schulter. Er bekam den größten Schrecken, den je ein Mann bekommen hat. Allerdings fing er sich recht schnell wieder – jedenfalls schnell genug, um einen Versuch zu unternehmen, sich zu vergiften.

»Gift?«, sagte Mr Amethyst, der sich mittlerweile fragte, wie all das in eine einzige Ausgabe passen sollte.

»Ich weiß noch nicht genau, was für ein Gift es war. Zyankali, schätze ich. Er hatte eine große Schachtel Pralinen bei sich … nur für den Notfall. Es gelang ihm, ein Stück von einer harmlos aussehenden Praline abzubeißen. Er war zu schnell, ich konnte es nicht mehr verhindern. Dann brach er zusammen. Er wird gerade vom Arzt untersucht, morgen früh bekomme ich den Bericht. Kein Grund zur Beunruhigung, er wird nicht sterben … jedenfalls noch nicht.«

»Nun, meine Herren«, sagte Mr Douglas, »da haben wir es. So ziemlich das sauberste Stück Arbeit, das ich je gesehen habe. Man wusste ja aus seinen Werken, dass dieser Mann über einen scharfen Verstand verfügt. Ja, sicher, *Blue Music* war eine Ausnahme, aber ich habe ihm gesagt, dass ich einen Kassenschlager will, und den hat er mir geliefert. Allerdings hätte ich niemals damit gerechnet, dass er den Grips besitzt, so etwas durchzuziehen.«

»Es ist so – so absolut wasserdicht«, sagte Mr Amethyst bewundernd. »Allein die Idee, den tödlichen Schuss mit dem Schuss auf der Bühne zu synchronisieren. Die Wahrscheinlichkeit, dass er mit der Tat in Verbindung gebracht wird, lag bei eins zu tausend – vor allem, nachdem Foster Selbstmord begangen hatte.«

»Ja«, sagte Mr Wilson. »Wie gesagt, die Sache hatte nur einen Haken: die Schussrichtung. Seltsam, dass ein Mann, der seine Tat so sorgfältig geplant hat, etwas derart Simples übersieht.«

»Nun – wenn das der einzige Haken ist, den du an der Sache findest, dann schenke ich dir noch einen zweiten«, sagte Derek. »Das hat mich seit dem Gerichtsverfahren nicht losgelassen. Der Experte, der die Leichenschau durchgeführt hat – wie hieß er noch gleich? Bone oder so ähnlich … Hat er nicht ausgesagt, die Kugel sei in einem Winkel in Brandon Bakers Körper eingedrungen, der beweist, dass sie von Foster aus dem Gebirge abgefeuert worden sein musste?«

»Gott, ja!«, rief Mr Amethyst. »Das stimmt. Ich erinnere

mich, es im Bericht gelesen zu haben. Der Richter wollte wissen, ob die Möglichkeit bestünde, dass der Schuss aus einer anderen Richtung gekommen sei, und der Leichenbeschauer hat dies ganz klar verneint – er meinte, der Schuss könne nur von dem Teil der Bühne gekommen sein, wo Hilary Foster stand.«

»Womit die gesamte verfluchte Argumentation hinfällig wäre«, sagte M. Miltonne, abermals seinen französischen Akzent vergessend.

»Keineswegs«, widersprach Mr Wilson. »Sie kennen Ihr eigenes Theater nur nicht. Was befindet sich an der Seite der Bühne, gerade dort, wo Watcyns stand, um seinen ersten Schuss abzugeben?«

»Die Lichtschalter. Und die Hebel für die Drehbühne.«

»Exakt. Die Hebel für die Drehbühne. Wenn man einen Mann erschießt und es so aussehen lassen möchte, als wäre er von einem anderen Mann erschossen worden, der in einem Fünfundvierzig-Grad-Winkel zu einem steht, würde man dann nicht versuchen, die Position der Leiche entsprechend zu verändern? Genau das hat Ivor Watcyns getan. Und da er nicht auf die Bühne gehen und die Leiche so hinlegen konnte, wie es ihm passte, hat er die Hebel der Drehbühne gezogen und sie ein paar Zoll von der Stelle bewegt. Zu dem Zeitpunkt befanden sich nur zwei Personen auf der Drehbühne, und eine von ihnen war tot. Die andere – Miss Turner – sagte aus, sie hätte gespürt, wie sich der Boden nach dem Schuss bewegte, allerdings war sie zum fraglichen Zeitpunkt nicht ganz bei sich und hat es auf einen Schwindelanfall geschoben. Die einzige andere Person, die etwas hätte sehen können, war M. Gasnier, der Dirigent. Er meinte, mitbekommen zu haben, wie sich die Bühne ein kleines Stück bewegte – es hätte aber auch Einbildung sein können, er war ja ebenfalls nicht in bester Verfassung. Das alles klingt fantastisch, ich weiß – aber vergessen Sie nicht, dass die Bühne sich so geschmeidig bewegt wie Wasser, das über eine Billardkugel fließt. Manchmal merkt man es kaum, ich habe es selbst ausprobiert. Natürlich können wir nicht beweisen, dass es sich so zugetragen hat, aber ich bin bereit, meinen gesamten weltlichen Besitz darauf zu verwetten.«

»Trinken Sie noch etwas«, sagte Mr Douglas. »Sie haben es sich verdient.«

Mr Wilson junior fischte seinen Hut unter M. Miltonnes Schminkutensilien hervor. »Wenn die Party dann vorbei ist – meine Zeitung könnte an so manchen Enthüllungen des Abends interessiert sein. Und vergessen Sie nicht, Inspector Wilson: Sie haben mir geschworen, dass es eine Exklusivgeschichte für die *Gazette* wird. Mr Amethyst hat all das hier als gewöhnlicher Mensch gehört – nicht als Reporter. Okay?«

»Okay«, sagte Mr Wilson und bewies, dass ein erfolgreich abgeschlossenes Unterfangen schon mal dazu führen kann, dass ein Mann sich in seiner Wortwahl vergisst. »Weck mich nicht, wenn du nach Hause kommst.«

Mr Douglas B. Douglas goss den Rest aus der letzten Champagnerflasche in sein Glas und stürzte ihn mit einem einzigen geräuschvollen Schluck hinunter.

»Junge, Junge!«, sagte Mr Douglas glücklich. »Die Werbung. Ich selbst hätte es mir nicht besser ausdenken können! …«

Kapitel dreizehn

Am darauffolgenden Abend kamen mit der letzten Post vier Briefe. Das Seltsame an ihnen war, dass Mr Wilson senior nach der Lektüre jedes einzelnen dieser Briefe laut »Mein Gott!« sagte.

Brief an Mr Wilson senior von der Betreiberin des Craile Arms Hotels, abgestempelt in London am selben Tag:

Lieber Inspector Wilson,

ich habe heute Morgen in der Zeitung gelesen, dass Ivor Watcyns wegen der Morde an Brandon Baker und Gwen Astle verhaftet wurde. Über Brandon Bakers Tod weiß ich nichts – vielleicht hat Watcyns es getan, wundern würde es mich nicht. Aber ich kann Ihnen etwas über den anderen Fall sagen, nämlich, dass Ivor Watcyns die Frau ganz sicher nicht getötet hat. Wie Sie ja wissen, war Brandon mein Ehemann. Er hat mich vor Jahren für Gwen Astle verlassen. Ich hatte sie all die Jahre nicht mehr gesehen, und als sie und Ivor Watcyns letzte Woche zu mir ins Hotel kamen, wusste ich zuerst gar nicht, wer sie sind. Watcyns kannte ich ja nicht, und irgendwie ist mir nie in den Sinn gekommen, dass die Frau bei ihm Gwen Astle sein könnte – sonst hätte ich ihnen vermutlich gar kein Zimmer gegeben, das hätte uns allen viel Ärger erspart. Ich war schon seit Jahren neugierig auf diese Frau. Sie hat mir meinen Mann gestohlen und ihn vom rechten Pfad abgebracht. Sie war durch und durch verdorben, und ich fürchte, sie hat den armen Brandon zu einem ebenso verdorbenen Menschen gemacht. Anfangs habe ich noch versucht, ihn davon zu überzeugen zurückzukommen – nicht nur zurück zu mir, sondern auch zurück in ein anständiges Leben. Aber immer, wenn ich dachte, es wäre mir endlich gelungen, tauchte diese Frau wieder auf und hat alles kaputt gemacht.

Ich war es, die sie an jenem Abend in Craile Woods getötet hat. Als ein junger Journalist im Hotel auftauchte und anfing, Fragen zu stellen, kam mir ein Verdacht, wer sie sein könnte. Ich forschte ein wenig nach und fand heraus, dass es sich tatsächlich um Gwen Astle handelt. Zuerst konnte ich es gar nicht glauben. Die Vorstellung, dass sie sorglos ihr liederliches Leben genoss, während ich in einem drittklassigen Hotel schuften musste – ich glaube, dieser Gedanke hat mich in den Wahnsinn getrieben. Ich musste die ganze Zeit daran denken, dass Brandon noch am Leben und mit mir zusammen wäre, wenn es sie nicht gäbe. Denn sie hatte bei seinem Tod die Finger im Spiel, daran gibt es nicht den geringsten Zweifel. Ich habe sie getötet. Und ich bin froh darüber.

Watcyns hat sie an jenem Abend zum Bahnhof gefahren, damit sie den letzten Zug nach London nehmen konnte. Der Zug hatte Verspätung, aber Watcyns ist nicht bei ihr geblieben, um zu warten. Ich glaube, die beiden hatten sich gestrit-

ten. Ich weiß nicht, weshalb sie ihre Meinung geändert hat, aber als der Zug schließlich kam, ist sie nicht eingestiegen. Vielleicht wollte sie zurück und den Streit mit ihm fortsetzen. Sie kam aus dem Bahnhofsgebäude und ging langsam in Richtung Dorf. Sie nahm den Umweg am Waldrand entlang, und dort sind wir uns begegnet. Ich sagte ihr, wer ich war, es kam zum Streit, und dann habe ich sie erschossen. Ich habe mir vor zwei Jahren eine automatische Pistole angeschafft, weil ich im Winter hier draußen ganz allein war und Angst hatte. Es tut mir leid, dass Sie sie nicht als Beweisstück verwenden können, aber ich brauche sie noch.

Wie gesagt, ich bin froh, dass ich Gwen Astle getötet habe. Wenn jemals ein Mensch es verdient hat zu sterben, dann sie. Sie hat ihr ganzes Leben lang nichts als Kummer und Unglück über andere gebracht, und es scherte sie nicht einmal. Ich erzähle Ihnen das alles, weil ich nicht will, dass Watcyns für etwas bestraft wird, was er nicht getan hat. Sie sollten sich nicht die Mühe machen, nach mir zu suchen, es lohnt sich nicht – jedenfalls nicht in Craile Woods. Ich suche mir einen etwas ruhigeren Ort, um die Angelegenheit zu Ende zu bringen.

Muriel Baker

»Mein Gott!«, sagte Mr Wilson.

»Aber das Auto – weshalb zum Henker ist Watcyns an dem Abend in die Stadt gefahren?«, sagte Derek. »Wozu das dumme Alibi?«

»Frag mich nicht«, sagte Mr Wilson. »Du meintest doch, es sei ein Alibi, das auf zweierlei Weise funktioniert. Er musste sich wegen der Produktion mit Douglas treffen. Offenbar war es doch keine Ausrede …«

»Und es steht in der Zeitung«, sagte Derek. »Das ist das Ärgerlichste daran. Das heißt, der zweite Anklagepunkt muss fallen gelassen werden.«

»Vielleicht sogar beide«, sagte Mr Wilson ernst.

»Wie meinst du das?«

»Lies den zweiten Brief. Noch so eine ausufernde Epistel, diesmal von Millicent Davis – das war die Frau, die uns nach dem Mord an Brandon Baker einen Besuch abgestattet hat … die offizielle oder inoffizielle Gattin von Hilary Foster …«

Brief an Mr Wilson senior von Miss Millicent Davis, ehemals in der Rolle der Haremsaufseherin von Abdul Achmallah in *Blue Music*:

Verehrter Sir,

ich habe heute Morgen in der Zeitung die Berichte über die Festnahme von Ivor Watcyns gelesen. Ich wünschte, es gäbe Anlass zu der Vermutung, dass er Brandon Bakers Mörder ist. Mein Leben sieht seit Hilarys Selbstmord nicht gerade rosig aus, und alle – bis auf Sie, wie es scheint – sind davon ausgegangen, dass er Baker getötet hat.

Nach der Gerichtsverhandlung bin ich zu Ihnen gekommen und habe Ihnen gesagt, dass ich nicht glaube, Hilary sei der Täter gewesen. Zu dem Zeitpunkt war dies auch die Wahrheit. Allerdings habe ich in der Zwischenzeit etwas gefunden, was ein anderes Licht auf den Fall wirft. Ich konnte es zuerst nicht glauben und sah auch keine Notwendigkeit darin, die Sache öffentlich zu machen, da Hilary ja bereits tot war. Aber nun haben Sie einen Unschuldigen für den Mord an Brandon Baker verhaftet, deshalb fühle ich mich verpflichtet, Ihnen zu sagen, was ich über die ganze schreckliche Angelegenheit weiß.

Hilary hat einen Brief hinterlassen, indem er gesteht, Brandon Baker getötet zu haben. Ich habe ihn erst diese Woche gefunden – ich war nach den Ereignissen eine Weile fort und habe gerade erst begonnen, seine alten Sachen durchzugehen. Sie haben jahrelang zusammengearbeitet, Hilary und Brandon. Brandon wurde immer erfolgreicher, und bei Hilary war das Gegenteil der Fall. Mir war nie bewusst, wie sehr er Brandon seinen Erfolg neidete – umso mehr, als er ihm zu Beginn seiner Karriere immer und immer wieder geholfen hat, und ohne diese Hilfe wäre Brandon wohl nie dorthin gekommen, wo er am Ende war. Hilary hatte in der letzten Zeit drückende Geldsorgen – er war krank und brauchte eine Operation, er hatte Schulden, und nichts, was er anfing, schien zu gelingen. In seiner Not hat er Brandon um ein Darlehen gebeten, doch dieser hat es ihm verweigert. Das war gemein von ihm, denn ich weiß, dass Hilary ihm früher oft mit Geld ausgeholfen hat, ohne jemals einen Penny davon wiederzusehen. Ich möchte, dass Sie verstehen, dass ich zu dem Zeitpunkt noch nichts von alldem wusste – ich habe es erst aus dem Brief erfahren, den er hinterlassen hat. Ich schätze, sein Verstand hat dem Druck einfach nicht standgehalten. In seinem Brief schreibt er: »In der Szene geben sie mir einen Revolver, um Brandon zu erschießen … Ich glaube, die Versuchung war einfach zu groß …« Ich würde Ihnen den Brief gerne zukom-

men lassen. Wenn Sie jemanden zu mir schicken oder persönlich vorbeikommen, gebe ich ihn Ihnen. Ich wäre Ihnen sehr verbunden, wenn Sie meinen Namen aus der Sache heraushalten könnten. Wir waren ja nicht wirklich miteinander verheiratet, und ich habe durch die Geschichte bereits mehr als genug Bekanntheit erlangt.

Ihre sehr ergebene
Millicent Davis

Mr Wilson erhob sich schwerfällig und trat ans Fenster. Es regnete. Natürlich.

»Aber die Kugel – all unsere schönen kleinen Theorien bezüglich der Flugbahn?«, sagte Derek.

»Wenn du schon mal dabei bist, liest du am besten auch gleich noch den Brief von Herbert«, sagte Mr Wilson. »Dann kannst du dir die Fragen sparen. Alles in allem ist dies wirklich die ärgerlichste Post, die ich jemals bekommen habe.«

Brief von Herbert Jenkinson an Inspector Wilson, Esquire, abgestempelt am Morgen desselben Tages. Krakelige Schrift, eigenwillige Zeichensetzung, und die letzten sechs Zeilen verliefen in einem Winkel von fünfundvierzig Grad zum Rest des Textes:

Mr Wilson, sehr verehrter Sir,

ich habe heute Morgen in der Zeitung gesehen dass dort steht, Sie haben Mr Watcyns für den Mord an Mr Baker festgenommen und, ich muss sagen beim Lesen ist mir fast die Luft weggeblieben. Ich habe auch gesehen dass in der Zeitung steht, dass Sie einen ersten Ferdacht hatten, als Sie das Einschusloch im Vorhang entdeckt haben und dann die Stele in der Seitenbühne wo die Kugel stekengeblieben war. Nun, Sir, es gibt da etwas was, ich Ihnen sagen muss, weil es nur recht und billig ist und wenn ich gewusst hätte, dass Sie an der Therie mit der Kugel festhalten hätte ich es Ihnen gleich gesagt. Als wir gestern Abend das Theater auf die Premiere vorbereiteten, Sir, hat eine der Reinmachefrauen etwas gefunden das in der Ausenwand von Loge A steckte. Nun, Sir, als wir es entfernten, stellten wir fest dass es eine Kugel war und, weil ich nicht wusste, dass Sie an dieser Therie (dieses Wort war mehrmals durchgestrichen und durch »Idee« ersetzt worden), weil ich nicht wusste, dass Sie an dieser Idee arbeiten, dachte ich mir, es muss die Kugel sein, durch die Mr Baker zu Tode gekomen ist. Ich habe sie aufbewahrt, Sir, sie ist hier im Theater, falls Sie einen Blick darauf werfen möchten. Wäre der tödliche Schus aus dem Gebirge abgefeuert worden, wo Mr Foster stand, hätte sie die Bühne verfehlt und in die Loge eingeschlagen. Dort wo wir sie gefunden haben. Nun, Sir, was das Loch im Vorhang betrift und das Einschusloch in der Wand der Vorbühne in fünf Fuß Höhe – in dem Stück vor Blue Music *gab es eine Szene, in der jemand aus einer der Gassen einen Schus quer über die Bühne abgefeuert hat. Er musste einem der Schauspieler ein Glas aus der Hand schiesen und das war eine knifflige Angelegenheit, Sir, aber da der Mann ein sehr guter Schütze war lief alles glatt. Wir haben jeden Abend einen großen Schirm auf der gegenüberliegenden Seitenbühne aufgestellt, um die Kugel abzufangen, aber an einem Abend war der Mann, der den Schus abgeben musste, ein bisschen angetrunken, deshalb machten wir uns Sorgen. Nun, Sir, was soll ich sagen, er hat das Glas getrofen, aber weil er beim Abdrücken gezuckt hat flog die Kugel nicht gerade und landete in der Wand der Vorbühne genau, dort wo Sie sie laut Zeitung gefunden haben. Mr Douglas kann das bestätigen, er hat sich nämlich furchtbar aufgeregt und die Szene danach abgeändert. Ich weiß nicht, ob das etwas mit dem Fall zu tun hat, Sir, aber ich hielt es für richtig es Ihnen mitzuteilen. Wenn Sie weitere Informationen brauchen, finden Sie mich jederzeit im Theater.*

Hochachtungsvoll, Sir,
Herbert Jenkinson

»Da brat mir doch einer einen Storch!«, sagte Derek.

»Der beste Plan, ob Maus, ob Mann …«, sagte Mr Wilson und entzündete seine Pfeife. »Die Moral von der Geschicht': Sei niemals zu clever bei der Polizeiarbeit. Der Constable mit seinem Kopf aus Mahagoni-Vollholz hat eine bessere Chance, den Verbrecher zu schnappen, als ein genialer Detective, der eine Theorie nach der anderen aufstellt und vor lauter Hinweisen irgendwann gar nicht mehr weiß, wo oben und unten ist. Deprimierend, aber wahr.«

»Was ist der letzte Brief?«, fragte Derek. »Hoffentlich eine Rechnung – selbst das wäre unter den gegenwärtigen Umständen willkommen.«

»Es ist keine Rechnung«, sagte Mr Wilson. »In gewisser Weise ist es der härteste Schlag von allen. Es ist ein Bericht von Anstruther über die Pralinen, die Watcyns gestern Abend im Theater bei sich hatte. Er hat den ganzen Vormittag damit verbracht, die Füllung der Praline zu analysieren, von der Watcyns abgebissen hat, bevor ich eingreifen konnte und er ohnmächtig geworden ist.«

»Ohnmächtig?«

»Ohnmächtig. Leider. Ungemein rücksichtslos von ihm, uns so an der Nase herumzuführen, ich weiß – aber man kann es dem Kerl nicht wirklich verübeln. Wenn jemand dich während einer amüsanten Musikkomödie wegen Mordes an zwei Menschen festnähme, würde dir das auch einen ordentlichen Schrecken versetzen, oder nicht?«

»Und was hat Anstruther zu sagen?«

»Die Pralinen in der Schachtel waren allesamt ungiftig. Bekannter Hersteller, exquisite Auswahl. Anstruther hat den ganzen Vormittag versucht, herauszufinden, woraus die Füllung der Praline besteht, die Watcyns angeknabbert hat, dann ist ihm klar geworden, dass es sich um hundsgewöhnliches Marzipan handelt ... extra intensives Aroma. Du kannst gerne seine Nachricht lesen ... Er hat nicht mit Sarkasmus gespart.«

»Aber eins gibt es immerhin, wofür wir dankbar sein können«, meinte Derek.

»Ich wüsste nicht, was«, entgegnete Mr Wilson.

»Es war keine Himbeerfüllung. Das wäre zwar passender gewesen, aber ich glaube, ich hätte es nicht ertragen. Was unternehmen wir eigentlich heute Abend?«

»Ich schlage eine Kreuzfahrt um die Welt vor«, sagte Mr Wilson ernst. »Vielleicht sogar zwei oder drei. Es sei denn, du hast eine bessere Idee?

»Im Adelphi gibt es eine Premiere ...«, sagte Derek.

Mr Wilson senior warf mit einem Kissen.

ENDE

Nachwort

Das Publikum war Zeuge, im Original *Quick Curtain*, ist eine geistreiche Detektivgeschichte, die zum ersten Mal im Jahr 1934 erschien. Sie gehört zu einer Vielzahl von Romanen, die während des »Goldenen Zeitalters des Mordes« zwischen den beiden Weltkriegen eine kurze Phase großer Popularität erlebten, ehe sie in der Versenkung verschwanden. Der Autor Alan Melville war erfolgreicher Dramatiker und Theatermacher, und in diesem leichtfüßigen Krimi weiß er sein Wissen über das, was sich hinter den Kulissen abspielt, überaus effektiv zu nutzen.

In ihrer Kritik für die *Sunday Times* stellte die renommierte Kriminalautorin Dorothy L. Sayers fest, dass es Melville »großes Vergnügen bereitet, sämtliche Hauptakteure der Branche, vom Produzenten bis zum Theaterkritiker, der Lächerlichkeit preiszugeben«. Sie störte sich daran, dass Melville »das ehrwürdige Konstrukt des Detektivromans in die Luft sprengt« – allerdings ging es ihm auch in erster Linie darum, Spaß mit dem Genre zu haben. Zwar liefert er eine Geschichte mit einer überraschenden Wendung am Schluss, doch die wahre Freude beim Lesen kommt von den zahlreichen satirischen Spitzen.

Das Stück *Blue Music,* um das es im Roman geht, ist eine Musikkomödie aus der Feder von Ivor Watcyns. Die Hauptrollen spielen Brandon Baker und Gwen Astle, produziert wird das Stück von Douglas B. Douglas, einem Meister der Reklame. Im Mittelpunkt des eher dürftigen Plots des Lustspiels steht ein Attentat auf die männliche Hauptfigur, doch dann wird während der Premiere vor ausverkauftem Haus im Grosvenor Theatre der Starschauspieler Brandon Baker von einer echten Kugel aus dem Leben gerissen. Als man kurz darauf ein weiteres Ensemblemitglied tot auffindet, deutet zunächst alles auf einen Mord mit anschließendem Selbstmord des Täters hin. Doch natürlich steckt mehr dahinter.

Im Publikum sitzen an diesem Abend auch Inspector Wilson von Scotland Yard und sein Sohn, ein ehrgeiziger junger Zeitungsreporter. Die beiden sind eine amüsante Variante der klassischen Holmes-Watson-Konstellation von Ermittler und Assistent, wenngleich man sagen muss, dass Wilsons Detektivarbeit nur selten die Genialität eines Sherlock erreicht. Melville genoss es nicht nur, die Konventionen des Genres gegen den Strich zu bürsten, er hatte auch große Freude daran, den Theaterbetrieb aufs Korn zu nehmen. So schrieb Sayers, seine Satire beinhalte »mehrere nur dürftig verschleierte persönliche Angriffe«. Für die Leserschaft von heute dürfte der Witz weniger in der Erkennbarkeit solcher Anspielungen liegen als darin, wie verschiedene Klischees entlarvt werden. Ein herausragendes Beispiel hierfür ist der Theaterkritiker, der sich nicht einmal die Mühe macht, die

Stücke anzusehen, über die er seine Kritiken verfasst, weil er sich ganz und gar auf deren Vorhersehbarkeit verlässt.

Sayers hingegen nahm ihre Aufgabe als Kritikerin ernst, und deshalb ließ sie es sich nicht nehmen, Melvilles Roman auch im Hinblick auf die Glaubwürdigkeit der in ihm geschilderten Polizeiarbeit zu beurteilen. Das erklärt vielleicht ihre Vorbehalte gegen seine Detektivgeschichte, die sie als »Posse« bezeichnete. »Dieser fröhliche Ermittler … reicht keinen einzigen Bericht ein, kennt keine Vorgesetzten und platzt unangemeldet in eine ländliche Polizeiwache, wo er die Constables ohne jede Rücksichtnahme auf örtliche Hierarchien herumkommandiert. Er erledigt seine gesamte Ermittlungsarbeit von seiner Privatwohnung aus und wird dabei lediglich von seinem Sohn, einem Journalisten, unterstützt. Kurzweilige Unterhaltung ist Mr Melvilles Ziel, was kümmert ihn da die Einhaltung der Dienstvorschrift?«

Selbstverständlich war Melville in seiner Darstellung der Polizeiarbeit nicht auf Realismus aus, und abgesehen davon sind humorige Detektivgeschichten nicht jedermanns Sache. Sayers bemerkte mit einem Hauch von Missbilligung, dass Melville offenbar »polizeiliche Ermittlungsarbeit als einen einzigen großen Witz« betrachte, aber die wahre Herausforderung für jeden, der einen intelligenten Krimi schreiben möchte, liegt darin, den Witz auch bis zum Ende durchzuhalten. Selbst der große P. G. Wodehouse, der Detektivgeschichten liebte, beschränkte sich, wenn er von Zeit zu Zeit mit dem Genre experimentierte, auf Kurzgeschichten mit kriminalistischen Elementen, nicht auf ganze Romane. In der Tat ist Melvilles Humor in den letzten achtzig Jahren besser gealtert, als viele ihm zugetraut hätten. Zu den Bewunderern seines Werks zählt unter anderem der bekannte amerikanische Genre-Experte Allen J. Hubin, der ihn vor einigen Jahren als »amüsant und satirisch und durchaus lesenswert« bezeichnete. »Es fügt sich alles nahtlos zusammen, wenngleich mit unschönem Ausgang für das eine oder andere Ensemblemitglied …«

Alan Melville war das Pseudonym von William Melville Caverhill (1910–1983), dessen illustrer Lebenslauf zahlreiche Stationen beinhaltete. So war er unter anderem eine kurze Zeit als Radioproduzent bei der BBC tätig, er schrieb Drehbücher (adaptierte in dem Zusammenhang auch einige von A. P. Herberts *Misleading Cases*) und hatte in den Fünfzigern und Sechzigern zahlreiche Fernsehauftritte, teils als Schauspieler, doch meistens als Moderator oder Stargast. Sein erster Chef bei der BBC war Eric Maschwitz, der unter dem Pseudonym Holt Marvell zusammen mit einem weiteren BBC-Insider, John Gielguds Bruder Val, den erfolgreichen Krimi *Death at Broadcasting House* verfasste, der später verfilmt wurde. In besagtem Roman wird der Darsteller eines Hörspiels während der Aufnahme erwürgt. Melville borgte sich die Grundidee eines »Mordes in der Öffentlichkeit« für seinen Roman *Das Publikum war Zeuge*, den er kurze Zeit später schrieb.

Melvilles Liebe zum Theater manifestierte sich zunächst in Form seines mit Anspielungen reich gespickten Librettos zu Ivor Novellos letztem Musical *Gay's The World*. Der *Guardian* bezeichnete die jüngst wiederentdeckte Show als »eine schrille Kuriosität, gegen die *Salad Days* regelrecht trocken wirkt.« Ein weiterer Bühnenerfolg Melvilles war *Dear Charles*, eine aus dem Französischen adaptierte Komödie, die in den Fünfzigerjahren mit Tallulah Bankhead in der Hauptrolle ein echter Kassenschlager war und zu Beginn des einundzwanzigsten Jahrhunderts mit Joan Collins ein Comeback feierte. Sein Stück *Simon und Laura* wiederum war eine Bühnensatire, in der Melville als einer der Ersten Seifenopern aufs Korn nahm. Sie half, Ian Carmichaels Ruf als Regisseur seichter Komödien zu etablieren, und wurde ebenfalls verfilmt.

Satire ist oft vergänglich, und so erging es trotz aller Popularität auch einem Großteil von Melvilles Werk. Doch seine Detektivromane, die er mit Mitte zwanzig im Zuge einer kurzen Phase intensiver Schaffenskraft schrieb, haben die Vergessenheit, der sie anheimgefallen sind, nicht verdient. Ja, sie sind altmodisch, aber sie haben einen unleugbaren Charme. Die Neuausgaben der British Library von diesem Buch sowie von *Death of Anton* bieten einer jüngeren Generation die Möglichkeit, das Werk eines Autors wiederzuentdecken, der ein einzigartiges Talent dafür besaß, seine Leserschaft zu unterhalten.

Martin Edwards
www.martinedwardsbooks.com